Una Soledad

Córdoba Sosa, Alejandro
    Una Soledad / Alejandro Córdoba Sosa. Editor literario Luis Pedro
Videla - 1ª ed. Ciudad Autónoma de Buenos Aires: Deauno.com, 2015.
300 p.; 21 x 15 cm.

    ISBN 978-987-680-116-4

    1. Narrativa argentina contemporánea. I. Videla, Luis Pedro, ed. lit.
II. Título.

    CDD A863

© 2015, Alejandro Córdoba Sosa
© 2015, Deauno.com (de Elaleph.com S.R.L.)
© 2005, Meli Valdés Sozzani, imagen de cubierta: *El cruce de las
      Aguas negras,* técnica mixta sobre papel.
© 2015, Luis Pedro Videla, Edición literaria.

contacto@elaleph.com
http://www.elaleph.com

Para comunicarse con el autor: alejandro4156@hotmail.com

Primera edición

ISBN 978-987-680-116-4

Hecho el depósito que marca la Ley 11.723

Impreso en el mes de octubre de 2015 en
Bibliográfika, de Voros S.A.
Barzana 1263. Buenos Aires, Argentina.

ALEJANDRO CÓRDOBA SOSA

UNA SOLEDAD

deauno.com

A la Única.

"Man is God in ruins"
(El hombre es Dios en ruinas).

PETER FALK, citando genialmente mal
a RALPH WALDO EMERSON.

"Nunca sentí como hoy
la impresión de carecer de
dimensiones secretas,
de estar limitado a mi cuerpo,
a los pensamientos ligeros
que suben de él como burbujas.
Construyo mis recuerdos con el presente.
Estoy desechado, abandonado en el presente.
En vano trato de alcanzar el pasado;
no puedo escaparme."

JEAN-PAUL SARTRE
La Náusea.

A MODO DE EXORDIO

Esta suerte de preámbulo que yo prefiero llamar sinceramiento, surge para mí como una necesidad indeclinable. No puedo dejar de decir por qué quise contar la historia de Soledad, que es una entre miles y a muchas se parece.

Me parece verla, chiquita, fea, desechada, pasando absolutamente desapercibida en su rincón, confinada en el presente. Soledad no necesitaba saber si tenía o no *dimensiones secretas*, porque si lo hubiera sabido ya no habría sido ella. Sin embargo las tenía, y yo lo supe. Entonces me lancé a construir su memoria, porque quise llevar más allá la experiencia de ese personaje evocado en el epígrafe sartriano, cuya reflexión encierra una auténtica paradoja: la conciencia de su confinamiento, es un movimiento del alma que desmiente la severidad del mismo; dicho de otro modo, si el protagonista de "La Náusea" *sabe* que está preso en el presente, también sabe que hubo un pasado, y detrás de esta convicción se oculta un anhelo que es angustia metafísica.

Soledad, mi pequeña Soledad, estaba real, severamente encerrada en la celda del presente, porque ella era incapaz de anhelar, de recordar lo que fue, lo que pudo haber sido, o simplemente *esperar*. Esto es lo que a ella la hacía única y, al mismo tiempo, tan parecida a tantos. Ahí estaba esperando, todavía muda, para salir a la luz toda la belleza de su tragedia, para la cual agradezco el haber sido dotado de ese ojo recóndito que tiene el poder de exhumar lo invisible.

Ese órgano arcano que *ve*, debió ser el mismo que desencadenó en mí un sentimiento conmovedor al conocer la frase de Peter Falk, aquella de que "el hombre es Dios en ruinas". Más tarde supe que en verdad, el actor había citado mal la frase de Ralph Waldo Emerson, que en verdad había dicho que "el hombre es *un* dios en ruinas". Este yerro —que quizás de modo inconsciente no lo sea— se me figura el más hermoso trastrocamiento de la crueldad, que así deviene en piedad en su forma más alta, la que se profesa por la más sufrida de todas las *condiciones*, la humana.

Desde este mirador *humano* (aunque a Emerson, a quien admiro como poeta, quizás pudiera parecerle *demasiado humano*) es que me situé para contemplar, y cantarles mi letanía, todas las ruinas que pude exhumar de esa ciudad sepultada que yacía bajo la simpleza anónima de Soledad.

Así es como descubrí, en torno a ella, un conjunto de arquetipos, de *formas de humanidad*, que más tarde entendí que habían necesitado indefectiblemente de ella para ser perfectos como tales; de hecho Soledad pareció haber existido nada más que para la total compleción de las figuras de aquellos, en una suerte de simbiosis ética que más tarde se vuelve estética en la literatura. Más aún, desde una perspectiva distinta pero coincidente, puede decirse que Soledad fue algo así como el centro genitor de todos ellos, todos esos tipos humanos, como el corazón del árbol que por lo general se obvia cuando nos detenemos en la ponderación de sus frutos.

Todo esto fue Soledad, a pesar de sí misma. Todo esto que al fin es un arquetipo tan grande como la condición humana, ese inagotable conjunto de ruinas que hay que detenerse a contemplar en su esplendor maravilloso y trágico, con algo del modo con que quizás Dios, furtivo, puede estar observándonos desde la serena Eternidad.

PRIMERA PARTE
El sentido de las cosas

1

SE ACORDÓ DEL gatito cuando llegó al departamento el domingo a la noche.

Dejó el bolsito en el piso, prendió la luz, y se acercó despacio a la caja de cartón que estaba junto a la mesa del televisor. Miró adentro de la caja y le pareció que estaba dormido. Lo tocó con la punta del zapato y el animalito no se movió. Insistió tratando de hacer que se moviese, pero no obtuvo respuesta. Se arrodilló, le pasó la mano por debajo del cuerpecito, y con cuidado lo levantó. Lo miró detenidamente. Tenía los ojitos bien cerrados, arrugaditos y la lengüita medio se le caía de la boca, trabada entre los dientes. Lo depositó de nuevo en el fondo de la caja y se dirigió a la cocina.

Volvió con un papel de diario para envolverlo. Lo sacó de la caja, lo puso en el centro de la hoja de diario desplegada, y con cuidado lo envolvió plegando el papel como tantas veces había visto en el almacén que se envolvía una media docena de huevos. Después lo tiró con la basura en el tacho de residuos y se fue a su habitación. Fue ahí que pensó *una lástima* y, un poco después *claro me fui el jueves... tan chiquito no iba a aguantar.*

Se desnudó, se puso una enorme camiseta de hombre que usaba para dormir, se lavó los dientes y se acostó. En pocos minutos estuvo dormida.

A la mañana siguiente, mientras tomaba el café instantáneo que se preparaba con agua tibia para tomarlo más rápido, para no demorarse en algo que consideraba una pérdida de tiempo (como el alimentarse en general), fue que pensó, mirando a través de la ventana de la cocina el patio todavía a oscuras: *A mamá no se le hubiera pasado... se hubiera quedado o se lo hubiera llevado con ella, no se le hubiera muerto... pobre mamá qué corazón tenía por eso le fue como le fue, pobre mamá...*

Se puso el trajecito negro que le hacía juego con los zapatos, el uniforme de todos los días de trabajo, y después de sacar la bolsa de la basura y dejarla en el cesto común del edificio, cerró con llave y se fue a tomar el micro.

Llegó temprano, para abrir ella el estudio como lo venía haciendo desde hacía unos quince años, desde que se convirtió en la secretaria del abogado. Preparaba el café para que su jefe lo encontrara listo cuando llegase y, desde las ocho y media, empezaba a recibir los clientes, haciéndolos pasar a la sala de espera. Aunque el abogado decía atender desde las nueve, nunca llegaba antes de las diez y media.

Cuando llegaba el abogado, alto, entrecano, casi siempre sonriente y relajado, después de dar los buenos días a los clientes si los había presentes, que de inmediato parecían perdonarle la espera (*los abogados nunca llegan tarde siempre están viniendo,* como él gustaba de afirmar), la saludaba de lejos con un formal *Buen día Soledad cómo le va* y ella le contestaba con un preciso y circunspecto *Buen día doctor bien gracias* con el que quería evidenciar la obediente posición de subordinada que ocupaba en el lugar. Entonces, con una expresión distante de *todo en orden* en su semblante, el abogado desaparecía tras la puerta de su despacho. Un poco más tarde le anunciaba telefónicamente, desde dentro, que debía hacer pasar al primer cliente. Esta escena se repetía, sin mayores variaciones, todos los días de lunes a viernes.

Unos diez años antes, todavía le gustaba pensar a Soledad, con cierta malicia, un lunes a la mañana, que los clientes que se hallaban allí no podían sospechar que los usos formales de que hacían gala con el abogado delante de ellos, eran el modo que tenían de disimular que hasta no mucho antes habían estado compartiendo la cama. Ahora, ese pensamiento furtivo, ya no le pasa por la cabeza.

Por lo general, un fin de semana al mes Soledad lo pasa con el abogado, en el campo que este tiene en el sur de la provincia. Él le dice a su familia que la lleva para ayudarlo y que además, como ella es *de campo,* le puede dar una mano en la finca. La sumisa mujer sabe la verdad, los hijos también, pero se aguantan porque el abogado es el dueño de todo, incluidas sus propias vidas. Ahora eso sí, la familia del abogado puede estar tranquila, porque a Soledad a los congresos para los que debe viajar no la lleva nunca, ahí el abogado se va con alguna colega o clienta, porque este es un compromiso de otra categoría al que no puede ir con una simple empleadita. Soledad entiende que debe ser así, y hace tiempo que no le importa.

Sin embargo, alguna vez le importó. Fue cuando estaba enamorada de él, el único hombre del que alguna vez se enamoraría. Pero de eso hace tanto que Soledad ya se olvidó. Lo que le queda es la gratitud, porque el abogado la salvó de la pobreza, es el jefe, y eso no va a cambiar; basta que él disponga para que ella obedezca. Soledad hace mucho que no quiere más que esto, obedecerlo, servirlo, gratificarlo, sin esperar nada a cambio.

2

En el pueblito en el que nació Soledad había un sólo abogado. Este, junto con el único farmacéutico, el único escribano, y el único contador, eran todos los que en el lugar habían tenido una educación universitaria, lo cual los situaba en un andarivel de vanidad cercano al de la nobleza para la gente *común* del pueblo, que les tributaba auténtica veneración desde su convencida inferioridad. Entre estos *comunes* estaba la madre de Soledad, que cuando el abogado la eligió para ser su mucama a los dieciocho, y con no más que cuarto grado terminado, paladeó el sueño de una vida mejor, sintiendo que el ranchito en el que vivía era cada vez más ajeno a ella. Soñaba con alas prestadas.

No pasó mucho antes de que "el doctor" (como nunca dejaría de llamarlo, sin atreverse a pronunciar su nombre) la requiriera de manceba fuera del hogar. No fue un abuso, hay que decirlo, fue porque ella quiso entregársele, igualita que Soledad con su abogado.

Mientras duró la relación, Norma, que así se llamó la madre de Soledad, fue feliz nada más que con la esperanza; llegó a creer que su patrón iba a dejar a la mujer por ella. El hombre no tenía hijos, todos sabían en el pueblo que su esposa no podía concebir.

Cuando se embarazó de Soledad, Norma creyó que se había ganado un derecho sobre el abogado; creyó que era el hecho decisivo que le estaba faltando al hombre para impulsarlo a dejar a la mujer y quedarse con ella. Se propia hermana, cuando le contó que estaba preñada y cuáles eran sus expectativas, no hizo más que reponer con un agorero y lacónico *cuidáte*. Entonces ella, llena de ingenuo entusiasmo, se fue a anunciarle al patrón que iba a parir un hijo suyo, para no traer de regreso ese día al rancho, donde vivía con su hermana y su padre, otra cosa que la noticia de que ya no trabajaba más de mucama del único abogado del pueblo. Hasta la había amenazado con hacerla meter presa si insistía con su *infundio*, palabra cuyo significado Norma no pudo entender, pero cuya virtud lapidaria fue capaz de percibir para comprender que entre ella y su abogado todo había terminado.

Norma no había alcanzado a llorar todo lo que debía sobre el hombro de su hermana, en secreto para que su padre no se enterara, cuando ésta le aconsejó que mejor dejara cuanto antes el rancho, *porque si papá se entera te mata*. No le mentía la hermana, que había tenido la suerte de nacer horrible, invisible a la lubricidad desbocada de un padre alcohólico. En cambio Norma, sin ser linda (no era fea, tampoco, más bien feúcha, unos grados por debajo de lo que se necesita para ser aceptablemente linda), era suficientemente atractiva como para que la celara furioso de deseo su padre, *por eso mejor andáte Norma… en lo de Zulema Videla que era amiga de mamá la que tiene la pensión a la vuelta de la plaza te van a dar un lugar*

para que te quedes y podés pagar trabajando y tener al nene sin que
papá se entere que nunca va al pueblo.

Entonces Norma se fue a vivir al pueblo, a la pensión de
Zulema Videla, a sólo dos cuadras del estudio del abogado
que hasta hacía poco fuera su patrón. La dueña le dio trabajo
porque había sido alguna vez *amiga* (una patrona benévola, en
realidad) de la madre de Norma; le dio trabajo como mucama
y una camita en su propio cuarto, porque tenía las seis habitaciones de que disponía la pensión ocupadas permanentemente,
o por ocuparse con algún viajero de paso.

Los meses del embarazo a Norma se le fueron lentos y
sufridos, trabajando hasta la extenuación, porque la primaria
bondad de Zulema al acogerla, rápidamente se transformó
en inclemencia acreedora (nacida de la oportunidad para la
dueña de la pensión de tener un mucama nada más que por
cama y comida) sobre una deuda que Norma tenía que honrar
deslomándose, siempre amenazada por el peligro de quedar
en la calle. Hasta estuvo a punto de perder el embarazo a los
cinco meses, por un golpe que se dio en el abdomen cuando
se resbaló pasando cera sobre el parquet del comedor, que
Zulema siempre quería reluciente y prístino ordenándole, sin
piedad ante su estado, encerar dos veces por semana. Cuando
la llevó la hermana al hospital, el día del accidente, después de
que Zulema le avisara para que la viniese a buscar, la dueña
de la pensión mucho se preocupó porque creyó que se iba
a quedar sin mucama. Por esto, cuando Norma volvió casi
exangüe después de tres días que pasó internada, Zulema se
tranquilizó, y lo primero que hizo fue dispensarla de tener que
encerar el parquet, convencida de que este era, por su parte,
un gesto de magnanimidad sublime; todas las demás tareas

seguirían siendo las mismas para Norma hasta el día antes del parto, un lunes, que fue cuando se tuvo que internar.

3

Soledad nació un martes gélido de julio a las cuatro de la tarde.

La primera mantita en la que la envolvieron fue un regalo de Zulema, la dueña de la pensión en la que vivía su mamá. Adela, la hermana de Norma, no pudo estar porque no le dieron franco en el trabajo que hacía poco que había conseguido en Buenos Aires, desde donde debía recorrer doscientos ochenta kilómetros para llegar hasta el pueblo en el que aún vivía su hermana pero ya no su padre, desde que lo internaron en un psiquiátrico por la demencia que le sobrevino al alcoholismo.

Antes, al ranchito se lo comieron las deudas y se lo terminó quedando, junto con el campito yermo que lo rodeaba, el único abogado del pueblo, por unos pocos pesos que sirvieron para no mucho más que para que el padre de las dos hermanas vegetara durante unos pocos años en el manicomio. Fue entonces que Adela se tuvo que ir a la capital, a trabajar de lo único que podía hacer para sobrevivir decente pero indignamente, de empleada doméstica (a una hora de tren todos los días, casilla en la villa). Cuando nació la que sería su única sobrina, Adela todavía estaba a prueba y no se pudo escapar aunque se moría por ir a estar con Norma.

El sábado a la mañana de la primera semana de Soledad en este mundo, dejaron ella y su madre el hospital para regresar a la pensión. Cuando llegaron, Norma la depositó en su cama después de haberla amamantado, y la nena se durmió enseguida. Después Norma se cambió de ropa y, al dejar el cuarto, entornó la puerta de la habitación para escucharla si Soledad comenzaba a llorar. Bajó las escaleras, fue hasta el lavadero, volvió con balde y lampazo, y se puso a limpiar. Zulema Videla, como si nada, le indicó por dónde debía pasar el lampazo con mayor esmero.

A las cuatro y media llegó Adela desde Buenos Aires. Se quedaba hasta el domingo a la noche. La dueña le ofreció un cuarto *a mitad de precio por ser sólo una noche y porque Norma es tu hermana que es como una hija para mí*, extremo al que llegó su *generosidad*, y Adela lo tomó para poder estar lo más cerca posible de su hermana hasta la hora de su partida. Después de dejar el bolso, Adela se vistió, y se puso a ayudarla a la puérpera con las tareas de doméstica, para alivianarle el esfuerzo.

A la noche cenaron con Zulema, que les dijo cuánto se parecía la nena a la difunta que había sido *su amiga*, que ella rezaba porque Dios quisiera darle un destino mejor que el que le había dado a la abuela de la nena *que se había ido tan joven*, y las tres lloraron (sinceramente, sólo Adela y Norma) recordando *a la mamita*, como la llamaban las dos hermanas. Después se acostaron las dos junto con la nena en la pieza que había pagado Adela, y se durmieron tan tarde que la dueña de la pensión no tuvo fuerzas para seguir escuchando con la oreja pegada a la puerta cerrada, por lo que tuvo que desistir e irse a su cama. Sin embargo, Zulema llegó a escuchar lo suficiente como para enterarse de que estaba en los planes de Adela llevárselas a Norma y a la nena algún día con ella a Buenos Aires, razón por la cual decidió que desde el lunes le pagaría a su mucama un sueldito, lo mínimo, para que tuviera para sus gastitos a fin de que se aquerenciara, porque *dónde voy a conseguir otra mucama como ella yo que además estoy cada vez más vieja.*

El domingo a la noche salió el micro para la capital, llevándose a Adela con la promesa de volver a visitarlas o, quizás, la próxima vez ya vendría a buscarlas para llevárselas con ella. Y aunque Adela se fue jurándose que haría lo que fuese con tal de cumplir la promesa que acababa de hacerle a su hermana, nunca podría cumplirla, porque esa misma noche el chofer del micro, agotado, se durmió poco antes de una curva y el micro cayó en una cava; la única víctima fatal de todo el pasaje fue Adela. Norma se enteró casi dos semanas después, cuando le vino a avisar la policía y le entregaron el cuerpo. Lo tuvo que dejar en depósito en el panteón municipal porque no tenía plata para las exequias. Recién con el producido de tres sueldos pudo pagar el cajón y el entierro. Norma se había quedado sola con su hija para enfrentarlo todo.

4

Los recuerdos más antiguos de Soledad se remontan a sus cinco años, recuerdos que en su cabeza se funden conformando un período impreciso en el que se ve viviendo en la pensión, donde personajes y situaciones se le mezclan un poco en la memoria, pero del que saca en claro que es la época en la que llegó a conocer a su *papá*.

La muerte sucesiva y cercana en días, de dos viejos sin familia que eran los únicos que ocupaban habitaciones de la pensión de modo permanente, casi coincidieron con el inicio de la construcción de un dique, que trajo un número desacostumbradamente mayor de gente de paso por el pueblo. La pensión de Zulema Videla se transformó rápidamente en el único hotelito del pueblo, con habitaciones de dos y hasta tres camas, desayuno, almuerzo y cena opcionales (a un precio módico que se sustentaba sobre la pésima calidad de los alimentos), como también lo era el servicio de lavandería y planchado (a cargo de Norma, que se quedaba con un pequeño porcentaje de lo que cobraba su patrona).

Todos los que se alojaron allí en esos días fueron hombres. En todos ellos Soledad, en algún momento, creerá encontrar a su padre. Lo cierto es que la mayoría de estos hombres era indiferente a la nena (feíta, calladita y diminuta), aunque hubo algunos que, eventualmente, llegaron a mostrarse algo cariñosos con ella y éstos fueron los que más dolor le causaban cuando al fin se iban. Norma tenía que pasar horas enteras consolándola, explicándole que no eran el padre que ella anhelaba, o creía descubrir en esos sujetos efímeros, hasta que a Soledad se le pasaba la tristeza, aceptando la promesa de su madre de que un día saldrían *a buscarlo porque está perdido y no sabe volver te prometo ahí no nos vamos a equivocar vas a ver cómo lo encontramos y se va a quedar para siempre con nosotras.*

Cuando se terminó el asunto de la obra hidráulica, y el pueblo se vació de todos los visitantes que le habían dado durante un tiempo algo de movimiento —casi cuatro años, que fue el tiempo que se tomaron en dejar la obra inconclusa para siempre—, el hotel volvió a ser pensión pero nunca más tuvo (no los consiguió) inquilinos permanentes; fue cuando empezó a languidecer, sobreviviendo como posta de viajantes, camioneros, o como hotel de citas (*No me importa lo que hagan mientras paguen*, se justifica Zulema Videla), con gente que no quería más servicio que una cama para pasar la noche, o el rato (que fue lo que a la larga acabaría salvándolo y reinventándolo con una nueva e inagotable prosperidad, como habrá de verse).

Como Soledad empezó a ver que a menudo eran hombres ahora acompañados de mujeres los que venían a la casa, ya no se le volvió a ocurrir la posibilidad de que alguno de esos señores pudiera ser su padre; pareció de ese modo asumir, con tristeza, que aún los hombres solos que pasaban por allí, los que se sucedían confundiéndose sus rostros en su memoria debilitada por la fugacidad de su permanencia en la pensión, podían tener su propia familia, podían hasta ser padres de una nena como ella, pero que no era ella. Todo fue así para Soledad hasta que de uno de esos hombres estuvo segura que era el buscado, para nunca dejar de creerlo.

5

Hacía unos cinco años que trabajaba en el estudio jurídico, cuando un día a la mañana, en la sala de espera, Soledad volvió a *encontrar* a su padre. Claro que su padre lo era sólo porque ella había decidido que lo fuese, muchos años antes. El hombre, por su parte, lejos estuvo de reconocer en ella a la nenita con la que alguna vez había jugado en la pensión de Zulema Videla, allá en el pueblito cuyo nombre ya no estaba en su memoria.

Cuando lo vio entrar al antiguo viajante con su raído traje marrón, y el mismo aroma vetusto de la colonia que le recordaba, Soledad de inmediato se convenció de que su búsqueda había llegado al final.

Mientras el hombre esperaba a ser atendido, a Soledad se le hacía muy difícil no mirarlo. A hablarle, a decirle que lo conocía, no se animaba, sin embargo estaba dispuesta a saberlo todo de él, a seguirlo como fuera y a donde fuese.

El traje marrón que llevaba, le pareció a Soledad que era el mismo que tenía puesto cuando estuvo en la pensión de Zulema Videla más de veinte años antes. Hasta la calvicie que parcialmente se enseñoreaba de su cabeza parecía ser la misma, aunque el poco pelo que le quedaba sobre las orejas había dejado de ser castaño claro para volverse totalmente gris. En su cara los años habían trazado algunas arrugas, que el rictus de la tristeza en sus facciones de hombre débil disimulaba como parte de su pobre virilidad. Porque el hombre del traje marrón, quizás como todos los hombres para los que se hacen trajes marrones, era un hombre triste.

Fue esa misma tristeza que exudaba el todo de su apariencia, la que hizo que la madre de Soledad lo llevara a su cama solitaria una única noche. También fue la única vez que Norma, en todos los años que pasó en la pensión, se entregase a uno de los hombres que allí se alojaron. Y si lo hizo esa sola vez fue por el dolor compartido, por esa solidaridad que se tiende como un manto piadoso sobre dos prisioneros como ambos se sintieron ser y se reconocieron; ella, porque después de la muerte de Adela, no volvería a vislumbrar ninguna salida para su existencia servil y sin expectativas; él, porque desde que enviudara al momento de dar a luz su esposa, perdiendo lo único valioso en su vida siempre descendente, estaba atrapado en una errancia sin destino, vagando de pueblo en pueblo donde trataba de vender cosas que casi nadie le quería comprar (vendía diccionarios como había vendido ollas o secadores de pelo, en una existencia trashumante que esa vez lo había llevado al pueblo de Soledad), obligado a seguir atado a este mundo por un hijo al que tenía que mantener, y a quien la culpa por la muerte de la madre no le permitía amar.

Con sólo volver a verlo, Soledad pudo recordar absolutamente todo lo que tenía de él para recordar. Entonces ella tenía once años. El viajante las había invitado a su madre y a ella a dar un paseo el domingo a la tarde, y después a comer con él en la parrilla por la que pasaba todo el que era alguien en el pueblo. Lo que Soledad no podría nunca recordar, porque nunca lo conocería, fue la sonrisa burlona con que su verdadero padre, desde la mesa de notables en que recibía el saludo de todos los que llegaban o se iban del restaurante para recibir su bendición (*Buenas noches Doctor... Buenas noches M'hijo*), los había observado a su madre y al hombre del traje marrón que era tan bueno con ellas; tampoco podría recordar a su madre llorando en el baño, cuando la dejó unos momentos con el viajante, porque no la vio hacerlo, y tampoco se había dado cuenta cuando aquella más tarde regresó, porque estaba demasiado deslumbrada por ser la primera vez que comía en un restaurante, la primera vez que comía fuera de la pensión.

Aunque Soledad, en su anonadamiento, no dejaba de mirar todo lo que sucedía a su alrededor, en ese sitio que no había imaginado posible en el mismo pueblo en que vivía, no dejó esa noche de escuchar, sin conciencia del patetismo del relato, al hombre del traje marrón que con su vocecita tenue le contaba a Norma su propia historia; que había sido alguna vez profesor de dibujo en un secundario, *porque yo era profesor de dibujo, hay que ver cómo me gustaba enseñar... hasta que falleció mi señora y me deprimí tanto que ya no pude concentrarme más para enseñar... me costaba mucho dar una clase completa, por* *esto los alumnos se me reían todo el tiempo...* [hasta que un día llevaron latitas vacías y se las tiraron a los pies ni bien entró a la clase y en el pizarrón estaba escrito "Para que dejes de mear fuera del tarro", episodio que se ahorró de contarles a madre e hija esa noche] *que fue cuando tuve el ataque de nervios* *y no pude volver más a la escuela.*

Norma, por su parte, no le iba a contar su historia en ese momento porque estaban delante de Soledad, pero se prometió que esa noche, cuando todos estuviesen durmiendo y lo fuese a visitar a su cuarto de alquiler, se iba a desahogar con él. Esto Norma ya lo había decidido en su corazón, y él aún ni siquiera lo intuía.

Soledad lo hace pasar al despacho del abogado que acaba de llegar, porque el hombre está esperando desde temprano, no ha llegado aún ningún cliente, y ella cree que encontró a su padre. El hombre le agradece, la enternece con sus modos blandos, con los gestos de sus manitos minúsculas, y Soledad lo ve trasponer encorvado, sumiso, la puerta que acaba de abrir con timidez. Le parece estar viéndolo en el momento en que la engendró.

Porque Soledad lo vio trepado sobre su mamá, cuando la siguió hasta la otra pieza porque en verdad ella no se había dormido. Zulema roncaba como todas las noches, algo que Norma y Soledad debían soportar estoicamente por compartir la misma pieza con la patrona, que no renunciaba al *nobiliario* derecho de tener a su paje durmiendo cerca. Norma le había dado un besito en la frente a Soledad, y la había dejado sola en la camita, donde cada vez les costaba más acomodarse, creyéndola dormida; después salió del cuarto sigilosamente y se encaminó a la habitación del viajante.

La verdad es que el hombre no la esperaba. La suerte que esa noche le sonrió lo hizo sentir algo muy parecido a la felicidad, casi olvidada. Cuando Soledad consiguió con sumo sigilo deslizarse hasta la puerta del cuarto en que estaba su madre, ya Norma le había contado a su compañero cómo había llegado a la pensión, quién era en verdad el padre de su hija; fue la única vez que se lo volviera a contar a alguien después de la muerte de Adela, su hermana. Ahora que Soledad los miraba por una hendija que dejaba la puerta entreabierta, las palabras habían callado para ser sucedidas por jadeos, ruiditos acuosos y golpeteos sordos, que eran los mismos que escuchaba cuando iban las parejas a la pensión y ella acostumbraba acercarse despacito por el pasillo, haciendo como que jugaba, para espiarlos. Pudo distinguir en la penumbra las cabezas que salían de debajo de las sábanas, vio que se unían en un beso que debía ser el amor. Por esto es que desde esa noche, Soledad estuvo absolutamente convencida de que ese hombre era su padre. Pero, aunque siempre habría de esperar su regreso, jamás le iba a decir nada a su madre hasta el último momento; después de esa noche, nunca volvió a hablar de salir a buscarlo. Su padre, que hasta entonces había sido un extraño sin rostro, ya no lo fue más.

Un día Norma, cerca de su última hora, para irse en paz y dejarle a su hija el más anhelado obsequio que podía darle, le dijo una última, sacrosanta mentira, confirmándole que el viajante era en verdad su padre cuando Soledad, sabiéndola cerca del fin, se atrevió a preguntárselo.

6

Fue unos días después de que el hombre que Soledad creía su padre hubiese ido a ver al abogado, que decidió aprovechar el sacramental sigilo de la cama para que su jefe le contara todo lo que sabía del hombre del traje marrón. Para saber todo lo que deseaba, hubo de pagar con mucho dolor silenciado, teniendo que soportar estoicamente cómo la crueldad del abogado se cebaba en la debilidad del anciano, haciéndola objeto de sus burlas más hirientes. Quizás fue esa noche que Soledad comenzó a dejar de querer a su amo, aunque estuviera atada a él por un lazo de servidumbre inquebrantable; verlo tan insensible, tan radicalmente contrapuesto al hombre pequeño que era su padre, quizás la hizo tomar conciencia, por primera y tardía vez, de su condición de manceba sin posibilidad de ascenso ni redención por mano de su patrón.

—Un viejito infeliz...

Comenzó el abogado su ejecución. Prendió un cigarrillo, tomó un sorbo del whisky que Soledad se había levantado a buscarle *sin hielo no seas bruta que el bueno como este se toma puro*, y se recostó contra el respaldo de la cama para hablar más cómodo.

—Resulta que lo conozco del bar, lo veo casi todas las mañanas. Siempre nos cagamos de risa de él con los muchachos, siempre con esa cara que parece que pidiera perdón con esa pinta de gil que pide a gritos que lo abusen. Se pone a hacer dibujitos en las servilletas porque el viejito enseñaba dibujo en un secundario. A veces dibuja alguna mina cuando se lo piden los muchachos... Tito, el dueño del bar, le hizo hacer un cuadrito con la caricatura del tigre del club, lo enmarcó y lo puso sobre la barra; ahora le regala un café cada dos por tres... A mí también al final me dio lástima y a veces le regalo un café... Me quiso hacer un dibujito pero le dije que no gracias para qué carajo quiero un dibujito, para tener que invitarlo siempre un café me di cuenta boludo no soy...

Soledad se muere por tener al menos uno de esos dibujitos que el abogado le rechazó al viejo dos o tres veces, pero no puede decirlo.

—De bueno al pedo nomás le dije que me viniera a ver después que lo escuché que le contaba a Cacho —que sí le aceptó un dibujito y hasta le dora la píldora por joderlo nomás porque el guacho se las arregla para no invitarlo con nada— que tiene que iniciar los trámites de la jubilación porque él aportó muchos años y por más que dejó parece que le podría tocar una reducida... habrá que ver... cuando vino el otro día me contó la historia de su vida...

En Soledad se hacía evidente la desesperación por saber del *cliente* en el modo como lo miraba absorta a su jefe, que súbitamente se calló, tomó un sorbo de whisky, y entornó los ojos como lo hacía siempre que quería escrutar las intenciones de su interlocutor. Se quedó mirándola en silencio. Creyéndose descubierta, Soledad se sintió desfallecer. No había sido más que una manifestación facial momentánea e indeliberada que nada quería decir; el abogado lejos estaba de dejar de contarle la historia del viejo, porque le encantaba sentirse y mostrarse todopoderoso macho en contraposición con los retratos de los mequetrefes —reales o inventados, pero invariablemente aumentados en su miseria hasta el exceso, en sus relatos— que siempre le gustaba describirles a sus amantes.

—Resulta que quedó viudo a los cuarenta y tres años con un hijo recién nacido que se lo terminó criando una prima de la difunta cuando se metió a viajante de comercio. Me contó cómo fue que dejó las clases en el colegio después de que murió la mujer; lo que nos cagamos de risa con los muchachos en el bar cuando les conté lo de las latas que le tiraron los pendejos hijos de puta, qué bien que estuvieron, y la sacó barata te digo la verdad... Si hubiera sido profesor en mi colegio no sé si semejante infeliz sale vivo ja, ja, ja... Resulta que les quería hacer dibujar florcitas y pajaritos a los morochos que tenía de alumnos, esos que aprenden a afanar antes de caminar ja, ja, ja... Le tiraban latas de conserva para que se dejara de mear afuera del tarro y hasta parece que como se largó a llorar fue uno de los morochos y lo meó para enseñarle [esto era verdad, no era exageración del abogado, lo que sucede es que el hombre del traje marrón se había ahorrado el detalle por pura delicadeza cuando se los contó a Norma y a su hijita en el restaurante]. Después tuvo un ataque de nervios, un surménage, cosa de maricón y ya no pudo volver a enseñar. Empezó a viajar por la provincia de pueblo en pueblo vendiendo pelotudeces, lo que se dice un pobre infeliz, así anduvo algo así como diez o doce años hasta que volvió a la ciudad definitivamente. Todavía tenía la casa donde había vivido con la mujer, para ponerse a trabajar de mandadero de un judío que tiene una sedería en el centro, que lo explota de lo lindo...

En este punto de su relato, el abogado lejos está de penetrar la hondura de los pensamientos de Soledad, que se ha colgado una sonrisa refleja para disimular la tristeza que le provoca el brutal relato de las miserias de su *padre*; al mismo tiempo, como un presagioso cúmulo oscuro, comienza a cernirse sobre ella la convicción irreversible de su propia y patética pequeñez, herencia de los dos condenados de los que es la infortunada progenie.

—Ahora mirá en la que se metió, es de no creerse, semejante fantoche poco hombre como es este viejo. Resulta que se engancha con una pendeja que viene y se le instala en la casa y le pone en contra al hijo que se había ido a vivir con él después que dejó de ser viajante. La cosa es que una negrita que trabajaba de cajera en la sedería, una turra la negrita, le hizo creer al viejo que lo quería y por un polvo le sacaba la mitad del sueldo. Al mes la tenía instalada en la casa. Tan agarrado lo tenía que le llenó la cabeza contra el hijo. Entonces parece que se pelearon y el pendejo lo recagó a trompadas, me acuerdo cuando vino al bar rengueando y con la cara llena de moretones... Nos dijo que lo habían querido afanar y todos *bueno no se preocupe a todo el mundo le pasa alguna vez* y Cacho que me mira y me dice *acá hay gato encerrado, no lo digo sólo por el refrán sino porque hay una mina metida en esta historia ¡Quién le va a querer afanar a este viejo croto, hacemelfavor! Vos estás mamado Cachito*, le digo yo y resulta que al final tenía razón fijáte vos...

—¿Se casó con la chica?

Se anima a preguntar Soledad durante la pausa. El abogado no le contesta de inmediato; se rasca la barriga fláccida que le cae sobre un costado, ubica el vaso sobre la mesa de luz, y se pone más derecho contra el respaldo de la cama. Entonces repone colérico.

—¡Vos estuviste hablando con el viejo no me mientas carajo! ¿Cómo sabés que se casó eh…?

—Disculpáme Gastón... se me ocurrió nomás... yo no quise... yo no hablé nunca con él más que para saludarlo cuando llega y se va... cuando te viene a ver... a vos...

Fue tan cohibida y sumisa la respuesta de Soledad, que el jefe pareció sosegarse un poco.

—¿Vos te pensás que esto que te estoy contando es una telenovela de esas que vos mirás? ¿No te digo que lo único que quería la negrita era cagarlo, sacarle hasta el último mango y de paso conseguir un lugar donde vivir...? La cosa es que sí, se casó y cuando antes se lo dijo al hijo que ya la tenía entre cejas a la *madrastra* que le iba a echar el viejo le pegó una flor de pateadura y se volvió a vivir con la prima de la mujer, la que lo había criado... A los tres meses empezó la guerra y al pibe que había hecho la colimba el año antes lo llamaron para ir. Le avisó la prima de la mujer cuando el pibe ya había salido para el sur. El viejo anduvo por el bar buscando un alma caritativa que le tirara unos mangos para viajar a Comodoro para alcanzarlo al hijo y despedirse... No lo ayudó nadie, todos sabíamos la historia y dijimos *que se joda por andar haciéndose el pendejo...* El gordo Bruttitempi tiene razón cuando dice que este viejo es el rey de los mufas, que hay que cuidarse a ver si se nos pega la mala leche que hasta ahora lo jode a él solo. Te digo que cuando vino al estudio el otro día me agarré el izquierdo y también las llaves cuando entró no sea cosa...

—¿El hijo... volvió bien?

Inquirió Soledad para hacer que siguiera hablando, a pesar del suplicio de tener que escucharlo a su amo referir de modo tan hiriente, sólo por divertirse, los sucesos desgraciados de la vida de quien hasta entonces había procurado saber durante tanto tiempo, venerando en él todo lo que era capaz de concebir como idea de padre y por quien ahora, ya echadas por tierra una a una las virtudes con que lo había exornado, sentía una lástima que ya era mayor que la ilusión de amor que por él había abrigado todos esos largos años.

—Parece que sí... pero el viejo igual no lo volvió a ver porque el pibe cuando se terminó la guerra se fue al interior a trabajar en un taller de uno que estuvo con él en el sur y la prima de la primera mujer del viejo que era el único modo que tenía de saber algo del hijo no sabía muy bien o no le quiso dar mayores detalles porque el hijo seguía sin quererlo ver. Me contó el otro día que no pasaba un día sin arrepentirse de la cagada que se mandó con la mina que al final lo dejó después que le hizo vender la casa para ponerle un kiosco, que iba a ser bueno para los dos le dijo la muy atorranta, para no tener que trabajar más como empleados del judío que parece que les pagaba una miseria. El resultado para semejante meado por los perros te lo imaginarás: la mina al final lo dejó, se consiguió otro macho, se quedó con el kiosco y el departamentito que le hizo comprar para nidito. El viejo fue a parar a una pensión... Menos mal que al trabajo en la sedería no había renunciado sino estaría en pelotas el infeliz... Ahora se quiere jubilar, vamos a ver...

Levantó el vaso de la mesa de luz, se tomó el whisky que quedaba de un trago, eructó, y puso la almohada en posición horizontal. Dejó de nuevo el vaso donde había estado y apagó el velador; después se acostó boca arriba, dejando el torso al aire y poniendo una brazo debajo de la almohada. Cerró los ojos. No era necesario que le dijese nada a Soledad, que ya sabía lo que tenía que hacer.

Se acostó junto a él, apagó la única luz que quedaba pren-
dida que era la de su velador, y se envolvió toda con la sábana
a pesar del calor que hacía. Tiritaba. Esperó a sentirlo roncar
al abogado para empezar, bien bajito, a llorar.

7

Unas semanas después de la primera visita del viejo, semanas en las que Soledad no dejó de pensar en su *padre*, sin atreverse a preguntarle a su jefe si sabía algo de él, fue finalmente
al estudio una mañana de lluvia y calor en la que el bochorno
en el aire era intolerable. El viejo tenía unas ojeras terribles y
se lo veía más demacrado, más encorvado y mucho más flaco
que antes. Se notaba que estaba enfermo.

La saludó con su vocecita evanescente y se sentó a esperar.
Eran las diez menos cuarto, y el viejo era de nuevo el primero.
Pasaron casi dos horas juntos, en silencio, porque ese día el
abogado llegó un poco antes del mediodía, molesto por el clima
y con pocas ganas de trabajar. Soledad tenía tanto que decirle al
hombre frente a ella, que se había quedado paralizada, tumefac-
ta por la emoción todo el tiempo que pasaron juntos en silencio.
Durante ese lapso, Soledad se había enjugado las lágrimas lo
más disimuladamente que pudo, y se había excusado para
retirarse cuatro veces a lo largo de la espera compartida, para
ir al baño a retocarse el maquillaje.

Finalmente llegó el abogado, que no se dio cuenta de todo
lo que Soledad había llorado porque cuando lo vio al viejo, lo
primero que pensó fue en *fletarlo* cuanto antes, porque a las
doce y media tenía lo que él llamaba una visita *sanitaria*, que era
cuando lo venía a ver una de las mujeres con las que gustaba
de compartir interludios de placer breve y furtivo, de los que

Soledad nunca se perdía detalle a través de la puerta. Ese día, sin embargo, los celos que la laceraban en tales ocasiones, no habrían de hacer mella en su alma.

Como no había nadie en la sala de espera, cuando el viejo entró al despacho, se pegó a la puerta para escucharlo todo.

Soledad supo, por boca del abogado, que todo trámite en aras de la obtención de la jubilación como docente sería inútil, por un conjunto de normas y disposiciones que ella no fue capaz de entender muy bien pero que al viejo le bastaron para comprender que su caso no tenía remedio.

Soledad había empezado a compadecerse, a sufrir con el que creía su padre la mala noticia que le había dado su jefe, cuando escuchó lo peor; rápido descubrió que había sido sólo el preludio de un mal mucho mayor que se abatía sobre aquel.

—Entiendo... de todas maneras le agradezco su gestión doctor a usted que tan amablemente se ha ofrecido a ayudarme... me hubiera gustado poder jubilarme como profesor... ahora si tengo que decirle la verdad más que por la plata que no le voy a negar que me hubiera venido muy bien me gustaría contarle si me lo permite que la verdadera razón es en realidad una cuestión de orgullo... jubilarme como profesor para poder decir que toda mi vida trabajé haciendo lo que más me gustaba... pero ahora ya es tarde... sepa disculparme por hacerle perder el tiempo pero que esto que le cuento sirva además para excusarme por haber aceptado sus amables servicios en primer lugar hace casi dos meses... yo no sabía en ese entonces lo que desde ayer sé doctor por eso le pido perdón... no me queda mucho tiempo porque me estoy muriendo doctor...

El abogado, hombre superficial, banal y burlón, se quedó sin palabras, pudiendo esbozar sólo una sonrisita nerviosa absolutamente inoportuna; el modo en que el viejo se acababa de confesar con él, lo había intimidado como nunca nadie lo había hecho antes; de pronto tuvo miedo de sufrir un insoportable acceso de piedad. No quiso escuchar más. Se puso de pie, le deseó suerte, y le estiró la mano para saludarlo como una invitación perentoria a retirarse.

Soledad ya estaba de vuelta sentada detrás de su mesita, cuando la puerta del despacho se abrió para que saliera el desahuciado. Si el viejo al salir del despacho la hubiera mirado más detenidamente, alzando la cabeza vencida por el peso de su tragedia, se habría percatado de que ella estaba tratando de disimular a duras penas que no podía dejar de llorar, hipando lo más levemente posible, mostrando sólo un perfil que se adivinaba detrás del pelo largo que dejaba caer sobre su cara, mientras sostenía contra su oído el receptor del teléfono inerte porque nadie había llamado.

8

Daniela fue la primera amiga de Soledad. Fue la única nena que la trató bien desde que la conoció, porque en el pueblo todos sabían su historia, y nadie quería que sus hijos tuvieran trato con *una guacha que tiene el mismo apellido de la madre porque Doña Zulema comenta que es hija de un viajante que pasó por el pueblo un tipo que vendía secadores de pelo y un día la llevó a comer a la parrilla... éstas negritas son todas iguales.*

Daniela vivía en una casita a la vuelta de la pensión, techo que fue lo único que le dejó el marido embarcado a su madre cuando murió ahogado en el Paraná, junto con la pobreza que la obligó a coser y planchar, y cuando esto tampoco le llegó a alcanzar para subsistir, *arreglar* con Zulema Videla (quien se tenía que quedar con la mitad de lo obtenido) para que le avisara cuando viniese algún viajero que pudiera estar requerido de otros *servicios*. Como Zulema Videla poseía una aguda visión comercial, que le hacía anteponer el lucro a toda consideración ajena al mismo, tuvo la idea de que además del servicio de costura y planchado, Genoveva, que era el nombre de la madre de Daniela, también pudiese brindar otro *tipo de atención sólo con hombres presentables querida*; así es cómo Genoveva acabó por ser la primera pupila de Zulema Videla, que comenzó de este modo su exitosa carrera de rufiana.

La madre de Daniela tuvo que decir que sí a la propuesta *porque soy viuda la plata no me alcanza tengo una nena chiquita que va a empezar la escuela yo sé que está mal Padre Ramiro pero voy a hacer penitencia ya sé que está mal pero Dios me tiene que entender está bien no vengo más por acá ni a misa ni a confesarme está bien no me da la absolución perdóneme padre ya me voy.*

Soledad se hizo amiga de Daniela cuando un día la encontró esperando a su madre afuera de la pensión, mientras esta se aburría sentada en el cordón de la vereda hecha un bollito. Se acercó y le preguntó cómo se llamaba. Al ratito ya eran amigas y estaban jugando; a poco de conocerse ya eran la hermana que cada una se había encontrado para sí; las dos sin padre, *el mío lo vi una vez y me trajo este bebé que se llama Coquito... más o menos me acuerdo de él porque se fue hace mucho... igual que el mío que no volvió pero alguna vez quizás vuelva porque era tan bueno nos invitó a comer a la parrilla una vez... vamos a ir a buscarlos alguna vez, ¿Querés...? Mi mamá dice que nunca lo encontraron en el río, para mí que el río se lo llevó y no puede volver, puede ser... el mío siempre viaja no tiene casa como el viento de un lado para otro sin parar como le dijo a mamá esa noche que la seguí para escucharlos quererse.*

Con Daniela fue que Soledad empezó a soñar. Estaban todo el día juntas, en la calle, en la pensión, en la escuela. En la escuela no hablaban más que entre ellas, porque nadie las quería tratar, por orden de los padres de los otros chicos. A ellas no les importaba. Era entonces que se perdían sin que nadie se los impidiera en un mundo lejano, improbable, recortado de alguna revista que miraban juntas o sacado de algún programa de televisión, un mundo hecho de sueños que, como lo creían entonces, algún día tendrían que cumplirse por la misma fuerza de ser capaces de soñarlos. Así era como planeaban ir a vivir las dos con sus madres en una gran casa en la capital, y con lo que ellas iban a ganar como cantantes, las dos sufridas mujeres dejarían para siempre de trabajar. Pasaban las horas cantando a dúo las canciones que aprendían del único televisor de la pensión, las melodías de la publicidad o de las telenovelas que se repetían hasta que las sabían de memoria, empezando a entonarlas con sólo escuchar los primeros acordes cada vez que comenzaban a sonar.

Así se les fue la infancia, siendo capaces de abrigar una ilusión en medio de la pobreza y la cruda realidad de cada una de sus madres que, a veces, cuando las escuchaban fantasear, saboreaban un pedacito de esa esperanza hecha de nada, y vislumbraban por unos cortos instantes, como los condenados en el Tártaro cuando Orfeo lo visitó, una vida mejor.

9

Soledad había empezado cuarto año cuando Daniela dejó definitivamente el secundario. Todos en el pueblo sabían por qué. Soledad también, y lo peor era que todos parecían decirle con sus miradas, con cada gesto, desde el primer momento en que se supo, que a ella también le esperaba el mismo destino. Porque si Daniela había empezado a trabajar con su madre, para ayudarla, Soledad debería hacer pronto lo mismo con la suya; ambas madres prefiguraban un destino inexorable para ambas chicas.

En el pueblo se sabía que en la casa de Zulema había *gente indecente*, mala fama con que se exornaba solamente, eso sí, a Norma y a la madre de Daniela, nunca a la patrona, una de las vecinas más viejas del pueblo. Algo de cierto había, como ya se dijo, a pesar de la falta total de sensibilidad de los vecinos *decentes*; la madre de Daniela era, en efecto, la puta del pueblo. Cuando se supo que Daniela iba a trabajar con ella, nadie pensó en que iba a lavar, coser y planchar la ropa de los viajeros, sino que iba a prestar servicios de esos de los que no se habla; lo peor fue que no se equivocaron.

Daniela siempre había sido desenfadada y precoz. El rechazo que los otros chicos del pueblo le profesaban antes de la pubertad, se tornó rápido en atracción, cuando los varones crecieron y la inocencia la dejaron a un lado en pos de un apetito sexual canino que, desesperante, buscaba satisfacción (estimulado y azuzado por los padres, machos que no dejaban de promover la temprana iniciación de sus epígonos); cual bestias carniceras que en el aire olieran el rastro de la sangre, a Daniela la supieron pronto presa accesible, cuando empezaron a pensar casi todo el tiempo en lo único que deja los juguetes para siempre muertos en el rincón del olvido, el anhelo de lo que se cree que es hacerse hombres.

Como en la tropilla de perros detrás de la hembra en celo, pronto (un poco antes de que Daniela cumpliera los trece), uno de los perseguidores resultó beneficiado, pero eso sí, sólo como *noviecito*. Hasta los dieciséis todos fueron noviecitos, los seis o siete que tuvo, porque Daniela sino no se entregaba a cualquiera. Hasta que el destino inclemente de las extraviadas impuso su ley de la herencia.

Un día que la madre fue sorprendida por una menstruación adelantada que le iba a hacer perder a uno de sus mejores clientes fijos, Daniela aceptó reemplazarla porque era un hombre joven, pintón y se parecía a un actor de moda. Así fue como comenzó a trabajar, sin detenerse, hasta que casi no le dejó a la madre más que el único trabajo con el que había empezado a frecuentar la pensión de Zulema, lavar y planchar, lo que habría de hacer hasta su último día. En el pueblo se decía que a Genoveva, la madre de Daniela, lo que la mató unos siete años más tarde fue la envidia propia de la mujerzuela desplazada en el oficio por su propia hija; en realidad la mató la culpa, aunque Daniela jamás le achacó nada.

Daniela no era hermosa, pero tenía lo que se necesita para el oficio con su boquita acorazonada, sus tetitas puntiagudas y sus carnes firmes. Soledad, que era apenas un poco menos fea que Norma a su edad, porque tenía un poco más de formas (Norma era casi raquítica), comparada con Daniela era horrible. Será por eso, por carecer casi de atributos femeninos, los cuales de por sí escasos se tornaban invisibles por estar casi todo el tiempo con su amiga, que nunca pudo conseguir un novio, ni siquiera alguno de los desechados en la puja por la que todos querían, quienes antes que optar por Soledad preferían ponerse en la fila a esperar su turno; quizás si no se hubiera prestado casi constantemente a la comparación con su amiga, Soledad habría podido tener alguna experiencia antes de la que habría de ser decisiva en su vida.

Con Daniela, Soledad también conoció por primera vez el verdadero significado de la envidia; fue por Daniela, a quien sin embargo nunca dejó de querer bien, que se instaló o brotó en su carácter esa envidia que jamás la iba ya a abandonar, y que las circunstancias futuras de su vida no harían más que alimentar.

Daniela, por su parte, a pesar de sus ventajas sobre Soledad, jamás la iba a tratar con desdén; por el contrario, era como si en ella hallase un refugio para esos sueños que entonces parecía conservar intactos, como si Soledad fuese el último bastión en que resguardaba todo lo que aun pareciendo lejano, podía ser alguna vez posible.

Una tarde de fines del verano, sentadas en un banco en la plaza, al notarla un tanto triste, para animarla le aseguró:

—Estoy ahorrando para las dos, para que nos vayamos juntas cuando termines el secundario. Varios que pasaron por el pueblo me dijeron que tenía futuro en la capital, que me podía abrir camino, que en muchos locales quieren chicas que sepan cantar, que muchas veces pasan por ahí representantes de artistas que te dejan una tarjeta y quieren que grabes un disco, ¿Te imaginás...? Vamos a cantar como siempre, vamos a ser famosas... ¿No te gustaría? ¿Qué te pasa? ¿Pensaste que me iba a olvidar de vos, tonta...?

Soledad estaba en verdad muy triste ese día y no porque pensara que su amiga la había olvidado. Tenía un dolor que necesitaba convertir en palabras. Daniela, al ver que se le llenaban los ojos de lágrimas, le tomó la mano como cuando corrían juntas por los pasillos de la pensión. Soledad le abrió su corazón.

—Mamá está enferma Dani... mamá se va... se va... a morir...

Daniela la abrazó y comenzó a llorar a su vez. Entonces Soledad agregó, casi hablándole al oído:

—Aunque me gustaría ser cantante con vos, no va a poder ser... Le prometí a mamá que voy a estudiar una carrera en la capital, que voy a estudiar abogacía, que ella dice que es lo mejor que puedo ser porque ella vio a los abogados, lo importantes que son...

Treinta y dos semanas de agonía después, Norma se moría de un cáncer de estómago que se la llevó entre gritos de dolor. Alcanzó a ver a su hija terminar el secundario, a escuchar que viajaría pronto a la capital para inscribirse en la facultad, y también a confesarle que *el hombre del traje marrón ese con el que fuimos a comer una vez a la parrilla cuando eras chiquita era en verdad tu papá me hubiera gustado ir a buscarlo como tantas veces te prometí... ojalá algún día lo encuentres...* No dijo más, cómo se llamaba ni dónde podría buscarlo. Después cerró los ojos y se extinguió callada como había vivido.

10

De todos los clientes que tuvo Daniela, el único realmente bueno fue Jorucho el camionero. No bueno como cliente, que en el imaginario prostibulario significa alguien que *no pide cosas raras y termina bien rápido*; no, Jorucho era lo que se dice un buen muchacho. Jorucho era el típico treintañero solitario, tímido, inocentón, de modales respetuosos, novio eternamente fracasado, que vivía con su madre (*la viejita*, más por cariño que por vieja, a quien hubiera deseado presentarle a Daniela, si no hubiese sido de todo punto de vista inconveniente hacerlo) en la ciudad, y que había encontrado en Daniela una especie de novia a la que visitaba de tanto en tanto en el pueblo, cada vez que debía hacer noche allí. Cuando en vez de dormir en el camión se quedaba en la pensión, a veces hasta la invitaba a cenar a Daniela, sin dejar de pagarle sus servicios, sólo para contarle todo lo que se reservaba en su timidez y soledad; esas eran las noches en que se quedaba irremisiblemente dormido en sus brazos hasta el día siguiente, sin hacer nada, como un niño grande. A la mañana se iba tan contento con su noviazgo de mentira, que a Daniela le daba lástima, y lo despedía tiernamente asegurándole que lo iba a extrañar.

Iba a ser Jorucho quien, a pedido de Daniela, llevaría a Soledad a la capital a inscribirse en la facultad, misión de ida y vuelta que asumió concienzuda y responsablemente.

Grande fue el disgusto de Zulema al enterarse de la resolución que Soledad había tomado, y que hasta el fin del secundario ésta se había callado; desde el principio se iba a oponer al proyecto de Soledad de llegar a ser abogada, por ninguna otra razón más que la de no quedarse sin mucama en la pensión. Esta fue la única razón que trataba de disimular, cuando llegó a prometerle que un día iba a heredarla porque ella no tenía a nadie más, *entonces vas a ser la dueña tonta ¿No entendés...?*; a cada embate Soledad resistirá con su tímido pero resuelto *no gracias de corazón Doña Zulema no tengo palabras para agradecerle pero la promesa que le hice a mamá...*; a lo que por enésima vez Zulema repondrá *como quieras andá nomás vas a terminar volviendo yo sé lo que te digo*, quedándose con la última y agorera palabra.

Pero no volví más ni voy a volver, piensa Soledad mientras espera que se abran las puertas para las visitas, en el hospital donde está internado el hombre que ella cree su padre. Daniela está por llegar en cualquier momento; Jorucho la va a traer en el camión, en el mismo que las trajo a las dos a vivir en la ciudad. Habían pasado más de cinco años desde el día en que Soledad dejara la pensión de Zulema.

Hasta poco después de cumplir su primer mes en la ciudad, Soledad vivió en el peor lugar del mundo, el prostíbulo en el que trabajaba su amiga. Daniela le dejaba su cama en el altillo que fungía de pensión para las pupilas, para que descansara mientras ella trabajaba; era una cama de la que Soledad podía servirse muchas horas, porque Daniela nunca dormía más de cinco, siempre de mañana.

Cuando empezó la facultad, el curso de ingreso obligatorio, lo único que Soledad llegó a comprender fueron sus propias deficiencias; de lo que se hablaba, no entendía prácticamente nada. Sentada en la clase, escuchando al profesor, se sumía en una confusión que sólo se disipaba cuando salía nuevamente a la calle, y la arrebataba el pasmo que le provocaba la ciudad de dimensiones descomunales, inimaginables hasta entonces para ella. Se sentaba en el banco de una plaza que le parecía inconmensurable, para leer los apuntes que había comprado en la facultad, y apenas podía empezar a leerlos, avasallada por el torrente de imágenes y sonidos que se desarrollaba a su alrededor. Volvía al prostíbulo entrada la noche, después de vagar sin rumbo, siempre sorprendida por todo, en esas tardes tibias de fines de marzo. Comía algo que encontraba en la heladera de *las chicas* (casi siempre conversaba un poco con alguna de ellas, si Daniela no estaba), que le contaban algún retazo de sus propias historias, y de los secretos de la hombría que allí iba a manifestarse. Después se acostaba y tardaba en dormirse por la música y los ruidos que provenían del salón del bar de abajo, al que Daniela le tenía terminantemente prohibido acercarse. A veces le parecía que escuchaba a Daniela cantar y se ponía contenta; entonces se proponía preguntarle, cuando la viese al día siguiente, si ya estaba cantando profesionalmente, y se quedaba dormida con esta imagen feliz. Pero siempre se olvidaba de preguntarle a Daniela por su carrera de cantante, cuando la veía brevemente al mediodía y aquella recién se levantaba.

Soledad se queda pensando en esos días ahora tan lejanos, y comienza a deslizarse hacia una reflexión sobre lo que ha sido su vida, sintiéndose arrastrada hacia un pozo de angustia.

Cuando la ve llegar al hospital, Soledad tiene ganas de preguntarle si ha vuelto a cantar pero esta vez no quiere hacerlo porque sabe que es demasiado tarde. Ahora Daniela hace la calle, desde que el patrón se fue, el mismo que fue el causante de que Soledad se tuviese que ir del prostíbulo cuando vivía aún con su amiga. Por el arreglo que tenía en aquella época Daniela con su patrón, ella debía entregarle el cuarenta por ciento de lo que producía con sus clientes, a cambio del alojamiento y la *protección* que le brindaba; *acá nadie se va a hacer el vivo con vos nena*, le había asegurado al empezar. Después, cuando llevó a Soledad a vivir a con ella, el patrón iba a acabar por aclararle bien su situación: *me das el cuarenta de ella o se van las dos*; Daniela todavía se va a atrever a sugerir *es un tiempito más hasta que se acomode*, pero el amo sabrá ponerla a prueba con auténtica maña de chulo: *entonces si se queda que pague como sea.* Así fue cómo Daniela acabó por entender que Soledad se tenía que ir de allí.

Ahora Soledad la abraza fuerte, sintiéndo cómo la cubre un efluvio de tabaco pastoso y perfume pungente. Le pregunta por Jorucho.

—No pudo venir, vine por las mías... Ahora tengo mi propio transporte, me compré una motito ya vas a ver qué linda.

Soledad le sonríe apenas. Entonces Daniela mira la ventana vidriada de la sala de terapia.

—¿Cómo está?

—Falta poco... me voy a quedar hasta el final...

Le contesta bajito Soledad.

—Hoy no salgo...

Murmura Daniela y le agarra fuerte la mano, entrelazando sus dedos con los de su amiga.

—Me reconoció Dani... ahora tengo papá...

Se deslizan hilos de lágrimas por las mejillas de Soledad.

—Me pidió que lo perdonara por no haber vuelto nunca, que siempre se acordaba de mamá pero que él no había podido ir a buscarnos porque el hijo nunca se lo hubiera perdonado por haber engañado a la madre que encima después se murió... Le dije que lo entendía, que lo perdonaba... Le besé la frente y me fui un poco después que se desmayó.

Estaban sentadas, abrazadas, cuando llegó el hijo del antiguo profesor. Las miró un instante y no se detuvo a saludarlas; no sabía quiénes eran. Soledad sí sabe quién es porque lo escuchó cuando se presentó a la enfermera de guardia, quien lo hizo pasar a la sala después de explicarle que ya no había más que hacer por su padre, que no iba a pasar de las próximas horas.

Soledad lo ve al hombre entrar despacio a donde yace su verdadero padre, lo ve acercarse a la cama, tomarle la mano y llevársela a los labios para besarla. Después ve que empieza a llorar tan tristemente que Soledad se siente sobrecogida y fuera de lugar, a punto de causar un gran daño si interfiere con su presencia en ese reencuentro. Porque Soledad ahora sabe que miente.

La verdad se abre camino, aunque se disfrace de mentira, y lo que fue la última mentira piadosa de un viejo agonizante, sería la verdad que Soledad se había procurado durante largos años; una verdad que se abrió camino, porque en esa hora Soledad supo que el hombre del traje marrón nunca había sido su padre, (ya que por su patrón, el abogado, Soledad había sabido que el antiguo profesor se había hecho viajante después de la muerte de su mujer, así que el hombre no le había sido infiel a nadie con Norma); pero esa mentira se tornó verdad en el último instante para que ella la atesorara, sintiéndose en posesión de un secreto que era mejor que el hijo no supiese, porque entendió que le debía al antiguo viajante la alegría de la reconciliación con ese hijo que era el único verdadero, y el único a quien había amado y esperaba ese día.

Por eso Soledad se pone de pie, todavía tomada de la mano de Daniela, y comienza a caminar para dejar atrás, esta vez definitivamente como idea, a su padre. Daniela nunca iba a entender del todo por qué Soledad había decidido irse, pero sin decir nada marchó con ella hacia la salida; jamás le iba a preguntar nada sobre ese día.

Poco después de que su hijo lo perdonase, algo que el pobre hombre dilapidado pareció percibir desde las tinieblas, se apagaba para siempre, como si hubiese estado esperando esa absolución. Si bien fue más lento el apagarse en la memoria de Soledad, que nunca más volvió a hablar de él, finalmente acabó por olvidarlo porque ya no era la misma que durante tanto tiempo había buscado un padre; el anhelo murió, como sucede con todos los anhelos, cuando ella dejó de ser la misma que le había insuflado vida. Aunque no pudiese advertirlo, aunque fuese incapaz de apreciar la magnitud de la desilusión sufrida, Soledad había empezado a construir lo más importante que se necesita para durar antes que para vivir, el dejar de creer.

11

Gastón L., el abogado para quien trabaja Soledad, todavía era estudiante cuando se hizo cliente de Daniela. Gastón L. era uno de esos eternos adolescentes de clase acomodada que lo han tenido siempre todo a su alcance, y que sienten un profundo desprecio hacia todos los que no han tenido la misma suerte de ellos, la gente como Soledad. La comodidad de una vida regalada lo había demorado bastante en la facultad, donde acabaría por recibirse poco tiempo antes de cumplir los treinta. Fue en esos meses previos a la graduación de Gastón L., que Soledad llegó para vivir en su casa.

No fue otra que Daniela la que le consiguió el trabajo de doméstica en la casa del futuro abogado, donde éste vivía aún con sus padres, el viejo coronel retirado y su beata —y mártir— esposa. Gastón L. aceptó ayudarla por una sola razón que nada tuvo que ver con la nobleza como motor de las acciones: sabía que si le hacía el favor, Daniela iba a estar en deuda con él, lo cual habría de significar que desde entonces debería cubrir (ante el patrón) de su propio peculio, todas las veces que Gastón L. se presentara en el prostíbulo requiriendo sus servicios. Gastón L. no necesitó siquiera insinuarlo como contraprestación esperada, cuando se apareció en el lupanar tres días después de que Soledad comenzara a trabajar en su casa, devenida chica *cama adentro*.

—¿Cómo se está portando Soledad? ¿Nocierto que es una chica muy buena...? Vos y tu familia se pueden quedar tranquilos, es muy cumplidora...

—Más o menos, medio bruta la piba. Mi mamá dice que es bastante pajuerana, que le tiene que andar explicando todo... ¿De dónde carajo la sacaste a tu amiga, de la selva?

Gastón L. se quiso asegurar las condiciones del acuerdo que tenía con la hetaira. Daniela, con una sonrisita forzada, le contestó.

—La conozco desde chica, es más buena que el pan... Hay que tenerle un poco de paciencia, ya va a aprender... De lo que no tenés que dudar es de que se va a deslomar tratando de hacer las cosas bien para mantener el laburo. Eso vale... mucho...

—Vamos a ver...

Se limitó a contestar Gastón L. mientras se ponía las medias, dándole la espalda a Daniela, sentado en el borde de la cama. Cuando terminó de vestirse, salió de la habitación saludándola de lejos, con una actitud distante que la dejó a Daniela sumida en la zozobra por el destino de su amiga.

Era verdad que Soledad se mataba trabajando. Mientras sus patrones estuvieran despiertos, ella siempre tenía cosas que hacer; cuando sus patrones dormían, ella trataba de estudiar hasta que se quedaba dormida a los pocos minutos, atravesada por el cansancio como por un rayo que la derribaba con el apunte en la mano; siempre caía rendida en la misma página, que era una de la primera veintena del libro de apuntes; no podía pasar de ahí.

Cuando llegaron los exámenes, Soledad no sabía ni para empezar, por eso aunque sus patrones le dieron permiso para ir a rendir, en vez de ir a la facultad fue a sentarse en el mismo banco de la plaza donde acostumbraba hacerlo en el corto tiempo que vagó por la ciudad antes de conseguir trabajo.

Pensó en su madre y se juró, y le juró, hablándole al cielo del ocaso, que al año siguiente lograría comenzar la carrera como fuese. Después, sacó de su bolsillo la larga lista de la compra que le había encargado la dueña de casa y, vacía su alma, mecánicamente, se encaminó al almacén.

12

El coronel Bartolomé L., el padre de Gastón, ni bien la vio a Soledad en su casa supo lo que era, una sobreviviente, alguien que no puede decir que no. Desde que sufriera una profunda depresión algunos años después del retiro, el viejo hombre de armas no había vuelto nunca a putañear como lo había hecho desde siempre. Como no salía casi nunca de la casa en los últimos años, pasaba los días viendo la televisión en pijamas, tiranizando a su pobre mujer, y fantaseando con alguna de sus novias de antes o, con alguna de las domésticas por horas que trabajaban habitualmente en la casa, para las cuales carecía tanto de motivación como de oportunidad por la brevedad del lapso en que se desarrollaba su trabajo.

Soledad fue la primera chica *cama adentro* que tuvieron en mucho tiempo, desde que el coronel le ordenó a su mujer que echara a la última, cuando Gastón L. entró en la pubertad, unos

quince años antes. El coronel entendió que la mucama se tenía
que ir cuando descubrió, mediante furtiva vigilancia, que su propio hijo había empezado a compartir los favores de la doméstica
con él; era una cuestión de *decencia* para la cual había que tener
mucho tacto, puesto que ante todo estaba orgulloso de que su
hijo se sirviera de la muchacha. Pero todo cuidado del coronel
para disimular las razones del despido ante su hijo no tuvo caso;
Gastón lo supo todo. Lo sabía todo porque si él se había lanzado
sobre la indefensa empleadita, fue porque antes, una tarde en
que se suponía que debía estar en su clase de mecanografía,
había permanecido en la casa tras haber inventado que se sentía
mal para que su madre lo dejase quedarse, decisión que esta
tomó sola contra su propia voluntad, pero convencida de que
era peor interrumpir el descanso de su marido, que autorizarlo
a Gastón ella misma; fue así que Gastón pudo ver a su propio
padre señalándole el camino a seguir, cuando lo vio entrando en
el cuartito de la chica durante la siesta. Cuando después el coronel la hizo echar, su hijo lo odió. Por esto al pedirle Daniela que
le diera una mano con Soledad, además de la atención gratuita
que de aquella esperaba obtener a cambio, fue también toda la
saña contra el viejo militar la que se acumuló en Gastón L. para
decirle que sí, como una inconsciente demanda de revancha. Y
como ahora el hijo llevaba la voz cantante en la casa, le impuso
su voluntad a la madre como si nada y el coronel, que parecía
retirado de la vida, no tuvo nada que decir.

A poco de que Soledad se instalara en la casa, el coronel
L. se había hecho una costumbre, que era la que marcaba el
ritmo de las horas, en sus días que hasta antes de que llegara
la muchacha habían sido siempre iguales. Hasta entonces,
había sido la serie que esperaba ver en la televisión, mientras

tomaba café con leche con tostadas embadurnadas con manteca y miel, a la tardecita, sentado en un banquito en la cocina, la que definía los antes y después de sus jornadas de no hacer nada más que sentir pena por sí mismo. Su nueva costumbre tenía un modo especial de anunciarse, una rara música que hacían los más improbables instrumentos, un calefón, y una ducha que empezaba a sonar repiqueteando contra las paredes de su libido aletargada.

Cerca de las ocho, a pesar de que su serie televisiva favorita aún no había terminado, el viejo le bajaba el volumen al televisor hasta hacerlo prácticamente inaudible, a la espera de la señal de que el concierto había comenzado, junto con todo lo demás que esperaba con fruición en esa hora anhelante.

Soplaba la tromba del aire gaseoso y caliente por los tubos del calefón, y el viejo pegaba una saltito corto en su asiento, amagando levantarse. Había empezado. Esperaba unos segundos. Entonces lentamente se calzaba las pantuflas, caminaba sigiloso por el pasillo que separaba la cocina del baño, y se detenía junto a la puerta esperando escuchar que se sumaran los otros instrumentos: la ducha con el golpeteo de su lluvia contra el piso, la cortina que al correrse abriéndose y cerrándose emitía dos chillidos agudos cuando Soledad entraba a bañarse. Cuando el golpeteo se hacía sordo porque ya el agua había empezado a chocar contra la piel de ella, el viejo sentía mucho de lo que creía haber olvidado, y por unos instantes pensaba que debía entrar y tomarla. Hasta abría un poco la puerta para colar su cabeza lentamente, y atisbar la silueta detrás de la opacidad empapada de la cortina de plástico; era cuando creía oler una combinación de jabón y carne que lo acercaba al principio de *algo*. No era más que una vaga reminiscencia por el momento, aunque cuando se retiraba, poco antes de que Soledad terminase, el viejo sabía que en cualquier momento iba a estar listo, había que saber esperar; para él, que en la monocorde sucesión de sus días menguantes, hacía tiempo que había dejado de esperar algo, ahora esta espera lo era todo.

***

El día había llegado. El cuerpo hasta entonces letárgico del viejo hombre de mando parecía preparado para responderle como antaño, cuando no tenía más que bajarse los pantalones frente a la presa. Repitió la rutina de casi todos los días, con la diferencia de que esta vez esperaba que todo acabase del modo largamente anhelado.

El coronel había empezado a abrir lentamente la puerta, cuando súbitamente se detuvo. Había escuchado, multiplicado por el eco del baño, un murmullo que nunca había estado allí en todos los días que estuvo siguiendo cada uno de los movimientos de Soledad al ducharse. Se asomó despaciosamente, y lo vio como si se estuviera viendo a sí mismo en otro tiempo: Gastón, que ahora se había convertido en él, con una hermosa erección perdiéndose en el edén del que él había sido expulsado, el que lo aguardaba detrás de la cortina en que se empapaba Soledad aquiescente.

—Si se enteran tus padres qué hacemos Gastón…

—Mamá está arriba mirando la novela y el viejo viendo la serie, quedáte tranquila… Vení negrita… vení…

Estos fueron para el coronel, los términos de su sentencia. El viejo comprendió la enormidad de su derrota y se volvió, después de cerrar la puerta sigilosamente, por el pasillo a sentarse vacío de todo propósito frente al televisor. Gastón se había vengado. Después de esa tarde, el viejo sólo se limitó a esperar que el calefón comenzara a silbar, pero nunca más se volvió a levantar hasta que la serie terminara, ni a acercarse al baño de la empleada cuando ésta se estaba duchando. Gastón tampoco volvió a tomarla a Soledad en la ducha, porque supo que su padre ya no iba a volver. Esta ejecución simbólica de la hombría de su padre, fue algo que decidió, erupcionando en él aquel viejo resentimiento, cuando un día lo observó sin que el viejo se percatara, concentrado como estaba, fisgoneando a Soledad con la cabeza entera metida a través de la hendija, que se procuraba entreabriendo sigiloso la puerta del baño.

La verdad es que Gastón L. había ya empezado a servirse de Soledad por inercia, por la facilidad que le daba la proximidad y la disponibilidad de la sierva, un tiempo antes de empezar a pensar que podía cobrársela a su padre por la veda del derecho de *pernada* que le había impuesto en su pubertad.

Todo comenzó (una vida para Soledad) el día que Gastón le dijo que la iba a ayudar, él que era un estudiante próximo a la graduación, a preparar el examen final del curso de ingreso que Soledad había hecho a duras penas por segunda vez.

—A ver preguntáme lo que quieras saber... dale que estoy para ayudarte...

Le dijo con tono juguetón y poco después, mientras ella trataba de hilvanar una pregunta coherente, él ya había comenzado a acariciarle la cabeza. Estaban solos en la piecita de Soledad, cerca de la medianoche.

—Qué lindo pelito que tenés...

Fue la respuesta inconsecuente, que Soledad recibió a cambio de su pregunta casi susurrada.

Después vinieron los besos de él *a mí que no soy nada, él tan buenmozo, él que es el hijo del coronel, quizás me quiere a mí que nunca me besó nadie, quizás tenga suerte por fin, no como en el pueblo que nunca tuve novio porque comparada con Daniela yo no valgo nada...*

Esa noche, mientras los apuntes de derecho que Soledad tenía que estudiar comenzaban a dormir un sueño del que jamás iban a despertar, perdía la virginidad, y se enamoraba del único hombre —el peor que podía elegir o que la vida le puso enfrente en esa hora irrepetible— que habría de amar además de su padre, que más tarde creerá al fin hallar. Sus dos únicos amores varoniles, habrían de ser monedas falsas que la Felicidad habría de rechazarle cuando Soledad quisiera pagarle con ellas para que permaneciese a su lado; pero entonces aún no lo sabía.

Cuando Gastón L. terminó su faena, el sueño de Norma acababa de morir en la camita de mucama de Soledad, en esa hora en que ésta sentía lo más parecido a la felicidad. Soledad jamás llegaría a ser abogada.

SEGUNDA PARTE
Una familia

1

Supongo que este fin de semana haremos lo de siempre, piensa Soledad, en relación al compromiso que ha asumido de encontrarse con Carmelo para salir el sábado a la noche.

Hacía ya un tiempo que su jefe se servía sólo esporádicamente de ella para sus necesidades de *hombre*, aunque en términos de confianza la relación con él había crecido hasta tener Soledad acceso a todos los secretos que el abogado quería esconder, llegando hasta a encubrirlo de ser necesario. Era como si la mengua —casi extinción— de la vida sexual compartida, hubiese alimentado una unión cada vez mayor entre ellos, en la que Soledad llevaba desde luego la parte del vasallo, pagando un tributo de fidelidad sin límites.

Carmelo, sexualmente, no significaba nada para Soledad. Era para ella lo más parecido a un amigo, pero esto sólo en los límites de una sustitución abstrusa que ella pergeñó de algún modo, sin querer, cuando quiso que Silvina siguiera siendo parte de su vida. Silvina era la única hermana de Carmelo. Pero Silvina se había ido para vivir su sueño, que además era el sueño imposible de Soledad.

Carmelo y Silvina llegaron a la ciudad para estudiar en los mismos días en que llegó Soledad, cuando todavía vivía con Daniela en el prostíbulo de la calle 712 y aún creía que iba a poder honrar la promesa que le había hecho a su madre moribunda.

A Silvina, Soledad la conoció cuando hacía por primera vez el curso de ingreso a la facultad de derecho, pero no fue hasta el segundo año en que iba a intentar ingresar, cuando ya había empezado a ser la manceba del futuro abogado, que conversó con ella por primera vez. Fue un día que se encontraron cerca de la facultad, se saludaron, y Silvina, que la recordaba de su curso de ingreso, muy amistosa le preguntó cómo le estaba yendo en la carrera, qué materia estaba preparando. Soledad le tuvo que decir que había tenido problemas personales, que debía trabajar, pero que al año siguiente iba a intentar nuevamente ingresar. Tal vez ya intuía que jamás iba a convertirse en abogada. Pero aunque sufría al sentir que el anhelo incumplido pesaba sobre su consciencia, haciendo que su afirmación de ingresar en la carrera se volviera con cada día que pasaba una mentira, en ese tiempo Soledad aún estaba enamorada, y todo parecía tener un nuevo significado en su vida.

Silvina le dijo que no se preocupara, que seguro que lo iba a lograr, y desde ese día se hicieron amigas, en una relación de amistad en la que uno de los dos extremos del tándem siempre iba a pesar menos, y ese era el de Silvina, por algo que estaba más allá de su voluntad, como lo son las diferencias de clase;

Soledad la miraba a Silvina desde abajo y Silvina no podía evitar mirarla a Soledad desde arriba, admiración y envidia de un lado, compasión y menosprecio del otro; pero esto no evitó que cada una en esa época reconociera en la otra a *su mejor amiga*. Por otra parte, algo que no puede dejar de decirse es que si en Silvina los prejuicios no fueron lo bastante fuertes como para evitar que se acercara a Soledad, ello estaba dado por su propia condición de cuasi paria en su propia clase; Silvina, siempre había sido "la gorda Silvina" en el lugar del que provenía, y eso hizo que más por rechazada en su medio que por buena, fuese más dada a tratar con gente de otra ralea.

Silvina tenía un hermano mellizo que se llamaba Carmelo, que estudiaba farmacia (carrera de la cual finalmente acabaría por desistir, acobardado ante un profesor que se iba a volver su némesis) y que, a pesar de no parecerse en sus rasgos para nada a ella (esto en referencia a los caracteres de nacimiento, no a los adquiridos, como la gordura morbosa que sí hacía todo lo posible por unificarlos en un géminis grotesco de androginia), tenía la misma estrella fatídica del día y hora de su nacimiento, cuyo influjo les había procurado la misma madre viuda castradora y casi los mismos complejos.

Soledad lo conoció a Carmelo el mismo día que fue por primera vez al departamento en que éste vivía con su hermana. Era un departamento minúsculo, que creaba la ficción de dos ambientes con un ropero viejo atravesado en la mitad de su único cuarto; un ropero que llegaba hasta el techo, y que ya estaba allí cuando los dos hermanos se mudaron, porque era del dueño y le servía a éste para crear una ilusión de mayor extensión de su propiedad, al mismo tiempo que la exigencia de un precio más elevado que el que exige la honestidad (aunque cuando los dos hermanos lo alquilaron no se hubieran detenido en este tipo de consideraciones para rechazarlo, contentos como estaban de haber dejado atrás a su madre en la casona familiar de su ciudad provinciana). Algún día, este mismo departamento, llegaría a ser el hogar conyugal de Soledad, luego de serlo sólo de ella cuando dejó la casa de sus patrones para convertirse en la secretaria del abogado.

Ese día, Soledad y Silvina llegaron juntas cerca de las cinco de la tarde. Silvina la hizo pasar y la invitó a sentarse a la mesa que ocupaba casi toda la mitad del cuarto que hacía las veces de comedor-sala de estudio, mientras ella se puso a preparar el mate.

Se escuchaba el agua que caía en la ducha. Silvina le dijo desde el sucucho en el que se hallaba la miniatura de cocina, que Carmelo se estaba bañando, justo cuando a Soledad el ruido del agua tamborileando sobre el piso de la ducha, le estaba trayendo el recuerdo de Gastón metiéndose con ella en la casa del coronel; ahí mismo se preguntó por qué Gastón lo había hecho una sola vez, la única vez que hicieron el amor en la ducha.

Le sobrevino una cierta excitación en la forma de una ligera palpitación en el vientre, un latido carnal que la interrogaba acerca de cómo sería el hombre que a menos de dos metros de ella se estaba bañando. Esa intriga duró hasta que Carmelo salió de la ducha con la toalla a la cintura, descubriendo sorprendido ante sí a Soledad, porque su hermana no llegó a avisarle que había llegado acompañada. El asomo de deseo, que la femenil malicia había despertado en la hembra ansiosa de novedades que Soledad aún era, se tornó súbitamente en una sensación de cierta repugnancia ante eso que, en su cuasi desnudez, se manifestaba en su presencia como un ineficaz simulacro de hombría.

Porque si Carmelo era hombre, ello se fundaba sólo en una determinación biológica, en una ironía cromosómica que lo había dotado de un poder genitivo que, complementario del opuesto, en conjunción asegura la continuidad de la especie; nada más. No era gordo, era gordito; no era rubicundo, era coloradito; dos máculas bermejas, lustrosas, relucían en la hinchazón de sus cachetes lampiños de muñequito de porcelana; dos pechos caídos, que en las hembras dan cuenta de una lactancia prologada, le besaban con sus pezones la barriga esférica, que habían alimentado la angustia de su castración ficta y su inveterada cobardía, pusilanimidad que se disfrazaba de bondad para ocultar la capitalidad culpable de su naturaleza mezquina.

Aunque le pareció a Soledad que Carmelo tenía cara de mansito, cara de *buenito*, de inocente, como la de su padre el viajante, sintió todo menos el estar en presencia de un hombre. Cuando la saludó con su vocecita débil, tras huir a esconderse detrás del ropero para ocultar su parcial desnudez, *la verdad que me pareció maricón Daniela la primera vez que lo vi*, confesará mucho después Soledad; porque no, en ese entonces no quiso ser bruta (e ingrata con sus únicos y *presentables* amigos, que acababa de hacer) y decidió, esforzándose, pensar que era un chico ante todo bueno, angelical con su carita rosada de querubín pederástico, como las de los angelitos de yeso patinado de la iglesia del pueblo.

Pareciera ser que las innumerables horas que Carmelo pasaba en el servicio laico de Dios, habían acabado por crear una emanación que procedía de su persona, una irradiación

que provocaba en los que recién lo conocían como Soledad,
una certeza de beatitud que podía derivar, paradojalmente,
a la larga o a la corta, en dos clases de actitudes hacia a él:
la lástima o el abuso. Por esto, los que lo conocieron a Carmelo se dividían entre los que lo trataron poco y los que lo
trataron demasiado; los primeros siguen pensando que es un
verdadero manso de los que heredará la Tierra, los segundos
que es un pusilánime al que de un modo u otro se debe hacer
sufrir (aunque no se tenga una naturaleza sádica, Carmelo
era capaz de conjurar tales demonios hasta en el corazón más
generoso). Tendrían que transcurrir años hasta que Soledad
pasara a formar parte del segundo grupo, el de los sádicos,
cuando cobrara un especial interés por él. Esa tarde en que
lo vio por primera vez, fofo y de espaldas angostas, con su
toalla bordó ajustada debajo del ombligo en punta de su es-
fera armilar de mal habida grasa, de apariencia monacal, que
se sostenía sobre dos piernecitas de vello rubio que en una
mujer no hubieran necesitado depilación, no quiso pensar,
como por un temor supersticioso, que lo que tenía delante
fuera otra cosa más que un pobre tipo.

2

—Sole, ¿Cómo está el gatito que te regalé? ¿Hace mucho
problema...? Decime si me lo querés devolver no me ofendo...
yo me ocupo...

Al mirarlo a los ojos Soledad, Carmelo ya había bajado
la vista, y seguía cortando longitudinalmente el cuero de la
morcilla para destriparla y engullirla.

—Digo... porque como te fuiste a lo de tu amiga el fin de
semana que pasó yo pensé cómo estaría el gatito porque es

muy chiquito y no me avivé de decirte que me lo dejaras… pero claro vos tenés tu vecina que tiene llave y te lo cuida ¿No…?

Carmelo no levantó la vista del plato mientras lo decía. Soledad sabía que había algo más detrás de la preocupación que Carmelo quería hacerle manifiesta, un aproximarse furtivo a aquella parte de su vida que ella le mantenía entre tinieblas.

—Se lo llevé y se lo di a mi amiga que se le murió la gatita hace unos meses. Me pareció lo mejor... ¿Está bien, no...? Después de todo, yo no estoy en todo el día y no me puedo ocupar...

Carmelo se ensombreció, porque con el regalo del gatito había querido en su momento, muy tímidamente, insinuar algo más que amistad, y la miró con expresión resignada, de mártir. Soledad esperó en vano una reacción que nunca llegó. Por esto lo detestó aún más de lo que ya lo hacía.

—Sí… hiciste bien… es una obra de bien…

Repuso sin mucha convicción Carmelo para disimular su disgusto, como lo hacía siempre que era despreciado. Siguió comiendo en silencio, ahora con miedo de que Soledad hubiese notado algún mínimo reproche detrás de su inalterable fachada de mansedumbre.

—A mí también me pasó una vez que tuve que devolver un perro… no sé si te conté…

Soledad no daba crédito a la disculpa que, sin motivos, Carmelo estaba a punto de escenificar. No quiso detenerlo, para verlo una vez más en su total pusilanimidad.

—El primo de mi mamá que vive en Misiones tenía una ovejera que tuvo cría y yo le pedí un cachorro, le pedí que me lo mandara... Lo mandó en avión con un canil y todo. Yo lo fui a recibir al aeropuerto, estaba chocho con el perrito...

¡Hay que ver lo que lo llegué a querer...! Lástima que lo tenía que dejar sólo en el departamento todo el día porque cuando no estoy trabajando estoy con el padre Juan José ayudándolo con la obra misional. Ladraba todo el día porque era chiquito y se ve que mi primo me lo mandó recién destetado, el perrito tendría miedo... La cosa es que estaba todo el día dale que dale ladrar y lo volvía loco al vecino que no tenía paz... Entonces llego un día del trabajo, y cuando estoy abriendo la puerta del departamento escucho que se abre de golpe la puerta del departamento de enfrente y que alguien se me viene encima y me pone la mano en el hombro... *Flaco, ¿tenés un perro ahí dentro? Mejor que lo hagas callar porque si no, no respondo de mí, lo callás o te vas con el bicho ¿Taclaro...?* En eso lo veo que tiene una cuchilla en la mano... Me mira y me dice *No te asustés que estoy por hacer un asado, estoy cortando la carne, todavía no te pienso carnear, je, je...* Me palmea un cachete, se sonríe y se vuelve a la puerta de su casa... En eso el cachorro que había escuchado la llave se puso a aullar sin parar del otro lado de la puerta porque me escuchó que llegué, y yo lo miro al tipo y veo que me señala con el cuchillo, cruza un dedo sobre la boca, me chista silencio y se queda parado contra el umbral como esperando. Yo entro de golpe al departamento, agarro al perrito y lo empiezo a acariciar hasta que se calla pero cada vez que trato de dejarlo en el piso empieza de nuevo a aullar y cada vez que se larga a gritar automáticamente pienso en el tipo con el cuchillo y no lo puedo soltar porque sé que va a venir a buscarme... Es un tipo violento, peligroso... A la noche me lo tuve que llevar del departamento...

—¿Se lo mandaste de vuelta a tu primo? ¿Qué hiciste...?

—No… no se lo podía devolver… con la molestia que se había tomado de mandármelo pagando la vacunación el traslado y todo lo demás… no… no podía… pero tampoco podía poner en riesgo mi vida vos no sabés lo que parecía el loco de enfrente daba terror te juro… por suerte se lo llevaron unos chicos que les encantó el cachorro…

—¿Conocidos tuyos?

—No… no los conocía pero parecían buenos… cariñosos con los animales… tenían tres perros… siguiendo el carrito… chicos buenos…

Soledad entendió todo. Se había deshecho del perro por pura y flagrante cobardía. En medio del asco que le provocaba Carmelo, de la lástima por el sino del perro, le dijo para desahogar la cólera enrostrándole, al mismo tiempo, la miniatura de su hombría:

—Me gustaría verle la cara y decirle unas *cositas* a ese hijo de mil puta, al que te amenazó…

Entonces el gusano que se retorcía debajo de la piel de Carmelo, suerte de criatura hematófaga que se cebaba de la poca sangre del pusilánime, se manifestó como lo hacía siempre que el ser en que anidaba se sumía en una nueva humillación.

—Bueno… mirá el tipo no es tan jorobado… es un padre de familia… un laburante… un buen tipo… lo que pasa que no debe haber podido dormir y como se levanta temprano todos los días… lo volví a ver después y fue como… si me pidiera disculpas… aunque no me habló me pareció que ya no me miraba mal… no sé me parece que fue por decir que dijo lo que dijo… pero ya está… ya pasó… si alguna vez lo ves si venís al departamento y te lo encontrás no te enganches… dejálo así… ¿Eh…? Ya pasó…

Soledad estaba ya muy lejos, vagando en una memoria ajena, en el recuerdo triste de quien había sido su padre; podía verlo, llorando acorralado mientras una lluvia de latas vacías, en medio de risas soeces de chicos de escuela, se descargaba brutal sobre él; una ola de ternura y piedad la cubrió. Entonces lo vuelve a reconocer a Carmelo frente a ella, y el contraste no puede ser más fuerte; lo aborrece. Le dan unas ganas locas de hacerlo sufrir. Es todo un descubrimiento, el hallazgo de una posibilidad hasta allí ignota.

—El otro día vino Selva al estudio... Vino a traerle un regalito a mi jefe porque se acordó del cumpleaños... Selva es una clienta de años, vos sabés que mi jefe le hizo el divorcio...

Selva es la novia de Carmelo. Cuando Soledad se la nombra, cuando le dice que estuvo en el estudio donde ella trabaja, se pone blanco traslúcido como un cirio de parafina. Le tiemblan los labios exangües en una mueca que ya ha empezado a insinuar un puchero. Y aunque la cara de Soledad no ha variado de expresión, por dentro estalla en esa carcajada que a ella, siempre subalterna de todos, tanto tiempo le ha sido denegada.

3

Yo Carmelo Serafín Escudero confieso ante Dios Padre ante usted padre Juan José que he pecado mucho a pesar de mí mismo a pesar de tomar todos los recaudos para mantenerme en la recta senda que he pecado de pensamiento con deseos impuros hacia mi hermana en razón de la cohabitación que trae como consecuencia accidentes que minan el sentido del pudor y la decencia que a uno le enseñaron desde la casa pero que cuando la casa es grande y cada uno tiene una habitación para sí junto con un baño no se producen y el deseo que se enciende sin querer cuando se comparte todo como me pasó la primera vez que la vi desnuda fue sin querer pero después no pude evitar espiarla y ahí es donde también peco de obra porque a pesar de que ya se casó y se fue tengo que sacar de mi ese deseo cuando me quedo al fin solo que yo creo padre que es mi único acto junto al espiar que se puede considerar pecado de obra ya que todos los demás mandamientos los guardo regularmente así que de pensamiento y omisión no puede decirse que peque tampoco porque por sobre todas las cosas soy un manso no tengo maldad desconozco el sentido de la violencia soy incapaz de toda agresión será por eso que siempre hay alguien que me maltrata alguien que se vuelve como mi amo de quien yo evito siempre defenderme ofreciéndole la otra mejilla que es lo que prescribió Jesús más todavía yo me ofrezco a servirlos para ganármelos con la fuerza del amor aunque eso nunca sirve de nada porque es como si los colmara más y más de ganas de hacerme vivir un suplicio que yo no me quejo eso no porque jamás dejé de asumirlo con cristiana resignación [en este momento el padre Juan José está sudando profusamente y una arrechura inguinal monstruosa hace peligrar su propia salvación]... *por mi culpa por mi culpa por mi gran culpa por eso ruego a Santa María siempre virgen que cubra con un baño de gracia a la mujer que he elegido como mi compañera para que hoy aún maculada por su pasado pueda dejarlo atrás redimida cual Magdalena para quien yo me ofrezco salvador perdón redentor perdón por este acto de soberbia guíanos en el camino de la salvación... de ella que deshizo el nudo terrenal porque se divorció y está confundida y yo al principio me equivoqué ya sé Padre de Misericordia ten piedad de mí porque vencido por la lujuria me dejé arrastrar y tuve comercio carnal con ella eso sí a oscuras en postura procreativa sin medios contraceptivos como habrá de ser mi deber como marido y mujer porque si pudiera*

la pediría en matrimonio pero ella sigue casada ante Dios y ella no
me entiende por eso sé que me engaña y le gusta hacerme sufrir poniendo excusas absurdas para no verme eso lo tolero bastante bien
porque cuando al fin me permite encontrarme con ella le da lástima
y se me entrega y yo no puedo resistir padre porque no soy el que
era hace cinco años cuando entraba en una iglesia escuchaba los
cánticos de amor y villancicos y ahí nomás automáticamente caía
de rodillas a rezar y sanseacabó... porque esta es mi primera mujer
de verdad porque mis novias anteriores eran chicas de iglesia puras
inmaculadas monjiles hasta que un día caí con una perdida que me
destetó y dejé de ser el cordero bendito lechal que hasta entonces había
sido y hoy siento que todo se fue para abajo en mi vida padre por
eso ruego a los ángeles a los santos y a vosotros hermanos incluso le
ruego al abogado que es el jefe de Soledad que Soledad me contó todo
Soledad mi amiga padre nada más que mi amiga porque la verdad
que pobrecita es una chica de otro medio yo no podría presentarla
como mi compañera porque la verdad que se nota que es de origen
humilde pero yo le tengo afecto y me gusta que me escuche cuando
quiero conversar sobre mis problemas pero no podría llevarla a una
fiesta de los farmacéuticos aunque sé que somos todos iguales ante
Dios pero el papelón me lo haría pasar igual... Soledad me contó que
mi novia fue a verlo al abogado con un regalo de cumpleaños pero
no me quiso decir si se quedó mucho tiempo porque yo sé que es un
mujeriego que no respeta el lugar en que trabaja a veces se encierra
con una mujer en su despacho y con gente en la sala de espera tiene
relaciones carnales padre con alguna de las mujeres que lo visitan
Soledad se las conoce todas y a este hombre fue a ver mi novia Selva... padre es el mismo abogado que hace unos tres años le hizo el
divorcio y con el que tuvo una relación que duró varios meses... tuve
ganas de denunciarlo al tribunal de disciplina por faltar a la ética y

le juro padre que me quedé con el teléfono en la mano y en el último momento desistí de hacer la denuncia porque me dio miedo de las consecuencias... después Selva se enojó conmigo cuando le insinué mis sospechas y estuvimos peleados todo el mes de enero pasado que para mí fue como un cono de sombra hasta que felizmente en febrero volvimos juntos ella me perdonó... pésame Dios mío me arrepiento de todo corazón de haberos ofendido porque yo entendí todo mal fue un presente una atención que tuvo con el doctor L. que tan bien se portó con ella cuando le hizo el divorcio porque estaba casada con un loco que hasta hizo peligrar su vida padre... un loco que le hacía hacer torpezas sin nombre padre que a ella le gustaban y que me tentaron pero yo resistí padre... pésame por el Cielo que perdí y el Infierno que merecí cuando la verdad es que una sola vez... cuando en otra época para mantenerme célibe iba cada tanto al lupanar me hicieron algo parecido y usted se acordará padre que lo expié... porque el Señor es bueno porque es eterna su misericordia...

4

Unos cuatro años después del día en que Soledad conociera a Carmelo a la salida del baño, Silvina se recibió de abogada. Soledad sentía una gran alegría, un gran dolor y una envidia devoradora hacia su amiga. Cada examen que ésta rendía bien, sumando una nueva materia aprobada, le hacía sentir a Soledad que Silvina se iba alejando cada vez más de ella, montada en el albo corcel que encarnaba su propio sueño, ahora imposible, de llegar a ser abogada. Será por esto que a pesar de que nunca dejó de hacerle compañía, ayudándola, ofrendándole todo el tiempo de que podía disponer cuando Silvina estudiaba, llegando hasta a leerle los libros cuando Silvina se cansaba, oficiando de asistente o sirvienta según la hora, siempre abrigaba la esperanza de que le fuera mal. Pero no había caso, Silvina no dejaba de aprobar materias. En verdad que pareció que todos los hados del destino no hacían más que sonreírle, porque hasta novio consiguió Silvina, que junto con el primer amor vino a aligerarse en muchos kilos de la gordura morbosa que antes la había condenado a una castidad obligada, que más que el bastión de un principio moral mantenido a rajatabla, no fuera otra cosa que un escondrijo en que se ocultaba la adolescente hasta entonces siempre desdeñada.

El día que Jorge, el novio, la desvirgó a Silvina en un hotelito de la zona de la terminal de micros, Soledad lo sufrió en silencio cuando su amiga le contaba la novedad de cómo en un santiamén sentía que había dejado atrás todo lo sufrido antaño. Quizás fue ahí que le nació a Soledad lo que categóricamente puede llamarse envidia, antes de que la suma de materias aprobadas, fuese creando la cifra inexorable que la iba a situar a su amiga en un lugar inalcanzable para su propia pequeñez, que es cuando habrían de separarse para siempre.

Quien hubiese conocido a Jorge, habría entendido que sólo las frustraciones profundamente enraizadas que Soledad albergaba en su alma, podían hacer de este sujeto blanco de alguna forma de femenil envidia. Con su aspecto brutal de recluta del ejército de Tamerlán, cercano al metro noventa de estatura, culón y de pecho hundido, medio chino (por parte de madre) y medio vasco (por parte de padre biológico, no el que le donó el apellido), de cutis cetrino-amarillento, cabeza enorme con ojos rasgados y diminutos, boca disputada por al menos dos etnias (labio superior mínimo, belfo descomunal); intelectualmente poco desarrollado, mantenido por un padre postizo complaciente que nunca lo vería recibirse de ingeniero, Jorge Pihu era un vago de pieza, que lo único que hacía era fantasear con las artes marciales en clave cinematográfica, acumular revistas sobre armas junto con algunas de esas armas, y mirar mala televisión. Pero todo esto no le importaba a Silvina cuando se entregó a él, porque en ese momento este individuo le bastó para proveerla de una *femineidad* —lo que ella creía como tal— que allá en su provincia, condenada por gorda a castidad forzada, jamás habría conquistado; hasta llegaría a quererlo bastante, pensando alguna vez en casarse con él.

El mismo Carmelo, que desde el jardín de infantes había tenido problemas con brutos como Jorge, se vio beneficiado con la sobreprotectora —y humillante— amistad de su *cuñado*, que lo trataba como a un hermano menor debilucho por quien llegaría, en alguna ocasión, a dar la cara para defenderlo de alguno que se procuraba el puesto de abusador de turno; fue esta una edad dorada para Carmelo, en la que no tuvo nada que temer salvo que Jorge dejara de ser el novio de su hermana, razón por la cual era capaz de hacer lo que fuese por complacerlo. A la larga de nada serviría todo lo que hizo rastreramente para propiciar a su *dios*; cuando a su hermana le quedara chico el grandulón que no se sacaba los pantalones camuflados ni para dormir, que se pasaba los días viendo cine malo de una violencia tan explícita como irrealmente exagerada, mientras afilaba su colección de cuchillos de caza, esperando una guerra que nunca iba a llegar para que probase sus absurdas habilidades de soldado urbano alienado, Carmelo se iba a quedar irremediablemente huérfano de toda protección. Fue esta una orfandad que llegó de la peor manera, estando incluso Carmelo a punto de convertirse de protegido en víctima, cuando en Jorge la furia desatada trastocó la docilidad de la fiera hasta entonces contenida.

Como ya se dijo, Silvina, que había conseguido novio a poco de haber llegado de la provincia, durante su primer año de facultad, en unos tres años de vida sexual regular llegará a perder veintitantos kilos ganando su primera autoestima. Un año y medio antes de recibirse, empezó a trabajar en un prominente estudio jurídico *del centro*, donde no pasó mucho tiempo antes de que empezara una relación clandestina con uno de sus futuros colegas, compañero de estudio al lado del cual el *miliciano* grandulón, que en su día la había hecho mujer, se volvió pronto nada más que un chiste de mal gusto.

—Tengo que hablar con Jorge chicos, pero no sé cómo decírselo... Estoy enamorada de Víctor, no sé cómo pasó... Víctor siente lo mismo, estamos muy contentos, felices, queremos estar juntos en todo momento... Jorge es tan bueno... Él no tiene la culpa, lo que pasa es que ya no encaja en mi vida, se quedó atrás... Siempre lo voy a querer... como amigo... Espero que entienda que es por el bien de los dos... ¿No les parece? ¿Será capaz de entender, eh...? Espero que sí, que todo salga bien...

Se confesó así Silvina con Carmelo y Soledad, dos semanas antes de rendir su penúltimo final. Soledad sabía de quién hablaba, lo había conocido a Víctor, y detrás de la sonrisa con que simulaba festejarle la noticia, se arrepentía de no haberlo puesto a Jorge en la pista del engaño que podía llegar a sufrir; no lo había hecho porque creía que alguien tan *fino* como Víctor estaba más allá del alcance de Silvina, pensando, al conocerlo un día que éste había ido a repasar una materia con su amiga, que de alguna manera el *cajetilla* las igualaba viéndolas equivalentemente subalternas; se equivocó, y en esa hora su derrota no pudo ser más amarga.

Entonces lo ve a Carmelo, que había perdido los colores de la vida por efecto de la noticia, y cree confirmar la verdad de una conjetura que, desde que lo vio por vez primera, se fue tornando una idea que surgía como un obstativo cada vez que se entregaba a una suerte de sueño de libertad en el que quizás, algún día, él podría ser para ella el pasaporte a una vida más digna que la que llevaba como manceba de Gastón L.; por cómo acaba de reaccionar ante la noticia, Carmelo *debe ser maricón*, piensa Soledad. Esta que cree comprobación, casi la hace olvidar por unos momentos de la tragedia de haberse vuelto aún más pequeñita frente a Silvina.

Pero Carmelo es, ante todo, el colmo de la pusilanimidad, y si hasta entonces había sido con Jorge la criatura más servil que uno pueda imaginar, esto era el precio que sentía que debía pagar por su protección, antes que los gestos reveladores de una oculta atracción de naturaleza sexual que le provocara el tosco personaje (aunque en rigor de verdad, no se puede dejar de decir que si su protector se lo hubiera requerido, Carmelo, capaz de superar todo límite de indignidad, hubiera entregado su cuerpo para satisfacer a quien juzgaba el más benévolo de todos sus amos).

Convencida Soledad de su hallazgo, tuvo para con Carmelo su primer, temprano, indeliberado, acto de maldad; la verdad es que lo hizo sólo por jugar.

—Sil yo creo que lo mejor sería que Carmelo le hable primero a Jorge, él que es tan amigo que trate de explicarle la situación, ¿No te parece...? Se van a entender mejor...

Sugirió Soledad, y volteó a mirarlo a Carmelo que parecía no haber escuchado, boyando en un tremedal de temores. Con labios temblorosos, Carmelo estaba por preguntarle a su hermana qué significaba lo que [le] estaba haciendo, cuando Silvina se apresuró a tomar la sugerencia de su amiga al vuelo, encantada con la solución de su dilema.

—Carmi, ¿Vos me ayudarías...? Él te tiene un gran cariño, ustedes son como hermanos. Tiene razón Sole, a vos te va a escuchar... No le digas nada de Víctor, eso te lo pido por Dios porque Jorge es medio loco... Decíle que no me siento bien, que necesito un tiempo sin verlo, que me voy a ir a ver a mamá y quiero estar sola... Eso, decíle que voy a viajar y que cuando vuelva nos juntamos, así preparás el terreno para cuando le diga que tenemos que... terminar... Pobre Jorge él no tiene la culpa, pero así no va más, yo no soy la que era y él se quedó igual, pobre, no progresa... y es de bueno... Vos sabés Sole, yo te conté un montón de cosas, vos sabés bien por qué tenemos que terminar...

Carmelo no dijo nada y, rehuyendo la mirada de su hermana, acabó por refugiarse en el Sagrado Corazón que pendía de la pared, como si quisiera arrancarle un prodigio. Silvina se quedó también en silencio, un silencio en el que Carmelo esperó en vano (orando) ser librado de la ordalía a la que su hermana le imponía someterse.

Al cabo de unos momentos, haciéndose las desentendidas, Soledad y Silvina salieron como parecieron haberlo concertado desde antes, dejándolo sólo; la falta de respuesta de Carmelo, ellas eligieron interpretarla como una señal de aquiescencia ante el pedido; esto es lo que él entendió y Silvina supo que así lo había hecho, por eso no siguió hablando del tema, como dándolo por finiquitado.

Ni bien se cerró tras ellas la puerta del departamento, Carmelo empezó a llorar.

5

Carmelo se había quedado ligeramente dormido, cuando sonó el timbre sobresaltándolo. Hacía cerca de una hora, se había colocado una estampita sobre la frente y había rezado cinco rosarios acostado, con los ojos cerrados, invocando la protección del Altísimo para lo que debía hacer. Antes lo había estado pensando y repensando, hasta que llegó a la alarmante conclusión de que la demanda de Silvina era ineludible. Así es cómo después estuvo orando hasta que lo venció un sueño inquieto, cuajado de los amenazadores rostros sonrientes de todos los que se habían cebado en su debilidad en los años pasados.

Se deslizó hasta la puerta para mirar sigilosamente por la mirilla. Era Jorge. El alma se le evaporó de su cuerpo fofo, dejándolo vacío de todo ímpetu vital. Pasaron algunos segundos en que rezó con todas sus fuerzas para que se fuese, pero volvió a sonar el timbre, punzando sus oídos. Estaba por abrir, cuando lo detuvo el terror de saberse incapaz de hacer lo que debía en ese preciso momento; abrigaba la ilusión de autoengaño de que el día siguiente, que era cuando se iba a encontrar con Jorge para ir a jugar pelota paleta, y debía cumplir con su misión, se planteaba como una posibilidad incierta en el decurso del tiempo, algo que podía o no llegar. Ahora Jorge venía hasta él, y él no estaba preparado.

Mejor no abrir, decidió Carmelo. Después de todo, Jorge venía a ver a Silvina, era uno de los días de la semana en que pasaba a verla por unos pocos minutos puesto que ella estaba preparando finales; el muchacho, aún primitivo como era, le respetaba los tiempos de estudio y se había acostumbrado a no perturbarlos, ajustándose a la restricciones que su novia le exigiera; cuando se casaran, habría tiempo de sobra para estar juntos, pensaba ingenuo.

Yo podría no estar, es lo que Carmelo estaba tratando de asumir desde detrás de la puerta para tranquilizarse, cuando volvió a escuchar el largo timbrazo, que ya le pareció ser producto de una obstinación violenta que lo llenó de pavor; era como si Jorge ya lo estuviera acusando a él de lo sucedido entre su hermana y Víctor. Contuvo la respiración, temiendo que el que se hallaba al otro lado de la puerta pudiese oír su resuello. Hubo un largo silencio. Carmelo se estiró hasta la mirilla cuando volvió a sonar larga, tremebundamente, el timbre. Estuvo seguro de que Jorge debía saber que él estaba allí, la misma animalidad que le conocía le hacía pensar en un poder olfatorio ante el cual no podría ocultarse; era como si lo estuviera olisqueando con su hocico contra la puerta. Pero también Carmelo supo al mismo tiempo que ya no podía abrir, que la situación se había convertido en un duelo entre su cobardía y la tenacidad del bruto; había pasado el punto a partir del cual no se puede retornar. Ahí fue que empezaron a bramar las tablas de la puerta por los golpes a puño cerrado que empezó a dar Jorge, que en realidad no tenía ninguna intención de amenazar, pero que no se le ocurría hacer otra cosa ya que estaba convencido, en su estolidez, que no podía ser posible que no hubiese nadie cuando se sabía que él iba a venir.

Tras cerca de media hora en que se alternaron los más largos timbrazos con los golpes más horrísonos, estruendos que parecieron anunciar que la puerta iba a caer en cualquier momento, Jorge al fin se fue. Carmelo empezó a pensar que el día siguiente, si hacía lo que Silvina le había pedido, podría no verlo terminar. Cayó de rodillas frente al Sagrado Corazón de resina que pendía de la pared, y empezó a rezar por un milagro. Pero ni los veintidós rosarios que acabó poco antes de que regresara Silvina, consiguieron serenarlo.

6

Soledad piensa en qué bueno sería que alguien lo matara, al escuchar que, detrás de la puerta de su despacho, el abogado empieza a retozar con otra mujer. En seguida se arrepiente, para volver a deslizarse hacia la misma idea que la arrastra en pos de sí. A su jefe le conoce los ruidos, los chasquidos que produce con sus carnes fornicando en la posición que más le gusta. Es como si lo estuviera viendo. La novia de Carmelo debía estar de rodillas sobre el sofá, y él con los pantalones trabados en las pantorrillas, sin llegar hasta el suelo. La corbata no se la sacaba nunca, sólo se la aflojaba después de arremangarse la camisa, y antes de bajarse los pantalones.

Matarlo a sangre fría. Claro que no iba a ser Carmelo, que aunque le estuvieran usando a la mujer delante de sus ojos, no haría otra cosa que interrogar a la Providencia sobre el significado de lo que está presenciando. Para atreverse, tendría que ser alguien como Jorge, aquel novio que tuvo Silvina, se dice Soledad.

Desde hacía algún tiempo, desde que había comenzado a odiar a su amo en medio del furor de los celos devoradores, a ese amo a quien sin embargo jamás dejaría de manifestarle la más fervorosa abnegación en todos sus actos, a Soledad le gusta fantasear con que lo maten, con que Jorge hubiera matado a éste y no a otro abogado aquella vez. Soledad a veces saborea la idea como si dejara derretir un chocolatín en su boca, igual que cuando era chica y trataba de prolongar el placer evanescente y efímero de la golosina esporádica.

Lo que a veces me remuerde es que si se quiere la culpa un poco la tuve yo, afirmó compungido Carmelo, cuando no hacía mucho le había contado cómo fue todo lo que pasó, todo lo que jamás se animó a decirle a Silvina sobre ese día en el que Soledad está pensando. Ahora, Soledad se imagina al bestial Jorge entrando al estudio hecho una tromba, con el largo cuchillo de asta de ciervo en ristre; puede verlo con su musculosa verde oliva, sus borceguíes y sus pantalones camuflados. Le pregunta si está el abogado; ella no le puede mentir como tendría que haberlo hecho Carmelo, pero ella no lo hace por miedo porque en verdad quiere que su opresor pague. Después, todo tendría que ser igual que lo que pasó el día que Jorge lo fue a matar a Víctor, el marido (ese día todavía amante clandestino) de Silvina, al estudio jurídico donde trabajaban ambos, un poco antes de que se recibiera.

Si Silvina no quedó viuda anticipadamente de Víctor, el día en que Jorge fue a matarlo al estudio, fue porque Carmelo se equivocó; el mismo día en que Carmelo tenía que hablar con Jorge, para hacerlo entender que Silvina lo iba a dejar.

—Trabaja con Silvina en el estudio jurídico de Plaza Tambasco N° 1534... es alto más o menos como vos usa anteojos y tiene el pelo medio largo... Jorge tenés que entender... están enamorados... no sé cómo pasó yo me enteré ayer... si hubiera podido te hubiera ayudado pero te juro sobre los evangelios que nunca supe nada en este tiempo... te juro si hubiera sabido te lo contaba... porque vos sos como un hermano para mí...

La discreción y el tacto de Carmelo habían durado menos de un minuto. El mismo miedo de siempre, ese dolor en el bajo vientre que le aflojaba los intestinos, que era el preámbulo indeclinable de todos sus actos de cobardía, le había aconsejado decírselo todo sin medir las consecuencias, que desde luego no se hicieron esperar. Desde el momento que entendió, al bruto su habitual sonrisa estólida se le desdibujó hasta desaparecer; un rojo subido, que pareció consumirle los rasgos de la cara en la hoguera de una furia incontrolable, transformó su rostro en una pavorosa máscara colérica de energúmeno que llenó a Carmelo de espanto.

Jorge se paró junto a la mesa, se puso la campera de jean, y le ordenó a Carmelo con feroz tono de amenaza:

—Vos venís conmigo...

El horror de esa hora pasada volvió a adueñarse de Carmelo, que siguió su evocación con acento titubeante.

—Creí que me llevaba con él para hacerme a mí algo malo... Quizás si me hubiera dicho lo que iba a hacer, yo le podría haber dicho algo para que se contuviera, pero no pude porque sabía al mismo tiempo que si lo contradecía iba a hacerme pagar a mí por todo. Yo estaba seguro... No me quedaba otra cosa que hacer que seguirlo callado...

—¿Y en qué fueron, en micro?

La pregunta de Soledad le pareció a Carmelo tan superficial, tan poco comprensiva frente a su *tragedia,* que pudo retomar el hilo del relato sólo cuando se convenció, pleno de desprecio, que no se podía esperar más de alguien *como ella.*

—No, fuimos en la moto de Jorge. Yo no podía imaginarme te juro a dónde me estaba llevando, hasta que agarró la avenida y me di cuenta que iba al centro... Cuando llegamos, Jorge paró la moto sobre la vereda a unos metros de la puerta del estudio jurídico G. y asociados. La apagó, se sacó el casco y con la misma expresión enfurecida que tenía en la cara desde que salimos hacía más de media hora me dijo: *Vamos a esperar a que venga o que salga...*

Carmelo sigue creyendo que él estuvo seguro de que era Víctor el que llegaba al estudio, por eso se lo señaló cuando Jorge le preguntó por el tipo de traje, que se acercaba por la vereda. Después todo sucede a gran velocidad, la suficiente como para que Raúl H., hijo del fundador del bufete, no Víctor el amante clandestino de Silvina, que esa tarde estaba ocupado bastante lejos de su oficina, recibiese la puñalada de Jorge dos centímetros debajo de la tetilla izquierda; a la misma velocidad que se necesita también para que el policía Armando J., fuera de servicio pero con el arma reglamentaria, que viene a ver a su abogado Raúl H. por un tema de alimentos y gastos de manutención, *no logre evitar que el hecho se produzca a pesar de los dos disparos certeros que efectúa, a una distancia de menos de dos metros, sobre Jorge F. Pihu, soltero, veintiséis años, estudiante (irregular) de ingeniería, que cae abatido para fallecer de modo casi instantáneo*, como reza el parte policial. Jorge Pihu, que murió cornudo aunque satisfecho con una venganza que en realidad no llevó a cabo por propio error, e imprudente cobardía de Carmelo, quien conseguirá retirarse inadvertido de la escena del crímen sin mayores inconvenientes, para ir a refugiarse en la sombría privacidad del sigilo sacramental que le ofrece, en esa hora desesperada para un manso de Dios como él, el padre

Juan José, que le asegura que fue *la mano de El Altísimo la que te ha librado hijo porque felices han de ser en la Tierra los hombres que Él ama. Sí querido Carmelo hay hombres como vos que Dios ama, otros que no como el que has visto hoy cómo se condenó...*

Aunque Soledad, al conocer lo sucedido, eligió creer con íntima fruición que Silvina se vería demorada por la investigación del asesinato del hijo de su jefe, hecho que debía complicarla junto con Víctor, sus anhelos no hallaron satisfacción; tres semanas más tarde, Silvina se recibía de abogada; dos meses después de graduada, se casaba con Víctor y los dos, que dejaron de trabajar, eso sí, en el estudio del padre del muerto por error (quien, dicho sea de paso, pensó que no había habido más error —excusable— que el que había cometido su hijo, por su parte todo un consumado Don Juan, provocándole celos enfermizos al novio de su empleada, *un asunto de polleras al fin y al cabo nada más que eso... Así es la vida,* dijo y se dijo el progenitor del malhadado Raúl H.), se fueron a vivir bien lejos, como si temiesen que la muerte de la que se habían escapado por la torpeza de Carmelo, los fuera a alcanzar si permanecían más tiempo donde todo había ocurrido.

Así fue cómo Soledad vino a quedarse sola con su frustración, y con el fetiche (con el que quizás creyese poder conjurar el regreso de su envidiada), que encarnaba la única prueba de que Silvina había estado alguna vez en su vida, Carmelo. Así, por una rara subrogación que Soledad decidió en el hermano de su amiga ausente, fue que se edificó su amistad, un vínculo cuyas consecuencias decisivas para ambos, ninguno de los dos sería capaz de ponderar cuando empezaron a frecuentarse.

7

Cuando Soledad se junta con Daniela es mucho más ordinaria de lo que es habitualmente, piensa Carmelo, comiendo en silencio, mientras las escucha hablar entre ellas acerca de un mundo propio de las dos amigas que le resulta ignoto y ajeno.

Cuando Soledad la invita a Daniela (a quien ha vuelto a frecuentar con la asiduidad de antes desde que se fue Silvina), para que la acompañe a cenar con Carmelo, lo hace con la finalidad casi exclusiva de conmoverlo en su gazmoñería, para divertirse viéndolo incomodarse con los comentarios soeces y destemplados que su amiga le hace a propósito, comentarios propios de la jerga de lupanar en el que Carmelo sospecha que trabaja, pero no se atreve a preguntar; tan *beato* como él es, con varios años de cliente —regular, aunque no frecuente gracias a la influencia de su guía espiritual—, ya comienza a reconocerle el perfume barato mezclado con humo, que llevan en la piel de alquiler las putas de cuarto de hora.

—¿Te la cogiste o no te la cogiste? Dale contá, dale Carmi...

Le pregunta bien guaranga Daniela, con tonada burlona y voz de falsete. A Carmelo se le seca la boca de la vergüenza, por eso no puede hacer otra cosa que tomar un trago de lo que sea que tenga delante, y mirar para otro lado. Soledad no se anima a levantar la vista del plato para no reventar de la risa, algo que sólo Daniela le puede provocar a ella que casi nunca se ríe.

Es por Soledad que Daniela se mantiene al tanto del martirio que le hace vivir a Carmelo su novia Selva; también sabe que Selva se ve a escondidas con su antiguo cliente, Gastón L. Ahora bien, a fin de que no se crea que Soledad es de las que ventilan como si nada las intimidades que se le cuentan, no puede dejar de decirse que si Daniela supo todo lo que estaba pasando Carmelo con su novia, lo supo en principio por boca de él mismo, que a poco de ser presentado a la amiga más querida de Soledad, se confesó con ella en procura de un apoyo moral improbable, como lo hubiese hecho con el padre Juan José; era esta una costumbre inveterada en él, que se nutría del hontanar de su natural indiscreción, con la que quería demostrar mansedumbre o malaventura en busca de piedad. Carmelo siempre fue capaz de confesar, al cabo de cinco minutos de haberlo conocido, las debilidades más vergonzantes de su personalidad; cuando estaba emocionalmente desestabilizado, las confesiones de que era capaz adquirían una magnitud obscena. Por eso, el comentario tan guarango como impertinente de Daniela, le hace pagar por enésima vez el resfrío incurable de su estómago.

Para saber a qué hizo referencia de modo tan vulgar Daniela, se hace necesario reproducir qué era lo que tenía *in mente* cuando le hizo la pregunta al pundonoroso Carmelo, que por medio de sus propias y *diarreicas* palabras, le había desnudado su alma días atrás durante una caminata aeróbica a la que lo invitó Soledad; todo lo había dicho en procura de simpatía y apoyo moral para aliviar su sufrir: *Si tengo que definir lo que me pasa con Selva es que ella siente lo que yo siento que es lo mismo que ambos sentimos, algo puramente "instintual", no lo que se dice sexo mecánico tac-tac-tac-tac como un mecanismo de relojería. Ella en la cama es como una geisha, me ofrece lo que yo busco cuando las luces se apagan... Nunca sentí algo así porque yo no tengo tanta experiencia... Ella estuvo casada con un loco que parece que le hacía hacer cosas... feas... Fue muy abusada... Para colmo después pasó lo que pasó con tu jefe Sole que si no fuera que es tu jefe yo no sé lo que haría... Pero Selva conmigo es como que recupera la pureza que alguna vez dejó en el camino, aunque a veces tiene un comportamiento, como decirlo, errático, eso, que debe ser por eso que tiene esas actitudes medio raras como cuando la llamo por teléfono y me deja esperando media hora para ir a hacer alguna cosa como cortarse las uñas, o me deja esperando en algún bar o restaurante porque se olvida de ir o de avisarme que una amiga la llamó para plancharle el pelo... Pero no importa, yo sé que es una chica con una base depresiva como me dice el padre Juan José, pero que no pasa de ahí... El padre Juan José me pidió que le dijera que le gustaría hablar con ella pero Selva se enojó conmigo y estuve una semana sin verla cuando se lo propuse. Además desde hace un tiempo que no tenemos... relaciones... Pero yo aguanto porque creo que vale la pena... Ni una lágrima de angustia me cayó hasta ahora desde que decidí poner menos fichas en la apuesta, así me preservo yo, no sea cosa... Por eso desde hace unos días la llamo y si me dice que no vaya a buscarla me compro un pollo al espiedo o una pizza, lo como solo y tranquilo en el departamento, me tomo un hipnotril y duermo como un bebé. Así, poniendo menos fichas me juego menos de mí y no sufro...*

Cuando Carmelo acabó su lastimera endecha, entrecortada por el rebote de su barriga que le quitaba el aire, Soledad y Daniela se percataron de que si continuaba con su letanía lo verían llorar; si no lo alentaron a que siguiera, fue porque no querían darle la satisfacción de tener que ofrecerle palabras de consuelo que asumieron, tácitamente y de consuno, como contagiosamente indignas. Esto sin contar con que las dos estaban haciendo, desde poco después que Carmelo comenzara a hablar, esfuerzos sobrehumanos para no estallar en las más salvajes carcajadas. Por todo lo cual, decidieron permanecer en silencio casi hasta el final de la caminata.

Volviendo a la cena, en el restaurante, Carmelo se limita a responder, sin levantar la vista, apenas emitiendo sonidos:

—Otro día te cuento… otro día Daniela…

Entonces Soledad intenta abordarlo por otro flanco, no sea cuestión de que por la desfachatada premura de su amiga se queden sin el entretenimiento esperado.

—Carmi, vos tenés que manejar de otro modo tu relación con Selva, ese juego que estás jugando te va a hacer trizas, te vamos a juntar con cucharita a vos… Tenés que entender que ella lo que está buscando es que vos te comportés como un hombre, ella quiere que vos seas hombre, nada más, que le demuestres que tenés personalidad y creo que el mejor modo es que dejes hasta de llamarla para que entienda que podés estar sin ella.

Carmelo traga saliva.

—No sé Sole… creo que no podría aguantarlo… te dije que es todo muy irracional para mí… muy *instintual*…

—Mirá, los otros días Selva fue a verlo a Gastón porque le tiene confianza, ya no es el abogado, es un amigo en que confía y yo escuché que hablaban de vos porque Selva le va a hablar de vos, enteráte… Escuché que lloraba, estaba buscando un hombro sobre el que apoyarse, una mano caliente que la sostenga… Si te abre a veces las piernas o vos lográs que te las abra pero te cierra el corazón, vas por mal camino, yo sé lo que te digo…

Ahí es cuando el estilete verbal sañudo le perfora el pecho de tal modo, que Soledad teme haberse excedido por la expresión de dolor agudo, físico, que se acaba de hacer presente en el rostro de Carmelo, quien sólo atina a reponer, tartajeando:

—Pe... pero... c-como... ella me... me... me dijo que no...
que no... lo... lo había vuelto... a... a... v-ver desde que....
me juró... que... que sólo l-l-le llevó el regalo... de cumple...
años... de cumpleaños...

Y *qué regalo,* piensa Soledad con sorna, cuando recuerda las
más de dos horas que Gastón y Selva estuvieron encerrados,
y enredados, en el despacho. Daniela sabe lo que piensa, y le
busca los ojos con una sonrisa cómplice para confirmárselo,
pero Soledad, que lo percibe, no quiere mirar a su amiga para
no alentarla a hablar. Súbitamente, Soledad se apiada, pero el
suplicio de Carmelo recién empieza.

—A veces, va cada tanto... Ahora hacía bastante que no la
veía, se ve que tiene que hablar con alguien de confianza...

—¡Nena no debe ser el estudio el único lugar donde se
encuentran, imagináte...!

Agrega Daniela a modo de estocada, que acaba definitivamente con Carmelo esa noche, y Soledad, que no pudo impe-
dirla, sabe que en la ocasión está todo perdido. El engañado
no va a volver casi a hablar esa noche, que para él termina
antes, porque no las va a acompañar al bar al que saben ir
habitualmente después de cenar, y se va a retirar, pretextando
que tienen inventario el domingo a la mañana en la farmacia
en la que trabaja.

A la salida del restaurante, Soledad va a alcanzar a preguntarle si se siente bien, pero Carmelo ya se está alejando con
paso rápido por la avenida; no puede contestarle porque está
llorando a moco tendido, hipando histéricamente. Daniela
suelta una carcajada pero Soledad no se suma, un tanto preocupada por Carmelo, por lo que puede llegar a hacer en el

estado de alteración en que se fue; sin embargo, con el correr de las horas, le resta importancia a lo sucedido y lo olvida.

Unos días después, a mediados de semana, Soledad va a recibir mientras trabaja, una llamada de Carmelo que la sorprenderá bastante, puesto que éste nunca lo había hecho antes, y porque eventualmente su jefe puede atender el teléfono si ella salió a hacer alguna diligencia, siendo su jefe el abogado a quien Carmelo le tiene un terror que es cien veces mayor que el odio que le profesa. Por otra parte, si bien Soledad se había quedado un tanto remordida por cómo había terminado el último encuentro con él, sabe que la pusilanimidad impenitente de Carmelo, más temprano que tarde, lo va a impulsar a mostrarse de nuevo como si no hubiera pasado nada; pero aun así Soledad no puede dejar de percibir el hecho de la llamada como algo anómalo, como nacido de un coraje del que Carmelo siempre va a carecer. Aún más va a acabar por sorprenderla, el hecho de que simplemente la llame para invitarla a su fiesta de cumpleaños. Se le nota un temblor en la voz, se lo siente cohibido, como si le costara hablar.

—Está bien Carmi, decime, ¿Tenés algún problema? Se te siente raro... Además vos llamando para invitarme... Si yo ya sé que el martes es tu cumpleaños, te iba a ir a saludar igual...

—No... estoy bien... no tengo nada... estoy quizás un poco preocupado... por vos...

—¿Por mí...? ¿Qué problema tengo yo?

Le contesta Soledad, con un asombro que aún no deja lugar a la consternación. Lo primero que piensa, es que tal vez este es el modo tortuoso que ha elegido Carmelo para reprocharle su falta del último encuentro. Se sigue un brevísimo silencio, en el que percibe que Carmelo está reuniendo fuerzas para seguir hablando.

—Lo que pasa es que tuve una discusión con Selva... una discusión fea...

—¿Ahora qué pasó? ¿Y qué tengo que ver yo? No te entiendo...

Repone Soledad, un tanto impaciente con lo que juzga rodeos sin sentido.

—Lo que pasa es que Selva me dijo que sentía que yo no era todo lo compañero que ella necesita en un hombre... que se siente juzgada por mi... que yo no le doy esa seguridad que necesita para sentirse protegida... que fue lo mismo que vos me dijiste cuando fuimos a cenar la última vez... tenías razón... entonces yo me asusté... pensé que ahí mismo me iba a dejar... mejor dicho empecé a pensar que estábamos rompiendo y ahí fue que le dije... te juró que no sé por qué... sí sé mejor dicho... porque estaba desesperado... le dije con tus palabras que ahí hice mías que quede eso claro entendéme... que ahí las hice mías... que como vos me habías dicho si me abría las piernas pero me cerraba el corazón cómo quería que llegara a entenderla... que por eso como vos me habías contado fue a buscar protección en la persona menos indicada... tu jefe que es... un hombre que no tiene la... la sensibilidad que se necesita... entonces se puso a llorar... me pidió perdón por cerrarse y me prometió que iba a esforzarse por confiar más pero que le diera tiempo... que yo sabía todo lo que ella había sufrido con su matrimonio y todo lo demás...

Ahora es cuando Soledad se percata de su error, y comienza a maldecir el momento en que por chancearse con Daniela fue capaz de emitir semejantes conceptos sobre algo que no le atañe, y tiene ganas de gritar *que es un problema de este cornudo sólo de él a mí que mierda me importa que no fue más que para joder un poco con Daniela puta madre...*

—Lo que pasa es que ahora cómo vas a venir a saludarme por mi cumpleaños... no me gustaría que tengas algún cruce feo con Selva... que por ahí no me entendió bien que yo hice mías tus palabras... sólo mías... por más que eso sí le insistí que si bien vos me lo habías dicho así era yo el que habla-ba... que se enfocara en mí... sólo en mí... pienso que se va a enfocar sólo en mí... creo que me entendió lo que pasa es que viste cómo son las cosas... por ahí uno se deja llevar... todo comienza con un cruce suave y termina con una pelea violenta... pero a ella se le pasó... parece que se le pasó... el enojo... con vos... ¿M'entendés no...?

—Está bien. Tengo trabajo. Chau...

Contesta lacónica Soledad, y le corta antes de que Carmelo alcance a despedirse.

No volvieron a hablar en los casi tres meses que siguieron a esa llamada.

Por eso el día de su cumpleaños, la semana siguiente, Carme-lo no supo nada de Soledad, y tomó recién ahí plena conciencia de su indiscreción. Como consecuencia de esto, por primera vez desde la partida de Silvina, Soledad no fue a la intimísima reunión que tuvo lugar ese día a la noche, aunque Carmelo no dejó de esperar hasta último momento que apareciese. Carmelo tuvo que pasarlo con su confesor, el padre Juan José, y con la vieja astróloga del segundo piso que él visitaba cada semana para que le informe sobre su destino, a la que en realidad no había invitado pero que como le hizo la carta astral sabe el día de su cumpleaños, y ha ido de improviso a saludarlo; por esta última e inopinada presencia en la reunión, Carmelo se la iba a pasar cortando clavos, temiendo que se fueran a trenzar el cura y la aprendiz de bruja *desde que enviudé querido porque si Ricardo mi marido que en paz descanse hubiese vivido no me habría animado porque a él no le gustaban esas cosas*, quienes hasta ahí no habían sabido de sus respectivas existencias en la vida de su mutuo tutelado espiritual.

Hubo otra gran ausencia, la más importante desde el punto de vista sentimental para Carmelo; ausencia con aviso, desde que lo llamó para saludarlo a la mañana: la de Selva, su novia, que era por quien había tenido que hacer explícita su torpe indiscreción ante Soledad, provocando el efecto que ahora debía sufrir por descomedido. Le hubiera gustado que estuviese Soledad, aunque fuese con Daniela, no le habría importado, para contarle de su dolor, pero se tuvo que arreglar con el padre Juan José y Vilma Marabuti, la estólida sibila, porque él sus desgracias tenía que comunicarlas a toda costa para sentirse protegido.

—No… no ha podido venir porque está muy impresionada por una mala noticia padre…

—¿Ha sufrido alguna desgracia pobre niña?

—No… en lo personal no padre… no… no ha perdido ningún ser querido… sin embargo se sintió desde hoy temprano muy indispuesta a raíz de un hecho que la impactó… es muy sensible pobrecita…

Por ese hábito de confesor, acostumbrado a sonsacar hechos que se le quieren ocultar, el cura no se conformó con la vaguedad de los hechos que le brindaba su confesando.

—¿Cuál es la índole del acontecimiento que tanto la ha perturbado?

Inquirió el prelado con su habitual voz hueca, haciéndole sentir a Carmelo que era el mismo Altísimo quien profería esa demanda de sinceridad, un poder irresistible que le decía que a sus ojos nada se puede ocultar. Carmelo adoptó un tono casi solemne.

—Padre, como es de público conocimiento, tal como lo ha informado la prensa internacional, hoy ha caído víctima de un atentado el primer ministro de Níger, una figura muy importante por su compromiso para alcanzar la paz entre las distintas religiones de su país...

El padre Juan José quedó descolocado. Lo miró con una expresión de tal perplejidad, que no tuvo que decir nada para que Carmelo comprendiera que el cura estaba totalmente desorientado. Por su parte, Vilma Marabuti, que venía desde hacía algunos minutos perdida en las sombras de una lucidez cada día más menguante, en la noche septuagenaria de una inteligencia paupérrima, recordó la noticia y acotó, para aportar a lo que se estaba hablando:

—¡Era como el mahatma, como el mahatma buscaba la paz, la justicia, como todo libriano...!

El cura no alcanzó a escuchar la última, y censurable desde sus creencias, apostilla de la lectora de estrellas, porque aún se hallaba inmerso en el estupor. Este dejaría pronto paso a la hilaridad, que tuvo que reservarse en el fondo de su estómago hasta que se encontró a cierta distancia del departamento de Carmelo, luego de que este echara luz sobre el estado anímico de su amada.

—En verdad era una figura que va a dejar un vacío muy grande por la misión de paz en la que tomaba parte... por eso fue que Selva que me contó lo mucho que lo admira se sintió desfallecer cuando supo lo ocurrido y ya no pudo dejar la cama durante el resto del día... esperemos que mañana se encuentre rehabilitada... esperemos...

La infame puerilidad de la excusa que Carmelo parecía haber aceptado, fue demasiado hasta para un viejo sacerdote acostumbrado a escuchar las mayores sandeces en décadas de confesionario. El cura nunca se había sentido así, en los límites del control de un estallido de hilaridad. Un espasmo de risa que se agitaba irredento en su pecho, pugnó en vano por salir en la forma de una carcajada, que hubiese figurado la trompeta del juicio final condenando a Carmelo para siempre al ridículo, y al religioso a tirar por tierra cuarenta y dos años de impávida y circunspecta cura de almas. Pero el Padre Juan José logrará una vez más contenerse, se pondrá de pie y anunciará que ha llegado la hora de retirarse.

Aunque no tuvo plena conciencia de su irreversible ridículo, de la irrespetuosidad superlativa de Selva para no verlo ese día, el hecho lo confrontó a Carmelo con la verdad ineluctable del *dictum* que se cernía sobre *su amor*: en cuestión de horas todo habría terminado entre ellos dos.

Y así tuvo que ser, cuando al día siguiente Selva le dijo que no lo quería ver más porque ella necesitaba a su lado a alguien que la llenara de orgullo, *un verdadero hombre no un fantoche como vos*. Carmelo, en esa su hora trágica, al principio instintivamente se iba a encaminar llorando hacia el departamento de Soledad, cuando recordó que ella debía seguir enojada con él y que mejor sería dejarla en paz. Tampoco se sentía con fuerzas para contarle lo sucedido al padre Juan José, que más tarde le iba a reprochar el no haber ido a misa, esa fatídica tarde de domingo. Entonces tuvo que dirigir sus pasos hacia el

supermercado, donde hubo de comprar una cantidad ingente
de comida para sofocar su angustia. Después, de regreso en su
departamento, y tras acabarse medio lechón junto con medio
kilo de flan, se tendría que tomar dos hipnotril para conseguir
dormirse en una nube de gases hasta el día siguiente.

Al día siguiente por la tarde, después del trabajo, Carmelo
se animó a ir a verla a Soledad. Como no respondía al timbre,
comenzó a llamarla con voz llorosa de niño perdido, a través de
la puerta del departamento. Una vecina con cara de asustadiza,
que salió de su casa, alarmada por los llamados cada vez más
lastimeros de Carmelo, en cuanto lo reconoció, a pesar de que
nunca los habían presentado, por pura lástima le informó que a
la mañana Soledad se había ido de viaje. Le dijo que no sabría
decirle cuándo volvería después que Carmelo le preguntó y,
sin más trámite, se despidió desapareciendo tras la puerta de
su departamento.

Y sucede que Carmelo no le va a creer a la vecina de Soledad, convencido de que no es más que una excusa falsa para
la que ha sido instruida por ésta para el caso de que él se apa-
rezca allí. Entonces tomará la que quizás es la única decisión
de procedencia testicular en su vida: ir a la mañana siguiente,
a pesar del pavor que le causa la idea, al estudio de Gastón L.
para tratar de hablar con Soledad.

Carmelo llegará temprano al edificio en que se halla el estudio jurídico. Tras responder a la pregunta del portero acerca de
a cuál de las oficinas se dirige, éste le indicará que el Dr. L. está
de vacaciones, y que el estudio permanecerá cerrado durante
cuatro semanas. Carmelo no podrá dejar de sentir, en el primer
instante, un cierto alivio al saber que su irresistible adversario
está ausente; pero de inmediato retornará el desasosiego que le

provoca no poder dar con Soledad. Se le llegará a cruzar la idea de que hasta el portero del edificio forma parte del complot en su contra, pero en seguida va a descartar la hipótesis cuando el hombre, que le pareció desde el comienzo de pocas pulgas, le repetirá cortante lo informado antes, al volver a preguntar, como si no hubiese entendido, hasta cuándo estará cerrado el estudio. Como este último modo de sacarle conversación al portero se le revelará del todo ineficaz, Carmelo se va a tener que ir sin más, convencido de haber perdido para siempre a Soledad, no como amiga sino como uno de sus confidentes más valiosos. Carmelo, sintiéndose absolutamente desvalido, no tendrá consuelo esa mañana.

Y aunque es cierto que Soledad no tenía ganas de verlo, también es verdad que de haberlo perdonado no hubiese estado para el reencuentro, porque verdaderamente estaba de viaje; el último viaje de veraneo con Gastón L.

8

En la playa, Soledad se queda la mayor parte del tiempo sentada en una silla, cerca de la carpa que alquiló el abogado para pasarlo con su familia. Se dedica a controlar con ojo vigilante a los dos hijos de su jefe, para que no se alejen demasiado del lugar, como lo hace una auténtica niñera.

Era en esos viajes a la costa, durante el verano, que la esposa del abogado aprovechaba para vengarse de algún modo de Soledad, sabiendo que ahí, en esas circunstancias, ella era la señora, y la manceba de su marido pasaba por ser la doméstica. A la esposa de Gastón L., gracias a este regodeo en que se revolcaba como en un charco de su propia escoria, casi hasta dejaban de importarle las largas ausencias del abogado;

ausencias como las que motivaba alguna larga caminata que
lo ausentaba por más de tres horas, caminata a la que ella le
sospechará un propósito de índole adulterina que jamás se
hubiese atrevido a confirmar. A su vez Soledad, que todo lo
sabe y nada tiene que confirmar, es por esto mismo indemne
a esa fútil revancha que en la forma de órdenes, propias de
una patrona, le da la esposa de su jefe.

Cuando el abogado, después de almorzar, avisó que se iba
a *caminar solo* —ninguno se hubiera atrevido, ni siquiera sus
hijos, a sugerir acompañarlo—, Soledad levantó la vista para
verlo marcharse; entonces empezó a recordar. Recordó cuando
ella era el propósito de las caminatas de Gastón L., cuando
ella era el objeto de esas visitas clandestinas que duraban
unas pocas horas. Le pareció volver a sentir esa sensación de
tibieza, que acababa con el frío del viento que la hacía tiritar,
cuando lo veía aparecer, caminando por la arena húmeda de
la orilla, y empezaba el momento breve y feliz en que por unas
horas sería suyo.

Soledad se acordó también del hotelito en el que paraba,
donde él la tomaba sin preámbulos, para volverse cerca de las
doce de la noche a la casa con su esposa, cuando le decía a esta
que se había quedado a cenar con algún amigo que también
estaba veraneando allí. Así era cuando él recién se había casado,
y Soledad lo seguía a todas partes; así era cuando dejó de ser
muchacha cama adentro para convertirse en la secretaria del abogado; así era cuando vivía sola en el departamentito, esperando
nada más que la visita de él; así era cuando aún lo adoraba.

Se quedó por algunos segundos con los ojos cerrados,
paladeando ese sentimiento que retornaba como si se tratara
de un perfume reencontrado. Entonces pensó en Carmelo,

porque la mujer que ahora Gastón L. iba a ver a otro balneario era Selva, que antes de venirse a la costa siguiéndolo, como lo había hecho ella misma antaño, había terminado la relación con su amigo; así se lo contó su jefe, como confidencia en pago al favor que le pidiera de estar atenta, cual doméstica, a los deseos de su mujer y de sus hijos, cuando él no estuviera.

Soledad siente crecerle el resentimiento contra Selva, porque Gastón L. nunca la había invitado a ella a cenar cuando antes, clandestina, lo seguía en las vacaciones; nunca se había quedado a dormir con ella, después de recorrer varios bares la noche entera, como lo hace con su festejada de ahora. Lo que sucede es que Selva es de otra clase, *no es como yo una pobrecita que no tiene dónde caerse muerta... No Selva es una duquesa como dice Daniela, hay que hacerle bien la corte sin reparar en gastos porque es toda una señora*, piensa Soledad, sintiéndose más ínfima que nunca, tan ínfima que ni el recuerdo jocoso del pusilánime Carmelo consigue levantarle algo la moral, en esa hora de derrota.

—Voy hasta el mar, enseguida vuelvo...

Le avisa Soledad, siguiéndole el juego a su episódica patrona, que se ha refugiado en la sombra de la carpa, a devorar sándwiches de miga, que se salan con las lágrimas que le ruedan a las comisuras de los labios, desde tras de los anteojos de sol con que vela sus ojos enrojecidos por el llanto; aunque hace un gran esfuerzo por disimular, como siempre, esta vez ella también conoce con certeza la razón oculta de la caminata de su marido, pues lo ha escuchado hablando por teléfono con Selva.

—Lleváte a los chicos con vos Sole y mirálos bien cuando se metan al agua.

—Está bien Miriam ¡Vengan chicos...!

A la esposa del abogado, le hubiera gustado que le dijera "Señora", pero ese era un derecho en el trato con la empleada que no le había sido concedido por el dueño; igual se conforma con el rápido acatamiento de su orden, con lo que cree reconquistar algo de respeto.

Soledad le da una mano a cada uno de los chicos y comienza a caminar hacia el mar. Los chicos, ansiosos, aceleran el paso, casi arrastrándola.

El abogado tiene dos hijos, uno de doce y uno de siete años. El más chico es bastante miedoso, y a Soledad la enternece porque le parece siempre desvalido, y más todavía por cómo lo maltrata el padre, quien nunca duda en apostrofarlo cruelmente cuando no alcanza la medida mínima de arrojo que él demanda para llamarlo varón; el chico invariablemente se acoquina cuando lo *alienta*, según su padre, para que haga algo arrojado, que es cuando acababa por lanzarle a la cara alguno de sus epítetos hirientes favoritos: *mariquita, nenita, florcita, sirenita, hembrita, Blancanieves,* entre muchos otros de que es capaz su sádica inventiva. Por esto Soledad le tiene una lástima casi maternal.

En cambio el mayor, Leandro, es muy parecido al padre. Desde siempre la había mirado como a una sirvienta; como desde hace poco la ha empezado a mirar como a una presa para su deseo incipiente, a Soledad le parece que en cualquier momento va a reclamar el derecho de entrar en su cama.

—¡Ahora me toca a mí, Sole...!

Le pide Leandro una vez que ella entra al agua con Darío, el más chico, a caballito. Aunque Soledad sabe que el pedido tiene que ver con algún tipo de manoseo lascivo, no le importa.

Soledad accede y Leandro rápidamente la monta en el agua, y la hace pasearlo sumergidos hasta el pecho. Soledad había sentido cómo le rozaba los senos dos veces, cuando hacía que se sujetaba mejor para no caerse pasándole uno de los brazos por bajo de la axila, y cruzándoselo sobre el pecho; también percibió la dureza que el chico buscaba producirse al sentir, hacia la mitad de la espalda, la presión del pequeño miembro anhelante, pero aún ignorante, que palpitaba en su pantaloncito de baño apoyado contra ella. Pero no le dijo nada y le siguió la corriente, hasta que el chico se cansó.

Después de un rato, volvieron a la carpa de nuevo de la mano de Soledad, como dos niños buenos. El más chico se pone a jugar con los juguetes de playa que le han traído. El mayor se acuesta sobre la arena, pasándose los brazos por detrás de la nuca, con un gesto satisfecho que le hace pensar a Soledad que quizás pudo haber alcanzado el clímax en el agua. Se parece mucho a Gastón, nota Soledad, a quien el cuerpo semidesnudo del impúber le trae recuerdos del cuerpo del padre; con sus doce años, Leandro ya lo prefigura en alto grado.

Leandro, que tiene la edad de su hijo, piensa Soledad mientras lo observa, del hijo que no fue porque ella nunca fue como Norma, ni un poco como su madre; cuando llegó la hora decisiva lo hizo matar, para que no se repitiera la historia; por eso, porque no era ni un poco como su madre, supo ocuparse del *problema* a tiempo. Gastón L., como responsable que fuera de su preñez, jamás la habría acompañado durante ese trance de no haber elegido ese camino; Soledad había tenido que matarlo porque no podía correr el riesgo de que su amo la dejase sola y a la deriva. Y lo hizo, aunque casi le fue la vida en ello, aunque hubo de quedar casi del todo castrada.

Soledad se vuelve a sentar en la silla junto a la carpa, dejándose caer, y una marea de hiel le sube por dentro ante el recuerdo del terror de aquellos días idos, recuerdo que ahora vuelve sin que sepa por qué, pero percibiendo aires de presagio flotar en torno a sí.

Había pasado mucho tiempo, unos doce o trece años, cuando hacía unos meses que se había casado su jefe, y Soledad viajó por primera vez siguiéndolo en las vacaciones. Todo iba a acabar mal ese verano, cuando se embarazó de Gastón L.

Soledad recuerda que el médico que se ocupó era un amigo del abogado, que por eso no le cobró nada cuando ejecutó su misión. El hombre se había hecho rico extirpando a los indeseados, labor artesanal que llevaba a cabo en el garaje de su casa, en la serena y opulenta atmósfera de un barrio acomodado de chalets costosos. Lo asistía una vieja enfermera instrumentista, que mientras ayudaba al médico, Soledad recuerda que a intervalos le acariciaba la frente y le decía con tono dulzón de abuela —lo cual lo volvía totalmente macabro en tales circunstancias—: *Tranquila petisa… tranquila que ya sale… tranquila petisa… que acá no pasó nada…* Soledad rememora también el perfume pungente que emanaba de la vieja enfermera, efluvio que un tiempo después volvió a reconocer en una cliente del estudio, una anciana, y que le bastaba oler para pasar toda el día vomitando; es desde ese día que procura no acercarse demasiado a las mujeres de cierta edad, porque teme que puedan llevar el aroma de ese perfume de senectud viciosa que la descompone, que la retrotrae al día en que mataron a su hijo; para Soledad, es el perfume de la muerte.

Soledad vuelve a mirar al hijo de su jefe, que la observa largamente de soslayo con los ojos entrecerrados, mientras yace en la arena anhelante, deseando más. Podría haber sido su hijo, piensa Soledad, y por un brevísimo instante se arrepiente de lo que una vez tuvo que hacer; se arrepiente como nunca antes porque hasta ese día sólo se lo ha reprochado por la imprudencia y el riesgo corrido. En esta hora surge como una revelación el deseo de tener un hijo, como fuese y de quien fuese; desea tener un hijo para probarse que aún es mujer, que aún su cuerpo sirve, y que puede, por una vez, decidir su destino.

9

Carmelo había tomado mucho la última noche, como lo venía haciendo desde que inició el viaje con su antiguo compañero de facultad. No sabe tomar alcohol, cuánto ni cuándo parar. Cuando bebe de más, cuando la conciencia lo abandona, pierde la memoria de los hechos previos, que era el modo en que venían terminando sus noches desde hacía casi diez días. Pero todo esto es mejor que el dolor del abandono. Carmelo descubrió que el alcohol, con la euforia que le provoca hasta que todo se disuelve en una bruma amnésica, es mejor que los antidepresivos que había empezado a tomar desde un tiempo antes de que lo dejara Selva.

Selva. El nombre se le traba en la nuez y se vuelve una catarata de lágrimas cuando lo pronuncia. Y eso que no se imagina que Selva se ha ido siguiéndolo a Gastón L. Quizás lo intuye, pero casi inconscientemente no se atreve a emprender el camino de la deducción, por temor de que pueda conducirlo a una verdad tan atroz como destructiva. Por esto Carmelo agradece a la Providencia la aparición de Lisandro, cuando se había quedado absolutamente solo, en el más espantoso desamparo, él que siempre necesita de alguien que lo proteja. Soledad podría haberlo ayudado, consolándolo, pero por su propio error la alejó, y ahora ella le hacía pagar el precio de su indiscreción.

El mismo día en que fue a buscar a Soledad, a la oficina que encontró cerrada, sintiendo el mundo venírsele encima, mientras caminaba sin rumbo claro, y el llanto ya se le estaba volviendo sollozo ronco de huérfano hambriento, fue que apareció Lisandro, a quien hacía por lo menos cinco años que no veía. Como siempre le había sucedido, bastó que se le ofreciera una mano amiga para que se confesase sin reservas, e implorase por un refugio para su debilidad. Lisandro fue el puerto al que dirigió la nave de sus desdichas en busca de abrigo, y encontró de inmediato lo que buscaba; como siempre, lo hizo sin medir las consecuencias, ni inquirir mínimamente las causas del auxilio pronto e incondicional que se le dispensaba.

En la mañana más luctuosa de su vida, Lisandro le parece a Carmelo una persona verdaderamente alegre y despreocupada, alguien que sólo irradia bienestar anímico.

—Vos andás mal de amores... decime que no... ¿eh...?

Sentado en un bar, al que lo acaba de invitar el viejo compañero de estudios a los pocos minutos de haberse encontrado, Carmelo siente que la franqueza y el buen humor que emanan de Lisandro, con sus maneras leves, juguetonas, lo bañan con una luz de benevolencia en su hora más triste.

—Si... ¿Cómo te diste cuenta...? mi novia... Selva... no sé cómo pasó... yo hacía todo para que estuviera contenta... yo hacía... todo pero ella...

Los ojos se le empiezan a aguar, y no puede seguir hablando. Lisandro le acaricia el brazo, y le pide que le cuente cómo ha sido, que sepa que puede confiar, que es todo lo amigo que puede necesitar en esas circunstancias. Bastó que dijera esas palabras para que Carmelo, en tres cuartos de hora, le confesase todo lo que reservaba al cura y más todavía, porque al cura, a quien venera en su condición de *vicario de Cristo,* jamás le ha hablado de igual a igual.

Lisandro fuma un cigarrillo tras otro mientras lo escucha, brindándole toda su atención, una atención que a Carmelo le resulta hipnótica, que le desdibuja todo el ámbito circundante, obligándolo por momentos a desviar la vista, inhibido, desnudo ante la fijeza penetrante con que lo mira a los ojos; se le figura, en ese momento, poseedor de un poder irresistible sobre su persona.

Durante la larga confesión, a pesar del dramatismo con que Carmelo expresa su endecha, Lisandro no ha dejado de sonreírle, algo que aquel no interpreta como una señal de apatía, sino como la expresión de un optimismo impenitente que hace de su persona alguien sumamente atrayente, *porque Lisandro me pareció desde el principio alguien de quien uno puede aprender mucho, alguien que sabe vivir, no una ordinaria vulgar y chabacana como Daniela que si se ríe es porque no es capaz de hacer otra cosa que burlarse de todo lo malo que me pasa, padre Juan José, eso me pareció,* como habrá de relatarle a su confesor tiempo después.

—Bueno pero todo eso ya pasó, hay que olvidar, hay que empezar de nuevo, otra vida, otros amigos, otras relaciones...

Vos sabés, otros rumbos… me gustaría poder ayudarte, si me dejás te puedo enseñar…

Carmelo enmudece de la emoción. Lisandro continúa con el mismo tono algo meloso, ante la silente aquiescencia de animalito abandonado de su compañero.

—Yo me estoy yendo de viaje pasado mañana, me voy al sur tres semanas… Mirá yo no quiero que vos lo tomes a mal, que no te respeto el luto, pero creo que lo mejor sería que rompas con esta realidad que te aplasta y que te vengas si podés conmigo, además de un amigo que te va a caer bárbaro cuando lo conozcas. Es el chico que vive conmigo… Hacé lo que quieras, pensálo… ¡Ya pensálo pavote, hay que divertirse, arriba ese ánimo…!

El estallido festivo con que cierra su invitación Lisandro, lo sobresalta un tanto a Carmelo que lo ve al generoso *amigo*, por un segundo nada más, bajo una luz de desconfianza.

—No sé si debo… no sé… además vos tenés tus planes… otra vez será… además qué va a decir tu amigo… yo soy sapo de otro pozo… no me parece bien…

—¡Qué tontito que sos, pero qué ton-ti-to! ¡Si no hay ningún problema…! Tranquilito nene, vas a ver qué macanudo que es Walter, quiero que lo conozcas antes así te quedás tranquilo… Esta noche venís a cenar con nosotros, ¿Eh…? Entonces hecho, contamos con vos para el viaje, ¿No?

Carmelo se siente envuelto por una rara algarabía que lo impulsa a acceder; es como si a sus espaldas la soledad, la angustia, la sombra de la felicidad que lo había abandonado, estuviesen esperando a que él decline la oferta de su subitáneo amigo; de verdad no quiere mirar atrás. Prófugo de esos pavores, le dice que sí a Lisandro, y así empieza el último gran viaje de su vida, porque todo su futuro se halla contenido en esa partida.

10

Esa mañana en Ushuaia, a Carmelo lo despertó un dolor de cabeza lacerante. Seguía tan mareado aún por la borrachera, que su cama le parecía una balsa fluctuando sobre las aguas, a punto de darse vuelta.

Las otras dos camas de la habitación están vacías y sin deshacer. Sus compañeros aún no deben haber vuelto, piensa Carmelo intentando tranquilizarse. De pronto lo arrebata una gran inquietud, saturada de culpa por una falta enorme que está seguro de haber cometido pero que no consigue recordar.

Está completamente desnudo lo cual, aunque siempre ha sido su costumbre dormir de esa forma en las noches de verano, esta vez lo llena de pudor, como si lo estuviese observando un montón de gente. Haciendo un esfuerzo, logra levantarse de la cama envolviéndose en la sábana, de la que no quiere separarse y, tambaleándose, se arrastra hasta el baño para meterse en la ducha. Recién cuando el agua fría empieza a caer sobre su cabeza y a resbalar por sus carnes fofas, recobra un poco de claridad mental y comienza a recordar algo. El modo en que empieza a recobrar para sí los sucesos de la noche anterior, se asemeja a lo que experimentaría un viajero que se hubiese adentrado en una llanura cubierta por la niebla, quien al ir acabando de atravesarla, viendo que conforme va avanzando en su camino, la niebla se disipa para descubrirle todo cuanto lo rodea, tomara conciencia de todo lo que ha dejado atrás, de todo lo que se perdió de ver. Fue de un modo similar que

Carmelo comenzó a recordar uno de los últimos momentos antes de adentrarse en la bruma alcohólica, en la que todo, personas, lugares, situaciones, invariablemente se deslíe como una gota de tinta en el agua. Súbitamente, recuerda una pelea. Sí, era una pelea, una pelea entre Lisandro y Walter.

Un tipo raro Walter, piensa Carmelo, un ciclotímico con cambios de humor muy marcados, que desde que habían empezado el viaje pasaba de las carcajadas a los ensimismamientos de horas de mudez pétrea, en los que él mismo ha llegado a notar que de tanto en tanto se detenía a mirarlo con odio a Lisandro, quien entonces le respondía con el mismo mutismo para hablarle sólo a él, Carmelo, cuando tenía algo que decir; Carmelo advierte que era ahí cuando Lisandro actuaba con Walter como subestimándolo, como si se tratara de un animalito indispuesto al que mucho se cargoseó, y hubiese que esperar a que se le pase la irritación. En algún momento en que se han quedado solos con Lisandro, este le contó que se habían conocido en el gimnasio al que él iba, y en el que Walter trabajaba atendiendo el sauna y haciendo masajes; *que era un chico bueno un poco huraño porque viene de una familia pobre de la provincia y yo para ayudarlo porque no puedo con mi genio así soy yo me lo traje a vivir conmigo.*

A Carmelo, desde el principio, Walter le habló poco y nada, y cuando eso empezaba a incomodarlo, siempre aparecía Lisandro al rescate para que no se cayera el buen humor de la hora; Lisandro, *que le gusta llamarme Carmel, lo que parece que le molesta muchísimo a Walter, aunque se nota que Lisandro lo hace para encularlo todavía más cuando el otro se queda callado,* jueguito que Carmelo le vio practicar varias veces desde que iniciaron el viaje.

Ahora, bajo el agua que cae, agua que siente lustral, purificadora, Carmelo comienza a sentir que en sus oídos retumba el eco de palabras de una singular violencia verbal, pronunciadas por sus compañeros uno contra otro, palabras que se le presentan en su memoria desfiguradas por la música ensordecedora del boliche bailable al que habían ido los tres la noche anterior, y que al principio se le mezclan en forma y significado. Poco a poco fue ganando en certezas, hilvanando coherencias. Lo primero de que estuvo seguro, es que Walter había dicho la palabra *trampa*; algo de que Lisandro lo había hecho caer en una trampa; Lisandro a su vez le dijo que no se hiciera el estúpido, *que vos Walter sabés muy bien cómo son las cosas*; y está seguro Carmelo de que es entonces que *Walter se le acercó al oído a Lisandro y con lo que le dijo lo hizo enfurecer porque enseguida le gritó que lo dejara en paz que no se metiera en lo que no le importa que agradeciera que tenía un techo y el viaje que le estaba pagando*; Walter le gritó que era un *regalado*, algo que Carmelo no entendió en el momento, y que ahora tampoco porque lo atribuye a su memoria flébil de lo acontecido, dado que a esas alturas ya estaba bastante borracho y seguía tomando. Le parece que después se quedó solo en el boliche, que Walter se fue hacia la puerta y que Lisandro lo siguió, y ya no volvieron, pero todo se tiñe de amnesia y no está seguro de nada.

Acaba por tranquilizarlo algo el hecho de haber despertado en su propia cama, lo cual significa que tiene que haber podido regresar por sus propios medios, o bien que han debido ser sus compañeros quienes lo han traído para depositarlo en el cuarto.

Acababa de cerrar la ducha, cuando escuchó ruido en la habitación.

—¿Lisandro... sos vos...?

Carmelo inquiere titubeante.

—Sí *Carmel*, ¿dormiste bien...?

—Sí... no me acuerdo de nada... pero sí... bien... ¿A qué hora volvimos...?

Le pregunta Carmelo, como queriendo aplazar la satisfacción del deseo acuciante de saber qué ha sucedido realmente la noche anterior.

—Tarde, como a las cuatro y media... *Carmel* tengo que comunicarte algo: desde hoy seguimos solos nuestro viaje... Walter se fue... Tiene un problema con la mamá. Lo acompañé a la terminal, vengo de ahí... Estoy sin dormir, me voy a acostar sabés. Si salís, vení a buscarme a la tarde...

Carmelo siente que lo invade, sin saber a qué atribuirlo, una ola de temor, por eso decide no mostrarse y permanecer en el baño. Fue como si temiese cruzar el umbral de la puerta y encontrarse a otra persona distinta, en vez del hasta entonces amabilísimo Lisandro. *¡Qué macana...!* se limita a exclamar con un ligero temblor en la voz que Lisandro no percibe, sin asomarse siquiera desde el baño, donde se ha quedado paralizado ante la noticia del regreso de Walter, cuando aún no había acabado de secarse. Sin saber por qué, de lo primero que estuvo convencido con una certeza ineluctable, fue de que la razón de la partida de Walter debía ser otra muy distinta de la que Lisandro ensayaba hacerle creer. Por eso no se atrevió a decir ni preguntar nada más, como si agregar algo errado pudiera decidir a Lisandro a cancelar todo el viaje, quizás hasta devolverlo a la ciudad a él también en micro, y seguir solo.

Fue recién cuando escuchó los resortes de la cama de Lisandro cuando éste se acostó, que se decidió a salir. Carmelo esperó aún unos minutos en silencio, casi sin moverse, antes de dejar el baño.

Lisandro le daba la espalda. En la habitación en penumbra, Carmelo distinguió sobre la almohada blanca, la cabeza que salía de bajo las sábanas, y que parecía un plumero de plumas negras, trampantojo que la poca luz creaba con el pelo largo de Lisandro.

Se cambió haciendo el menor ruido posible, tras levantar la ropa de la silla junto a la cama, sin prender la luz de la habitación, valiéndose de la claridad que entraba desde el baño. Con sumo sigilo, cuando estuvo listo, salió de la habitación. Fue como si toda la maniobra para cambiarse y salir del cuarto, sin perturbar el sueño de su compañero, hubiera suspendido el curso de sus pensamientos, que recién le volvieron ni bien tomó conciencia de que estaba esperando el ascensor al final del pasillo. Miró la hora. Once menos cuarto.

Después de desayunar, Carmelo salió del hotel, y comenzó a caminar sin rumbo. La única idea que concentraba desde hacía más de una hora toda su atención, que lo llenaba de intriga, era qué había pasado realmente entre Lisandro y Walter, que ahora se había ido, algo que todavía le costaba creer. Empezó a pensar en todos los hechos de los días previos, en los cambios de humor que arrebataban súbitamente a Walter, y las circunstancias en que se producían, tratando de establecer un patrón que pudiera explicarlos junto con la drástica decisión de irse.

Carmelo estuvo desde el principio convencido de que Lisandro, por las razones que fuesen, le había mentido. Existía algo inasible que lo inquietaba, porque presentía que tenía que ver consigo mismo, ya que podía recapitular con claridad que Walter se le había mostrado siempre antipático, y como si estuviera buscando en todo momento la ocasión para dejarlo afuera de una intimidad que debía mantener con Lisandro, secretos códigos que se manifestaban a través de intercambios cifrados que él llegaba a percibir mientras estaban los tres juntos, percatándose al mismo tiempo de que era algo a lo que ellos estaban acostumbrados cuando había terceros presentes.

Ahí fue cuando Carmelo tuvo algo como una iluminación, que quizás emergía del fondo de su inconsciente; tuvo la certeza de que mientras él dormía la mona, la pelea entre los amigos, la discusión que había empezado en el boliche, se había desarrollado delante de él. Pero no podía saber cuál habría sido la causa; más bien, presentía que algo tenía que ver con él mismo, pero no pasaba de ahí, incapaz de conectar los hechos con su persona. Podía ser que Walter no hubiera estado de acuerdo con que él viniera con ellos, pero no encontraba nada, en todo lo que hiciera en los días que pasaron juntos, que pudiera haber empujado la antipatía hacia el terreno de una acuciante necesidad de emprender, de improviso y sin demora, el regreso solo, por sus propios medios.

Carmelo siguió vagando sin saber cómo hacer tiempo. Se sentía desorientado, agobiantemente solo. Llegó hasta el puerto. Trató de distraerse mirando los barcos que estaban anclados. Una sensación de vértigo en su pequeñez física, lo arrebató cuando se paró frente a los buques anclados, cuyas masas ingentes se alzaban una decena de metros por sobre el muelle. Se alejó de allí con la sensación pavorosa de que se le venían encima. Pensó en la naturaleza del destino que, en esa hora, asumía descomunal e irresistible como uno de esos buques que acababa de ver; pensó en los hombres que se hacían a la mar en ellos, todos los que se volvían prisioneros de las naves cuando estas se hallaban en alta mar, y no había otra posibilidad más que permanecer a bordo hasta el fin del viaje. Un viaje como el de él, porque él no se podía ir como Walter, que quizás había decidido bajarse en el último puerto donde aún era posible hacerlo. Él no, él tenía que seguir; se cernió sobre su pecho una sensación de ahogo que le acortaba la respiración.

Se alejó del puerto, y siguió vagando por las calles de la ciudad, hasta que fue a dar con un bar en el que entró y pidió un café con leche. Pasaban un partido de fútbol en la televisión y trató en vano de seguir el juego. Siempre regresaba a la noche anterior, que crecía en su alma hasta adquirir las dimensiones de un suceso enorme pero borroneado por la desmemoria, del que no retenía ningún detalle, pero del que tenía la absoluta certeza de que afectaría su vida de un modo radical.

Estuvo así, transitando ese sendero mental recurrente, enloquecedoramente laberíntico, hasta que el sol comenzó a anunciar la cercanía del fin de la tarde. Había perdido la noción del tiempo transcurrido, aferrado a la intriga desesperante que rodeaba al secreto de lo sucedido. Pagó y emprendió el camino de regreso al hotel.

Carmelo llegó un poco antes de las siete de la tarde. Lo encontró a Lisandro aún acostado, mirando la televisión. Notó que llevaba la misma expresión amable de siempre, lo cual le brindó un poco de alivio.

—Hola… ¿Hace mucho que estás despierto?

—Hace un rato *Carmel*… ¿Por dónde anduviste?

Por un instante en que el tiempo pareció estirarse antes de su respuesta, sintió el impulso arrebatador de preguntarle por

Walter, pero su cobardía supersticiosa evaporó ese asomo de resolución, y se limitó a contestar:

—Anduve por ahí… fui hasta el puerto… hay unos barcos impresionantemente grandes… que te hacen sentir tan chico que te asustan…

Y siguió hablando, llenando el relato con observaciones banales, como si lo que estaba diciendo respondiese a un ímpetu que, yuxtaponiéndose en su interior con lo que realmente pensaba, acabara por prevalecer alimentándose de la expresión amistosa, festejante, de coruscante interés con que Lisandro parecía escuchar cada una de sus palabras.

Hay que dejar a Walter atrás, ni mencionarlo, piensa Carmelo como tantas otras veces en su vida en que se acomodaba —o creía hacerlo— a un entorno en el que, habiendo esperado una agresión, descubría de pronto la falta de toda hostilidad; en tales circunstancias lo arrebataba una especie de temor supersticioso, cuajado de malos augurios, de que el más mínimo error que cometiese podía romper el sortilegio, y precipitarlo en el Tártaro ya creado para su castigo; esto lo había sentido siempre, en todas las circunstancias efímeramente favorables a lo largo de su vida de pusilánime.

Carmelo entiende que tiene hacer lo que sea para agradar a Lisandro, para que siga contento y amigable. Por esto es que cuando Lisandro, completamente desnudo como hasta entonces nunca lo ha visto antes, se levanta de la cama sin rastro alguno de pudor ante su presencia, y se dirige a la ducha para prepararse para la salida de esa noche, Carmelo, a pesar de que desea correr la vista, va a hacer como si nada, y hasta se va a esforzar para sonreírle con afable naturalidad cuando aquel le asegure, deteniéndose frente a él con su colgajo inervado de presteza erótica:

—Ahora empieza lo mejor del viaje... o mejor dicho un viaje diferente, mejor para los dos... vas a ver *Carmel*... te va a encantar...

Cuando Lisandro desapareció luego de entrar al baño, Carmelo se sintió invadido de un arcano temor que no sabía a qué atribuirlo y comenzó a rememorar, como un hecho señero, lo que había sentido en el puerto al figurarse a los hombres embarcados una vez en alta mar, aquellos que tienen la convicción de que sólo podrán descender de la nave cuando lleguen a destino, no antes, aunque lo deseen con desesperación. Sintió que era uno de ellos.

11

La casa que había alquilado el abogado, para llevar a su familia de vacaciones a la costa, era una gran casona de dos plantas, unidas por una escalera de mármol blanco con barandal de bronce. Como la mayoría de las casas de su estilo, en el *piano nobile* se hallaban las tres habitaciones de los de *arriba*, y en la planta baja, los de *abajo* debían acomodarse como pudiesen (pues la antigua habitación de la servidumbre se había convertido en un cómodo garaje techado y amplio lavadero). Esto significó, en lo que hace a las vacaciones de la familia L., un cuarto (el más grande) para los señores, Gastón L. y esposa *malgré tout*, y uno para cada uno de los legítimos vástagos, que aunque en la casa en la que viven comparten un dormitorio como la mayoría de los niños de su edad, les correspondió en la casa alquilada uno para cada cual, decisión esta última tomada con el concurso de la voluntad de ambos padres, a fin de evitar que Soledad alcance una igualdad que el *status* y la decencia —tácita— de esa familia no podían permitir. Por eso, a la inveterada manceba le tocó el hueco que formaba la circunvolución incompleta de la escalera de mármol, que se asemejaba a un *Nautilus* partido, sobre cuyo suelo se hallaba colocada una camita servil que habría de convertirse, paradojalmente, en el lecho en el que se gestó tal vez la única VICTORIA de Soledad sobre las fuerzas del sino, ensañado desde siempre con ella.

Durante las vacaciones, generalmente los sábados por la noche, el abogado tiene establecida una rutina con su familia, que cumple casi invariablemente: cena temprano en algún comedero masivo y ruidoso (era la única noche de la semana en que salían a comer afuera todos juntos), paseo con helados para los chicos por las calles del centro, y vuelta a la casa antes de las once. Después, Gastón L. *avisa* —nadie lo obliga, pero es uno de esos usos vacíos que el tiempo y las formas han hecho perdurar— que se va a ir a reunir con algún amigo para *hablar cosas de hombres*, a lo que su esposa relegada-resignada no tiene desde luego nada que decir, y los chicos menos, porque la autoridad paterna ha venido a conjugarse con el hecho de que están exhaustos después de todo un día de playa, y de todos los gustos que les han sido colmados por el próvido progenitor, que para ellos todavía sigue siendo el mejor de los padres posibles.

Soledad, desde su camastro, escucha toda la comedia, y goza con la humillación de la aquiescente *legítima*; lo hace con los ojos cerrados, fingiendo dormir, para que la humillada no vaya a ordenarle algo si acaso la ve despierta, por si se le ocurre querer demostrarle que, aunque cornuda, no ha dejado de ser la señora de la casa.

También lo escucha a Gastón L. apresurar el paso al bajar la escalera, saturado de lobuna ansiedad carnal, dejando tras de sí una estela de perfume que ella sabe que le viene del hirsuto hueco esternal, donde siempre supo encontrarle el manchón oleoso y verdoso de la colonia que huele a pino; también lo oye cerrar con llave y arrancar el auto, anticipando mentalmente cada acto. Después imagina —*ve* con suma claridad— todo lo que va a hacer su patrón con Selva esa noche, y un goce perverso, nacido en la espelunca lóbrega de su desolación, la colma de una rara excitación. Tanto lo conoce que, a la mañana, cuando lo vea durante el desayuno, sabrá por el todo de la expresión de su rostro, en connivencia con la forma en que su cuerpo hablará mudamente, cuánto ha gozado realmente con su amante.

Se fue quedando dormida con esa certeza, hasta que en la atmósfera confusa y turbia del sueño, se fueron mezclando el recuerdo de su propia carnalidad compartida con el abogado y los últimos pensamientos de la hora.

***

El reloj de péndulo, de pie frente al lugar donde ella duerme, recién acababa de dar la campanada de una y media cuando Soledad súbitamente se despierta. No la rodea una oscuridad absoluta, ya que a través del ventanal del frente de la casa, se cuela la luz de mercurio de la calle, creando una alternancia de luz y sombra que difumina los contornos de los muebles, haciéndoles asumir formas engañosas; si Soledad hubiese tenido algo, una pizca nomás, de imaginación, se habría asustado ante esas formas que, además de tortuosas, a veces parecían ejecutar extraños movimientos cuando los faroles de algún auto, que pasaba por la calle, las hacía estirar y proyectar sus sombras contra las paredes como en una linterna mágica de pesadilla.

Fue uno de esos autos que pasaban, el que echó luz sobre algo absolutamente anómalo y frente a lo que Soledad, que había permanecido inmóvil con los ojos abiertos desde que se despertó, no va a hacer nada de momento: desde los escalones más bajos Leandro, el hijo mayor del abogado, la está observando. Está desnudo, y sostiene en una mano su pequeño pene, que por ser así no carece de todas las virtudes de su función, bullendo de sangre y poder genitivo, lo cual le otorga todo lo que se necesita para una ofrenda pagana que el púber ya ha comenzado a ejecutar lentamente.

Soledad quiere ver qué hace, cómo se agita, cómo es que ella puede ser el oculto fetiche que se vuelve idea atormentadora, y finalmente liberación clandestina y violenta de alguien. Espera a que pase otro auto. Cuando otra vez se ilumina fugazmente su observador, Soledad ve que Leandro permanece inmóvil, como a la espera de tomar una decisión. Entonces Soledad siente un rebullir de deseo, porque sabe que tiene frente a sí a un hombre: Leandro quiere tomarla.

Entonces fue que prendió el velador, con un movimiento rápido que no le dio tiempo a hacer nada a Leandro, que se paralizó, atrapado entre dos mundos, el de la niñez y el de la pubertad.

Soledad cruza el índice sobre los labios para indicarle silencio, y se sienta al borde de la cama.

—Vení, *Leo*… no te asustés… no pasa nada…

Le susurra al chico, que se estaba tapando con ambas manos su desnudez, como el primer pecador. Después se baja los breteles del camisón, y le muestra los pechos. Leandro se queda donde está. Entonces soledad apaga la luz, se levanta ya desnuda, se acerca hasta la escalera, y lo toma de la mano en la oscuridad. El chico, al principio, temblaba.

12

Mientras Leandro, el hijo del abogado, amanece en su cama después de haber pasado la noche en vela, atravesado por una sensación de goce inefable, con la certeza de no ser ya el mismo que fuera la víspera, antes de entrar en el cuerpo de Soledad, Carmelo también despierta, acurrucado, temblando, porque a su completa desnudez no la cubre sábana ni frazada alguna. No entiende por qué está en ese estado, dónde está su ropa de cama, en esos primeros instantes de confusión, abotargado por los vahos de la resaca cocaíno-etílica.

Recuerda tenuemente que el desenfreno de la noche previa ésta vez supera todo lo experimentado antes, porque esta vez mezcló el alcohol con el polvo blanco que Lisandro había comprado y que lo invitó a probar. Carmelo piensa por enésima vez que tiene que aprender a decir que no, que no puede ser que haga siempre no sólo todo lo que le ordenan, sino hasta lo que meramente le sugieren. Comienza a recapitular que después de aspirar la droga, ya no hay nada más en el recuerdo excepto el hecho de que se estuvo besando con alguien, alguna chica que debió haber conocido en el bar, pero no está del todo seguro de las circunstancias. De pronto una cierta humedad pringosa en la ingle y entre los pliegues de su glúteo graso, le hacen temer lo peor: haber perdido el control de su esfínter. Otras veces le había pasado durante una borrachera, pero ahora siente que hay algo más que el resultado de una evacuación descontrolada. Algo aún más inesperado ha sucedido, de eso está seguro.

Sus pensamientos se habían quedado detenidos en el camino de las conjeturas, cuando se detuvo a escuchar el primer sonido real en esa hora confusa, que hasta entonces le había pasado desapercibido. Era el ruido del agua cayendo en la ducha. Lisandro. Tuvo la demoledora certeza de que en él estaban todas las respuestas, pero temió conocerlas.

Lisandro salió del baño completamente desnudo, y se sentó en la silla frente a la cama en la que Carmelo se acurrucaba con los ojos cerrados, haciéndose el dormido. Entonces prende un cigarrillo, y se pone a fumar, dando bocanadas de goce satisfecho mientras lo observa, esbozando una sonrisa tenue. Carmelo puede verlo borrosamente a través de una hendija mínima entre sus párpados; lo va a observar hasta que termine su cigarrillo; después cerrará totalmente los ojos. Rogó a Dios que Lisandro se fuese lo antes posible, que lo dejase solo de una vez.

Lisandro se vistió, y salió de la habitación sigilosamente, lo que tranquilizó un tanto a Carmelo, convencido de haberle hecho creer que seguía durmiendo. Pero Lisandro se había dado cuenta de todo el juego, y no lo quiso asustar más de lo que imaginaba que debía estar después de haberlo penetrado; sabe que tiene que ser cuidadoso si quiere que un *nuevito tan cerrado* como Carmelo le dure más que otros que tuvo. Lisandro ha aprendido que los que son como Carmelo, si se los intima, no se entregan nunca, y quiere que la próxima vez esté consciente para no tener que violarlo aprovechando el desmayo de la borrachera, como tuvo que hacerlo la noche previa.

Cuando Lisandro al fin salió, Carmelo se puso de pie tambaleándose, en medio de un mareo atroz. Miró la cama en busca de manchas. No había nada. Sin embargo, él estaba seguro de que había defecado, tenía la certeza de que se había *ensuciado*. Poco después asumió que Lisandro debió haberlo limpiado, como en efecto había hecho, pero para quitarle las manchas de sangre, llevándose la toalla que le había puesto debajo para no ensuciar las sábanas, cuando lo poseyó acostándosele encima. Después de que Lisandro hubo acabado la delicada —fue especialmente suave— desfloración, las heridas rectales se las trató a Carmelo con una compresa de agua tibia con sal que había preparado en el baño; las heridas dejaron de sangrar casi de inmediato; la defecación matinal haría el resto, pensó Lisandro, disfrazando de lesión hemorroidal (mal que Carmelo le había contado que sufría) aquello que en su día perdió a Sodoma.

Carmelo siente un dolor lacerante, mientras vacía sus tripas en el baño; piensa en su colon irritable, sus hemorroides, y en una enésima visita fútil al médico cuando regrese. A pesar de que todos los estudios, hasta el momento, le han dicho lo contrario, él está una vez más seguro de que en sus intestinos debe alojarse el íncubo de una enfermedad mortal que, tarde o temprano, habrá de matarlo. La verdad de su goce, tan simple como es, seguirá aún bastante tiempo oculta para él; pero Lisandro ya ha abierto el camino.

Al regreso de Lisandro, Carmelo ya estaba vestido esperándolo. Ni bien entró al cuarto, le dijo que estaba preocupado, a lo que Lisandro respondió con un silencio y una mirada huidiza, que no quiso encontrarse con la de su interlocutor. Esperó a ver qué era lo que tenía que decir.

—Estoy preocupado Lisandro... Hoy al momento de *ir de cuerpo* he sentido unos dolores en la zona rectal... unos dolores muy feos... distintos de mis habituales hemorroides... unos dolores que me dijo el médico que podían llegar como consecuencia de la irritación crónica del colon dando lugar a lo que se conoce como "Síndrome rectal de Moritz-Kruger"... cuya sintomatología se asemeja a los dolores experimentados como consecuencia de la introducción de objetos contundentes en el recto o de la... práctica... contra-natura...

Dijo esto último bajando bastante el tono de su voz, como secreteando, sonrojándosele los cachetes mantecosos y bajando la mirada con pudor, algo que Lisandro no pudo ver porque había tomado la precaución de darle la espalda, poniéndose a mirar a través de la ventana cuando Carmelo comenzó a hablar, para no enfrentar una faz que había erróneamente temido acusadora y ante la que ahora, de estar mirándola, no podría evitar desternillarse de la risa. Haciendo un esfuerzo para contenerse, y mantener una expresión lo más circunspecta posible, la cual acabó resultando inexpresiva en extremo, se volvió y le dijo:

—Walter tuvo el mismo problema que vos alguna vez... sé de un medicamento que puede ayudarte... una pomada... vamos a comprarla ya mismo...

En seguida le pasó el saco que colgaba del respaldo de la silla, y Carmelo se sintió tan comprendido y auxiliado en su dolencia, que hubiera querido abrazarlo. Lo miró a Lisandro con la actitud rastrera del gusano que agradece al pie que no lo quiso aplastar, y lo siguió pleno de devoción.

13

La germinación pudo haber ocurrido cualquiera de los tres sábados en que Soledad metió a Leandro en su camita de sirvienta. Uno de los tres sábados en que Gastón L. se fue para regresar a la mañana del día siguiente. Quizás fue el primero, entre los miedos del descubrimiento que embargaron a Leandro. Debió ser el primero, pensaría más tarde Soledad ante el hecho consumado de la preñez, porque recordó haber sentido como una oleada cálida en su interior, cuando el chico estalló en un placer que aniquiló hasta el último vestigio de su inocencia, junto con un aroma azucarado de leche agria, que era el mismo que recordaba emanando de las sábanas en la pensión de Zulema Videla, aroma procedente de algún resto de las emisiones súbitas y prematuras de los que allá en el pueblo se iniciaban con Daniela, sábanas que ella misma lavó tantas veces. Era el perfume de la metamorfosis de un niño que se hace hombre, así lo sentía Soledad, como la crisálida cerosa que dejan algunos insectos cuando emergen a una nueva vida, bien distinto del olor pútrido de carne pasada propio de la hombría vieja, rezumante de vicio y salacidad, que también conocía de las sábanas que le había tocado lavar. También fue ese mismo perfume el que, desde la primera noche con Leandro, la había reconciliado con un pasado de frustración erigido sobre su asumida fealdad: ella también era al fin deseada como Daniela, ella también podía ser toda una puta.

En esa hora, en que en su vientre arraigó por segunda vez en su vida una semilla, Soledad no pudo saberlo aunque todo lo sucedido habría de tener ese corolario, lleno su vientre casi yermo de ese fluido denso y saturado de poder germinal. No pudo siquiera sospecharlo, porque ella ya no creía en esa posibilidad para sí misma, desde el vaciado casi total que le hicieron en secreto para salvar su vida. Porque sucedió que después de la aniquilación clandestina del primer indeseado, Soledad estuvo a punto de morirse.

Tres días después de aquel eficaz aborto, que hizo que Gastón L. dejase de temer haberse arruinado su propia vida, a Soledad la arrebató una fiebre hirviente, aullido de una infección virulenta que amenazó con situarla entre las dos de cada diez que, por promedio, se le morían al médico que había proporcionado el servicio y el favor. Por eso la tuvieron que vaciar, aunque no del todo. Un milagro, eso necesitaría para embarazarse de nuevo, le habían dicho en la clínica como para aligerar el peso de su condena. Después de esto, su jefe pasó mucho tiempo sin volver a requerirla para que cumpliera con su deber de manceba; si la volvió a requerir fue por desdeñoso aburrimiento, de modo tan esporádico y prevenido —doloroso para ella al principio—, que Soledad nunca volvió a gozar con él. Por esto también es que en el último veraneo juntos, estando Selva disponible para su amo, Soledad supo que no se le iba a volver a acercar procurándola como había hecho otros años; lo sintió desde el comienzo mucho más distante, aunque nunca tanto como debía sentirlo la otra sometida, la mujer del abogado, que ella escuchaba llorar hasta dormirse en el páramo solitario de su tálamo legítimo.

Pero Soledad llegó a sentir que nada de eso le importaba, porque ella tenía también un amante, un hombre en la cama que de entre todos los hombres es el único que a su jefe puede importarle que no se solazara jamás con la hetaira desdeñada; un hombre que, aunque pequeño, tiene el poder de destruirlo porque es su propio hijo, que con la misma mujer que él lo hizo antes lo había convertido, de modo tortuoso, en su propio padre, el burlado coronel. Si Soledad hubiese sabido que ella fue en su día la moneda con que Gastón L. compró la venganza sobre su propio padre, quizás habría sentido un goce aún mayor cada vez que se entregaba al muchachito, para quien su cuerpo de mujer siempre despreciado se había convertido, en esos días de hallazgos tempranos, en la suma total de la carnalidad y el despertar de la hombría.

Cuando estaban por regresar del viaje, Soledad llegó a prometerle a Leandro que haría los arreglos necesarios para encontrarse, cuando estuvieran de nuevo en la ciudad. Soledad creyó que debía hacerlo así aunque el chico ni siquiera se lo insinuó, presa de su propia ilusión de haberse vuelto, por primera vez, el objeto del deseo irrefrenable de un hombre. Y Soledad no quería desilusionarlo, por eso la última noche que pasaron juntos le aseguró que se las ingeniaría para que él siguiera dándole ese placer que nunca había sentido con nadie antes, convencida de que así debía actuar como mujer avezada que enseña el camino al recién iniciado. En razón de este papel que Soledad se adjudicó, papel que no existió más que en su imaginación, no habría de ser otra cosa que la casualidad la que hizo que el mismo día en que supo que estaba encinta se encontrara con el padre de su hijo.

Leandro fue al estudio a pedirle dinero a su padre para ir al cine con sus amigos, a la salida del colegio, un viernes a la tarde. A poco de llegar, Soledad notó que el chico estaba haciendo un verdadero sacrificio mostrándosele. Nunca la había llamado, nunca se le había aparecido en la oficina como esa tarde, a lo largo del mes y medio que transcurrió desde que volvieron de las vacaciones. Por un brevísimo instante, Soledad creyó que se cumplía lo que había previsto tanto como anhelado; entonces se preparó para asumir el papel que tanto había ensayado en su mente, para cuando llegara la hora.

Pero la expresión reservada, altanera del chico, se lo dijo todo; el modo con que, sin mayores delicadezas, preguntó cortante si su padre estaba ocupado, mostrándose visiblemente apurado como para que no hubiera posibilidad de quedarse a solas con ella, hizo que Soledad entendiese en seguida que estaba hecho de la misma madera que su padre: era otro *patrón*. Soledad no se equivocaba, porque Leandro ya estaba ensayando lo que con ella había aprendido, con la *mucamita* analfabeta *cama adentro*, que su madre había tomado para distraerse dándole órdenes inútiles, en el tremedal lóbrego de su interminable ocio.

Soledad, después que el chico se fue, se dio cuenta de cuánto le hubiera gustado verlo a Leandro dolido, enloquecido de abstinencia porque ella no le había vuelto a entregar eso que tanto le gustó; pero todo había quedado atrás para Leandro, el embeleso se había desvanecido, y ella ya no volvería a ser nunca más como Daniela.

La dolorosa certeza de esa nueva frustración, no alcanzó a enlutar su alma, desplazada por otra preocupación demandante de las últimas horas, a la cual Soledad se hallaba mentalmente anclada, y con la que no acertaba aún a vincular al hijo de su jefe. Hacía más de diez días que Soledad debía haber comenzado a sangrar, como todos los meses. Aunque no hubiese sido algo que esperase con impaciencia, no dejaba de aliviarla la llegada del síntoma.

Soledad sabía que esos ciclos de fertilidad habían cambiado radicalmente desde el aborto; las emisiones de un color rosado de sangre licuada, de linfa vacía, llegaban para brindarle la certeza de que ya no era la misma de antes. Esas manchitas de un rojo evanescente que se imprimían en sus prendas íntimas, le recordaban los charcos sanguinolentos que la perra de la dueña de la pensión echaba en los celos, y que ella hubo de limpiar con trapo y lampazo. Eso fue hasta que Zulema hizo castrar a la perra, como tuvieron que hacerle a ella misma cuando se preñó. También pensó que quizás, por el mismo hecho de haber sido prácticamente vaciada, lo que quedaba de sus órganos reproductores no sólo produciría una cantidad ínfima de flujo, sino que también se extenuarían antes de lo normal en términos de edad. La idea de ir a ver un médico para consultarlo le daba pavor; nunca había vuelto a ver a uno, desde que dejó la clínica donde estuvo internada cuando casi se muere.

Gastón la había vuelto a tomar una vez poco después de que hubieron regresado, antes de una audiencia, para ir relajado, y también para *agradecerle* todos los servicios prestados durante las vacaciones. No podía ser que Gastón la hubiese embarazado de nuevo, habiéndola tomado contra natura, como lo venía haciendo desde que se cansó de llenar de esperma esos globos de los que ella debía más tarde deshacerse, y desde que descubrió que aquella novedad erótica era lo único que le quedaba del cuerpo de Soledad que pudiese interesarle, ya casi agotado para él como objeto de deseo. Entonces recordó que Daniela le había contado que aun así podía suceder un embarazo, por algún chorreo azaroso, capaz de llevar hacia su destino manifiesto la partícula generatriz.

A la salida del trabajo, después de haber disimulado todo lo que pudo delante del abogado, con temor paranoico de que fuese descubierta la naturaleza de sus cavilaciones, Soledad se encaminó a la farmacia, a donde había una vez acompañado a su amiga a comprar esas tabletas de prueba que eran de uso habitual en el prostíbulo. Lo hizo así aunque podía haberle pedido una a Daniela, pero no quería que esta supiera nada aún.

Soledad hizo la prueba tres veces porque no quería creer, o tal vez porque creía que si la prueba decía lo contrario, la segunda o la tercera vez, el pasado cambiaría también; por tres veces la realidad la abofeteó sin clemencia, y tuvo que aceptar el hecho de que estaba embarazada. Fue en medio de las lágrimas sin sollozo, cuando se sonó la nariz, que sus fosas nasales se saturaron de una súbita reminiscencia, que traía consigo la respuesta tan temida y por eso mismo inconscientemente negada; se presentaba de golpe un recuerdo olfatorio de leche cuajada tibia, empapándola por dentro; entonces entendió. Leandro.

14

La noche era tibia, el restaurante encantadoramente íntimo. Era la última cena del viaje, y Lisandro no había reparado en gastos. Comían en silencio. Lisandro parecía satisfecho, con esa apática lasitud que sobreviene al orgasmo. Carmelo permanecía reconcentrado, como si cada uno de sus movimientos pudiese precipitarlo en un abismo.

—Lisandro me gustaría hacerte una pregunta... pero no sé cómo lo vas a tomar...

—Decime *Carmel...* ¿Qué querés saber?

El momento que eligió para su pregunta, fue después de que engulló una pequeña rebanada de pan tostado con un trocito de salmón ahumado, la que Lisandro acababa de darle en la boca con gesto tan amoroso como cómplice; fue inmediatamente después de que Lisandro le acarició el mentón con el pulgar, y se lamió delicadamente la yema de los dedos, sonriéndole lascivamente. Carmelo lo miró, y supo que ya no podría volver atrás.

—Lisandro... ¿Vos sos... un... homosexual?

Después de decirlo se puso blanco como un papel, aterrorizado por lo que consideró un acto de osadía extrema. Estaba por pedirle perdón cuando Lisandro, que no había cambiado de expresión en lo más mínimo, y no hacía otra cosa que sonreírle, le preguntó a su vez:

—¡Ay *Carmel*, qué tontito sos...! Decíme, ¿qué es para vos un homosexual?

Carmelo no supo qué contestar. Enmudecido, comenzaba a enrojecer. Siguió hablando Lisandro.

—Vos estás pensando en una especie de monstruo... ¿No es así...? ¡Qué pavote...! ¡Si sos un nene todavía...!

Le dijo con tono vicioso, bajando el volumen de su voz, como si quisiera generar una mayor intimidad. Después, le acarició ligeramente la muñeca con sus dedos largos y descarnados. Carmelo se estremeció, y Lisandro retrocedió porque se dio cuenta de lo asustado que estaba. Entonces cambió el tono lúdico por uno más serio, pero nada agresivo.

—Personalmente me opongo a esas denominaciones que están hechas para etiquetar a la gente. Creo que todos tenemos derecho a buscar el modo de gozar y hasta puedo decirte que los que se aferran a esas etiquetas nunca tuvieron el coraje de gozar como se debe, gozar sin ponerse límites... Yo no tengo esos prejuicios, tengo solucionado el tema de mi goce, donde lo encuentro no lo dejo hasta que obtengo todo de quien me lo da...

Carmelo sintió que se le aflojaban las tripas de puro pavor, y que iba a evacuar de un momento a otro.

—Lo único que puedo decirte es que en estas cosas del goce las personas que comparten la misma idea se buscan... se reconocen… como sea se encuentran… a mí me pasó… siempre me pasó… ¿Sabés de que me acabo de acordar…? Walter tu *alter ego* una vez me hizo la misma pregunta que vos me acabás de hacer… pero él enseguida *entendió*…

No se habló más del tema. Lisandro supo que con Carmelo todo había terminado. Cuando este, con una palidez mortuoria en su rostro, le dijo que se volvía al hotel porque se sentía un poco pesado por la cena, Lisandro no insistió para que se quedara. Hasta lo acompañó dejándolo en la puerta del hotel para irse de copas sólo, porque necesitaba despedirse bien de sus vacaciones tanto como de la mojigatería anal de su compañero de viaje, a quien supo definitivamente perdido.

El resto de la noche, Carmelo lo iba a pasar en vela. No podía dejar de pensar que la insinuación de Lisandro había sido más que elocuente, de un modo que superaba lo que ya sabía; era como si hubiese necesitado que se lo dijera de ese modo para que él asumiera la verdad. Lisandro lo poseyó, y fue así porque él mismo lo había deseado aunque no se atreviera a confesárselo; se había entregado, y aquí nacía su verdadera tragedia: él era *igual* que Lisandro, este lo había *reconocido*. Cuando pudo haberse ido, no lo hizo.

Esta conclusión, tuvo por efecto que el primer sentimiento de infinita vergüenza se fuera disipando, azuzado por las erinias de una culpa monstruosa que no lo dejaba respirar; el suyo era un dilema espiritual que comprometía su salvación. Se prometió que haría lo que fuese para expiar su pecado, aunque ya sentía el sofocante olor azufrado del fuego celestial, que comenzaba a abrazar su carne, como a los hijos de las ciudades malditas que habían caído en su mismo pecado por vez primera. Si había un camino para salir de Sodoma, él estaba dispuesto a seguirlo a cualquier precio; no se volvería nunca para mirar lo que había hecho ese verano, acarreando sobre sí la maldición divina; él sería capaz de dejarlo atrás.

Siempre se ha dicho que el camino de la expiación es angosto, pero esta vez se abría ancho ante él, aunque en esa hora de contrición infinita, Carmelo no pudiese siquiera comenzar a imaginar de quién se iba a valer lo que él cree que es la Gracia, como agente de su perdón.

15

Esta vez Soledad lo fue a buscar.

Antes de que Carmelo iniciara su viaje con Lisandro, aunque con Soledad se habían quedado distanciados por lo sucedido con Selva, lo cual pareció afirmarse por el desencuentro de la última hora, no dejó de pasar por su casa, para dejarle a la amiga un mensaje breve por debajo de la puerta pidiéndole perdón, y rogándole que alguna vez le permitiera explicarse en persona.

Si bien Carmelo había vuelto de su viaje con Lisandro hacía casi tres semanas, aún no se había atrevido a llamarla para encontrarse; en verdad, no se había planteado la cuestión seriamente, sometido como se hallaba a los ejercicios espirituales de purificación que le indicara su guía espiritual. Si bien el padre Juan José lo había aterrorizado, quizás más de lo que el ángel de Dios lo hiciera con Lot, hubo algo en la imposición de la severa penitencia que habría de favorecer los designios del destino, y lo que Carmelo creyó su redención: la orden terminante de no revelar jamás a nadie lo sucedido en el viaje.

Puede ser que el padre Juan José persiguiera otros propósitos cuando se lo ordenó tajante; puede ser que hubiera estado esperando que algo así pasase con su oveja, que esta se descarriase de tal modo que al fin quedase totalmente a su merced. Alguien más perspicaz, y menos gazmoño que Carmelo, habría sospechado intenciones non sanctas, desautorizándolo en su investidura salvífica; otro se habría dado cuenta de la lascivia, que hacía que el rechoncho prelado secretase más saliva de la habitual, porque tenía que lubricar el deseo recién despierto, cuando le hablaba señalándole las medidas de atrición que debía aplicar a su carne réproba. Todo esto puede ser, pero no sería otra que la absoluta incapacidad de Carmelo de mantener el sigilo sobre lo sucedido, la que iba a sellar para siempre su suerte; el cura no fue capaz de ver que si de mantener el sigilo se trataba, Carmelo nunca tendría enmienda.

Como se dijo al principio, Soledad lo fue a buscar esta vez. No lo encontró en el departamento cuando caía la tarde, por más que habitualmente era la hora en que casi siempre solía estar allí. Sí se encontró en la puerta del edificio con la vieja astróloga, a quien había conocido cuando una vez lo acompañó a Carmelo a que le hiciera una de sus consultas; desde entonces, Soledad no la soportaba.

—M'hijita tenés que hablar con él, está tan cambiado, no sé qué tiene... Se pasa todas las tardes en la Iglesia con el grupo de rezo... A mí no me dijo nada, me lo contó mi amiga Elba que está en el grupo con él... No me viene más a ver, cuando nos cruzamos se va rápido medio corriendo, está de lo más esquivo...

—Entonces ahora debe estar en la Iglesia ¿No...?

—¡Dónde más m'hijita...! Si lo ves decíle que tengo muchas cosas que contarle, que me venga a ver, que los astros me dicen que tiene que pensar antes de hacer algo que él cree que le manda el Cielo... ¡Por favor hablále, que se puede equivocar y a mí no me gustaría...!

Soledad se despidió, y se alejó rápido para que no la retuviera más tiempo; la anciana siempre le había parecido de mal agüero y ahora más que nunca, después de lo que acababa de decirle, y lo que ella estaba por hacer. Después de hablar con la vieja, se sintió invadida por un acuciante afán de premura.

Carmelo iba saliendo de la iglesia con la vista baja, ensimismado, con un aroma de incienso que se podía oler a una cuadra, más efectivo para alejar a cualquier díptero molesto de los que proliferan en la estación calurosa que al Maligno, quien estaba por jugarle una de las suyas porque le encanta lanzarse sobre los chupacirios.

—¡Carmi...! ¡Qué alegría...! Se me ocurrió que acá te iba a encontrar y me vine a buscarte para decirte que esto no se hace... Dejarme abandonada tanto tiempo, no puede ser, eso no se hace... Tenemos que ponernos al día, ¿Eh...?

Carmelo escucha la voz familiar que lo apostrofa, arrebatándolo de su reconcentrada compunción. Levanta la mirada y la ve. Carmelo lleva en la mano una estampita de la santita a quien le ha pedido una gracia, y a quien le ha estado rezando una novena. Siente que sus plegarias han sido atendidas. Una miríada de sensaciones de histérica piedad, sensaciones atravesadas por los hechos evangélicos del Salvador redimiendo a mujeres perdidas (una de las cuales en este caso viene a ser él mismo), lo subyugan al contemplar a Soledad, que le sonríe con una sonrisa que le parece igual (pura, impoluta, infantil) a la de la santita que acaba de socorrerlo.

La contempla en silencio, insinuando apenas una sonrisa desdibujada, y de inmediato algunas lágrimas comienzan a rodar por sus mejillas encendidas.

Entonces Soledad, al verlo tan ostensiblemente vulnerable, cambia de inmediato el tono festivo con que lo acaba de saludar; le sonríe arqueando las cejas con expresión lastimosa, empática. Se acerca a él despacio y le dice:

—Carmi yo sé que necesitás mi hombro para llorar... estoy para vos...

Se abrazaron, y Carmelo comenzó a sollozar, hipando exageradamente, como un chico que berrea para asustar a su madre porque entendió que así la puede extorsionar, mientras que Soledad le acariciaba la nuca pasándole suavemente la mano, y susurrándole al oído: *No tengas miedo yo te voy a cuidar, no llores que estoy con vos para ayudarte... No sientas miedo sigo dándote vida, di mi nombre y yo contigo estaré... Le juro padre que era Jesús que me hablaba, Jesús te seguiré adonde tú quieras iré... Le juro padre que me habló Dios esa tarde*, esto es lo que escuchó Carmelo en su oído, así le va a referir este momento teofánico más tarde a su confesor, bañado en lágrimas de contrición.

Cuando tras sus palabras Soledad comenzó a sentir que Carmelo respiraba más aliviado, él que nunca la había abrazado, y que ahora no demostraba la más mínima intención de desprenderse de su abrazo, entendió que se le había rendido sin el más mínimo esfuerzo de su parte, a ella que tanto había venido planeando un simulacro plausible en el que cifrara toda su suerte. Carmelo ya estaba en sus manos.

16

Había sido Daniela la de la idea.

Cuando ya no hubo más nada que hacer que aceptar lo ineluctable, Soledad fue a contarle todo a su única amiga. Esta vez, no podía contar con el jefe; sabía que nomás con enterarse de que estaba preñada, la iba a dejar en la calle; si además descubría que había sido Leandro, Gastón L. era capaz de matarlos a ambos, y Soledad estaba segura de que si no hacía algo drástico para generar una distracción, este hallazgo iba a ocurrir de una forma u otra.

Por el contrario, si había alguien que tenía que saber toda la verdad, esa era Daniela, porque era la única persona que podía ayudarla, y en esto Soledad no se iba a equivocar.

Cuando Daniela lo supo todo, fue de ella la idea de una salida para la situación que no implicara la interrupción del embarazo; recordaba bien cómo casi le había costado la vida a su amiga la última vez, lo que había sufrido, y el peligro de intentarlo nuevamente; por todo esto, el aborto estaba fuera de discusión; *en esa no te puedo bancar Sole, perdonáme pero es por tu bien*, así lo sostuvo con vehemencia, a pesar de que Soledad, en su desesperación, ya empezaba a barajar la posibilidad. El temor a las represalias se había adueñado completamente de ella, cuando lo que alguna vez fuera un anhelo de maternidad de improbable consumación, adquiriera la certeza del hecho concluido; si Daniela no se hubiera opuesto con firmeza, ése animálculo fatal que se dilataba en su seno, nunca habría llegado a nacer.

Soledad tenía que gestarlo y parirlo a como diera lugar, y todo delante de los ojos del patrón, bien visible. Daniela, que poseía una inteligencia instintiva, de sobreviviente, no estaba exenta de una agudeza, una perspicacia adquirida en la brutal experiencia de sus días desolados, habilidad que le había permitido sortear hasta allí todas las situaciones difíciles —que no eran pocas—, a las que había tenido que enfrentarse en su vida de prostituta.

—Vos necesitás con urgencia un novio mi amor, un novio con el que te tenés que encamar lo más rápido posible, un novio lo suficientemente gil como para no hacer preguntas y entrar como un caballo cuando lo calentés, ¿M'entendés...? Ahora por otro lado, para que no pierdas el laburo y a tu jefe, el novio que consigas tiene que ser tan gil que cuando Gastón sepa que es tu pareja no se lo tome en serio, que lo vea como un pobre muñeco de torta para él que es tan macho... Si lo conoce de antes mejor, si ya le cogió a la mujer como te coge a vos mucho mejor, cuanto más fantoche le parezca más se va a cagar de risa que es lo que conviene que haga si no querés quedarte en la calle o dar el pibe en adopción, como hizo Genoveva, la negrita que hace poco trajo del norte el dueño y la preñaron ni bien llegó... Un pobre infeliz, un pelele tiene que ser, que se deje empaquetar...

A la brutal claridad de la insinuación, Soledad le contestó con acento más calmo que antes:

—No lo volví a ver desde que me fui a la costa... La novia lo dejó un tiempo antes para irse siguiéndolo a Gastón en las vacaciones. Después que volvimos mi jefe la cortó. La mina vino a verlo dos veces al estudio y se fue llorando a moco tendido porque Gastón no quiso volver con ella... Escuché que le decía, cuando se desesperó —hay que ver lo enganchada que estaba—, que no había vuelto con el *mamarracho*, así lo llamó y que tampoco el *mamarracho* se había animado a llamarla de nuevo... Fue como si Gastón se calentase cuando se lo nombró así, la última vez que vino a verlo después de las vacaciones. Por eso debe haber sido que la aprovechó por última vez antes de fletarla para siempre, ahí mismo, en el sillón del despacho...

Relató Soledad, iluminándosele brevemente la cara con los rasgos de la malicia y la complicidad, porque por sobre todo seguía admirando lacayunamente al *machazo* que era su dueño, el abogado.

—Ahora el *mamarracho* te va a salvar la situación si no sos boba y hacés las cosas como te diga... ¿Me oís...?

Repuso Daniela, y comenzó a explicarle qué era lo que tenía que hacer para arrastrar a Carmelo como fuese a la paternidad putativa. Pero la maña prostibularia de Daniela no iba a tener que ponerse en práctica; Soledad tenía un aliado inimaginable al mismo tiempo que invisible; un aliado que le había preparado el terreno, sin saberlo, para que ella cosechara la victoria sobre la debilidad y la culpa de Carmelo, y a quien nunca llegaría a conocer más que por la mención esporádica y supersticiosa de Carmelo, que siempre temería evocarlo como poseedor de un oscuro poder sobre él; ese aliado era Lisandro.

17

—Pero a vos te gustan las mujeres... ¿No...? Porque a mí siempre me pareciste muy masculino...

Soledad miente, y Carmelo comienza a entrar en el brete, quizás con algo de sutil deliberación, como si presintiese lo que tiene que suceder.

Están en el departamento de Soledad, el mismo lugar donde lo vio a Carmelo semidesnudo por primera vez, porque en ese tiempo él vivía allí con Silvina.

Han llegado hace un rato de la iglesia, adonde antes ella lo fue a buscar, y Carmelo se desahogó en lágrimas, entregándose por entero a la piedad de su amiga. Soledad está convencida de que esa noche tiene que dar el golpe decisivo; por el momento, se limita solamente a escuchar. Carmelo va a tener que contar de nuevo la historia de su vida, y Soledad entiende que debe verlo pasar por esas horcas caudinas, porque el hacerlo se lo va a dejar como lo necesita, sin la más mínima defensa.

—Claro que me gustan las mujeres… pero ahora tengo miedo de *perderme* para siempre… con lo que me pasó… no sabés lo que hice… lo que… me hicieron… Lo que pasa es que yo no tengo experiencia… Yo ya te conté lo de mi primera novia allá en la provincia cuando yo tenía diecisiete, hasta me quería casar con ella… Yo siempre la respeté pero el padre no me aceptaba porque decía que yo no era un verdadero hombre. Me hizo la vida imposible el padre de Diana, así se llamaba mi primera novia, hasta que al final terminamos separándonos… Una semana antes de separarnos llegamos a tener… relaciones… y me sentí tan mal que creo que eso me impulsó con más fuerza a cortar el noviazgo y a mantener después la castidad… Hasta hice un voto como me recomendó el padre Lauro que era mi confesor desde chico… Después me vine a la capital y empecé con el grupo de la iglesia donde todas las chicas eran bien practicantes y se guardaban para el matrimonio. Eran chicas muy inocentes, como nenas, y ahí es que me pongo de novio con Úrsula que tenía principios tan estrictos que no me dejaba un momento solo con ella, siempre teníamos a alguna de las hermanas de chaperona o estábamos en la casa con toda la familia muy católica, imagináte... Salimos casi cuatro años, hasta teníamos plata ahorrada para cuando nos casáramos... Llegamos a comprometernos con bendición religiosa y todo... Fue ahí que se me cruzó Selva y mandé todo al diablo... Úrsula y la familia nunca me deben haber perdonado... También no es para menos... Supe que después de lo que pasó Úrsula se metió a monja. Pobrecita, seguro que nunca más pudo creer en ningún otro hombre... Con Selva tuve mi... mi... destete, ¿M'entendés...? Ella me hizo conocer el... sexo... y también ahí empecé a caer cada vez más bajo... Todo lo que pasó con Selva vos... lo sabés bien...

Después de la que consideró una impúdica alusión, Carmelo se detiene y clava la mirada en el suelo, avergonzado. Acaba de hacer una pausa en su relato, pausa rebosante de sobreentendidos, para evitarse el tener que hablar de Gastón L., recaladero maldito adonde por fuerza tiene que arribar su lastimera crónica. Soledad lo capta perfectamente, pero esta vez elige reprimir el deseo sádico de obligarlo a rememorar lo vivido con Selva, porque teme que si Carmelo se derrumba emocionalmente, ciertas arrechuras indispensables serán imposibles de alcanzar esa noche.

—Carmi... ¿Por qué me preguntaste si yo te veía como hombre? ¿Por qué dudás...? ¿Qué te pasó? ¿Qué te hicieron...?

Ha llegado para Carmelo el momento de contarlo todo.

—Por lo que me pasó... por lo que me dijeron de mí... por lo que vieron en mí... ¿Vos lo conociste a Lisandro...? Me parece que nunca lo llegaste a ver cuando estudiaba con él... siempre me había parecido una persona muy amable...

alguien en quien se podía confiar... no había nada *raro* en él... después de la facultad no lo volví a ver porque él dejó farmacia para ingresar en odontología... pasaron años hasta que me lo encontré de nuevo el mismo día en que vos y yo nos desencontramos porque te habías ido de viaje... como yo me sentía tan mal acepté viajar con él y un amigo con el que vivía... Walter... para olvidarme de todo... de Selva y de... lo mal que estuve... con vos... me había quedado realmente solo... solo...

Se interrumpe, porque la garganta se le anuda con un sollozo que pugna por surgir, pero que consigue todavía contener. Soledad lo escucha sin expresión alguna en su rostro, disciplina que se impone para que Carmelo no dude en soltar todo lo que se guarda, y que sin errar ella juzga decisivo; quizás exagera en su impavidez, porque el *penitente* habría deseado que ella se mostrara más empática. De todos modos, Carmelo continúa.

—Los primeros días de viaje todo estuvo bien... aunque el amigo de Lisandro cada vez me hablaba menos... yo hasta notaba una cierta hostilidad que Lisandro trataba de compensar con una mayor amabilidad... demostraciones de amistad hacia mí... como cuando me regaló una pulsera de cuero de la suerte con mi nombre grabado que les compró a unos indios y me dijo *ahora estás comprometido conmigo a pasarlo bien*... ahí fue que discutieron la primera vez... ahora me acuerdo... pero yo no escuché nada... me di cuenta porque se bajaron juntos del auto para ir al baño de la estación de servicio y yo me quedé solo esperando... estuvieron un buen rato... yo medio que no sabía qué hacer... cuando por fin volvieron se notaba que Walter estaba furioso... por eso no habló en toda la tarde... después pasó lo del boliche cuando se pelearon mal... lo que yo no me puedo acordar porque estaba... borracho... después Walter se volvió en micro y nos dejó solos... el resto del viaje...

De repente, un recuerdo arrebatadoramente violento lo conmueve, y Carmelo parece perder contacto con las circunstancias presentes; es entonces que cae de rodillas, juntando ambas manos en señal de súplica, y entre sollozos comienza a implorar:

—¡Yo no quise, no sabía que *eso* podía pasar Dios mío, no quise, no quise, no quise...!

Carmelo cierra los ojos y permanece prosternado, articulando sordamente algo como una plegaria de contrición, hipando de llanto. Soledad hace un esfuerzo y, arrodillándose a su vez en el suelo, lo abraza fuertemente. Carmelo parece haber estado esperándola, porque responde de inmediato con un abrazo con el que hace encajar su propia papada en el hombro de ella, quedando engastado en el cuerpo de Soledad como si quisiera fundirse con ella. Entonces, casi susurrando, se atreve a decirle al oído:

—Estaba muy borracho... inconsciente en el momento... no lo sentí... nunca lo sentí... porque siempre estuve como anestesiado... entonces fue que Lisandro... *entró en mí*... y ahora... ahora... nunca más voy a poder... ser... hombre...

Carmelo no puede seguir contándole lo sucedido, porque un nuevo acceso de llanto lo socava desde lo profundo, y acaba por bañar en sus propias y copiosas lágrimas a su estrechada. Poco después, le sobreviene un desmayo tal que se desploma sin fuerzas en los brazos de Soledad quien, no pudiendo sostenerlo más, vencida por el peso muerto de Carmelo, terminará por depositarlo lo más suavemente que puede en el suelo; le hubiera gustado poder llevarlo a la cama, pero no puede ni siquiera arrastrarlo de tan pesado que es. Entonces va a acabar por recostarse a su lado, y va a empezar a acariciarle el pelo grasiento, mientras él irá respirando cada vez más profundamente, alargando cada vez más el resuello entre hipos de sollozo, dejando atrás las lágrimas, como un chico que acaba de golpearse y ahora recibe consuelo de su madre.

Carmelo empieza a sentirse mejor. Es cuando Soledad lo besa por primera vez en los labios.

Lo primero que Carmelo sentirá es un estremecimiento, como si hubiese recibido una descarga eléctrica; después, todo será estupefacción, parálisis. Soledad entenderá que debe retirarse de los labios de Carmelo, pero no dejar las caricias; la posee una voracidad carnal que aunque no tiene nada que ver con la demanda propia del deseo, produce en ella los mismos efectos que si lo fuese; tiene que poseerlo como sea, porque en ello se cifra su *salvataje*.

Soledad acomete de nuevo. Comienza por besar la gelatinosa masa del cuello de Carmelo, en la que la nuez se pierde en un piélago de grasa; desciende luego en busca del pecho, para encontrarse con la abotonadura alta, beata, de la camisa. Cuando empieza sigilosamente a desabrocharla, Soledad nota que Carmelo se deja hacer. *Maricón de mierda*, piensa, y se da cuenta que quizás no sea capaz de responder a sus caricias como se espera que lo haga; Soledad decide hacer algo drástico. Al terminar de abrirle completamente la camisa, quedando ante ella expuesta toda esa rosada obesidad de cerdo lechal, Soledad se aparta un poco, se yergue, y se quita la remera; después se desabrocha el corpiño, y deja descolgar sobre su pecho dos ubres que han recuperado recientemente algo de la turgencia de sus años mozos, porque sus tejidos bullen en la secreta inervación que precede a la lactancia. Soledad recordará el gesto con que le hubo mostrado sus pechos a Leandro, y lo reeditará para Carmelo, ofreciéndosele; es su único modo de *hacer la puta*, como ella lo entiende.

Pero Carmelo no tiene esos doce años, y un miembro palpitante que se arrecha presto en su hermosa animalidad ante la hembra desnuda. Apenas podrá levantar la cabeza y mirarla con una sonrisa desdibujada, a tono con sus ojos enrojecidos de tanto llorar; volverá a apoyar la cabeza en el suelo, y Soledad entenderá que ella tendrá que hacerlo todo; Carmelo tiene que ser violado otra vez, aunque esta vez para *hacerse hombre*, como en esos cuentos de hadas en que el protagonista debe pasar por la misma ordalía, para recuperar el estado previo al del hechizo que lo ha transformado.

Fue la premura, propia de la inexperiencia de que ella adolecía, la que estuvo a punto de echarle todo a perder. Y eso que Daniela le había explicado con lujo de detalles como tenía que hacerlo; que hasta la había hecho practicar con un globo lleno de agua tibia, uno de esos con los que se crean perros salchichas en los cumpleaños de los chicos; que incluso le había explicado que no tenía que pasar de cierto punto, que lo hiciera sólo hasta que sintiera que la descarga estaba en ciernes, que es cuando da un *tirón*, que a Soledad se le había figurado que debía ser como el que se siente en la caña de pescar cuando el sedal comunica el *pique*; una caña que vibra, eso entendió Soledad. Lo que no sabía era cuando recoger para que no se escapara el pez, analogía bastante a propósito para esta situación en la que estaba también intentando pescar el que es quizás el más pequeño de los peces, el que alguna vez fuimos todos en el primordial acuario seminal.

En realidad Soledad no lo había hecho tan mal, lo que sucede es que tendría que haber sido una experta como Daniela para entender que alguien como Carmelo, con meses de abstinencia encima, si lograba alcanzar la firmeza necesaria para la cópula, no tardaría mucho en estallar, por lo cual debió haberse apresurado a recibirlo entre sus piernas cuanto antes, si no quería que se perdiera el disparo germinal como en efecto hubo de suceder, llenándole la garganta, transponiendo la puertas glóticas para inundarle el estómago de un *Soma* tan viscoso como salitroso, que la hizo correr al baño para vaciarse en un vómito inacabable.

Cuando Soledad regresa a su lado, Carmelo dormita satisfecho, con una expresión de alivio que tiene mucho más de moral que de físico. Soledad le ha devuelto la *hombría*, con un pecado, es verdad, pero que de un modo abstruso lo lava de su culpa; había conseguido salir de Sodoma no para entrar en Jerusalén, sino en Babilonia, es verdad, pero en tanto que en la primera no se puede hacer otra cosa que aguardar el fuego del Cielo, de la última siempre se puede salir porque no es más que un *exilio* de la Gracia. Estas son las ideas que lo están rondando, en medio de la lasitud pos-orgásmica.

Soledad lo contempla un instante con sus propios ojos llorosos, de los cuales han descendido sobre sus mejillas lívidas dos *pierrotescas* manchas negras, que parecen querer denunciar la farsa de la hora. Está exhausta pero tiene que seguir. Se acuesta en el suelo junto a Carmelo, a la espera de que se le vaya la náusea que aún la estrangula, para así volver a empezar. Poco a poco comienza a dormirse, y con el sueño llegarán la distensión y el fin de la sensación de repugnancia.

Este sueño será para ella un desmayo cataléptico, vacío de imágenes y sensaciones.

Ha pasado cerca de una hora cuando la despierta un cosquilleo que, en el borde superficial del sueño, le ha traído reminiscencias del hijo que no llegó a tener. Cuando abre los ojos, lo ve a Carmelo que le mordisquea, como si lo hiciese con las encías desnudas (no como el salvaje Gastón), uno de sus pezones. Lo deja que siga haciéndolo, como el cazador que en el claro de un bosque observa, desde su escondite, sin hacer el más leve ruido, cómo la presa se sitúa confiada en el punto en el que el disparo no ha de fallar. Soledad comienza a acariciarle la cabeza, y desliza su otra mano por el cuerpo de él, hasta que con las yemas palpa la renacida tumefacción palpitante, anhelante; esta vez Soledad no va a fallar; la criatura, que se está gestando en sus entrañas, columbra desde las tinieblas un *padre*.

Despacio, con suavidad, Soledad toma esta vez las riendas de su cabalgadura, y la monta para emprender un ligero trote que culminará en un relincho ronco de acémila herida (de Carmelo), anunciando la impregnación bien escasa pero más que suficiente para cimentar una creencia, la de la paternidad.

—Carmelo... llegó el momento de decírtelo... después de lo que acaba de pasar... que yo siempre quise esto tan lindo que pasó entre nosotros... siempre quise... porque vos... vos sos... el hombre de mi vida...

No pudo evitar decírselo, porque de súbito la había atravesado el terror de perderlo todo; a pesar de que había obtenido la semilla sin propósito para su sementera ya grávida, temió que los prejuicios de su conquistado lo alejaran de ella. Apeló a un romanticismo que, si bien no estaba mal para morigerar el efecto producido por la brusquedad de su iniciativa era, en tales circunstancias, de todo punto de vista innecesario; Carmelo estaba desesperado y, en ese estado, cualquier mujer le hubiera servido para que lo *salvase*.

—Yo siento lo mismo…. desde que te conocí… sos… la mujer de mi vida… sos… la única que me puede… entender…

Le contesta con voz temblorosa Carmelo, sofocado por la culpa; así es cómo en un instante, ha dejado atrás el desprecio de clase que siempre ha profesado por ella; lo mismo ha hecho con la intuición nada desencaminada, con que la viene sospechando amante del odiado abogado. Carmelo debe salvarse de las consecuencias de su magno pecado como sea; la negrita, la ordinaria, la paria, la impresentable Soledad, se le figura el mejor samaritano en el valle de las sombras que está atravesando.

Tras oírlo, Soledad lo silenciará con un beso, y se aferrará fuertemente a él. Los dos mienten, y es esa mentira la tabla de salvación de estos dos náufragos.

Acaba de comenzar el noviazgo de Soledad y Carmelo; así comenzaron sus penitencias. Ahora deberán correr ambos a sus respectivos confesionarios, en busca de absolución.

18

—Padre Juan José confieso que he pecado, he tenido relaciones prematrimoniales con mi nueva novia…

Carmelo lo dijo con unos grados más de volumen en su voz habitual para el confesionario, signo de una seguridad y una convicción que le resultaron desacostumbradas al cura quien, sin embargo, comprendió de inmediato qué era lo que intentaba comunicarle su confesando: que era de nuevo *hombre*.

—Gastón no quiero dejar pasar más sin contarte algo… creo que es necesario que te lo diga por todo lo que sos para mí... eso nunca va a cambiar... inicié... una relación... con Carmelo... mi amigo... ahora somos... pareja...

Soledad se lo comunicó a su jefe, con una expresión neutra en el rostro, y con cierto desgano en la voz que había calculado como el más apropiado para darle la noticia; se le había figurado que toda evidencia de entusiasmo que manifestase, podría tener consecuencias funestas para ella; lo que realmente temía, era que Gastón fuese capaz de escrutar las verdaderas causas de lo que le estaba anunciando.

—Hijo te has apresurado a hacer lo que está reservado a los esposos y tendrás que sufrir la penitencia que ello exige, te has vuelto a manchar y ello demanda contrición y continencia en el futuro.

Le sermoneó grave el cura, que era su modo de ocultarle la propia frustración al corderito para el que, desde que supo que se había entregado al goce *antinatural*, no deseaba más ser pastor sino lobo.

—¡Hacen buena pareja, che! Ja, ja, ja... ¡Míralo al gordito...! Mejor no te cuento las cosas que me dijo de él la última noviecita que tuvo porque quizás te arrepentís, ja, ja, ja... Pero no, yo no soy así, quiero que a vos te vaya bien, aunque sea con el gordito, ja, ja, ja... Hacés bien, muy bien, porque ¿Dónde vas a encontrar otro macho como yo, eh...?

Esta fue la reacción plena de hilaridad del abogado, cuando acabó de entender lo que al principio pudo haberle sonado inverosímil. Soledad, todavía temerosa, empezaba a avizorar un buen resultado.

—Padre es cierto que me he apresurado a hacer lo que está reservado al lecho nupcial... pero lo cierto es que quiero a esta mujer y desearía compartir mi vida con ella ya que tengo la certeza de que el Señor en su inmensa misericordia me la ha dado por compañera para que pueda evadirme de las consecuencias de mis anteriores pecados de la… carne…

La contrita seriedad de sus palabras, se evaporó para el cura en una nube de deseo, cuando se puso a pensar en esos pecados que podrían haber compartido, si la breva culposa hubiese madurado lo suficiente como para que él pudiese hincarle el diente; un retiro espiritual, un viaje de peregrinos, una jornada misional, tantas oportunidades perdidas eran las que el cura lamentaba mientras lo escuchaba aparentando severidad, excitado hasta el dolor.

—Es verdad Gastón, nunca va a ser ni un quinto del hombre que sos vos… Pero yo entendí desde el principio cuál es mi lugar y no me quejo, al contrario estoy agradecida por todo lo que siempre me diste y me das… Por Carmelo siento una lástima tan grande, es un pobre tipo… A veces tengo miedo de que haga una locura… Yo sé que él no puede darme lo que vos sólo me sabés dar, pero estoy resignada…

La humillación con que Soledad ofrendaba su tributo de vasallaje, avivó aún más la naturaleza arrogante del patrón, que era lo que Soledad quería; naturaleza arrogante que, en tales circunstancias, se tradujo en el *quintaesencial* acto de dominación con que expresaba su poder. Gastón se puso de pie de detrás de su escritorio, sonriendo ligeramente del modo poco dadivoso con que lo hacen los amos, y comenzó por desabrocharse el cinturón para después bajarse el cierre del pantalón. Entonces Soledad le sonrió tenuemente al amo, porque se dio cuenta en ese instante que con Gastón nunca le había sucedido lo que con Carmelo; a Gastón le gustaba eso sólo para empezar, jamás se *vaciaba* ahí. Soledad caminó hasta él, y se puso en cuclillas frente a Gastón porque de rodillas no llegaba.

Carmelo también estaba de rodillas, con la cabeza inclinada y los ojos cerrados, apuntando a la falda del cura, cuando el padre Juan José le apoyó la mano en la nuca y empezó a pronunciar el *ego te absolvo*. Carmelo notó que el cura tenía las manos empapadas en sudor, pero no así la erección monstruosa que sólo una sotana con muchos pliegues como la suya podía disimular. El cura prolongó el acto todo lo que pudo, pero tuvo que terminar. Apenas si pudo decirle que lo esperaba la semana siguiente, antes de misa, para la confesión; las palpitaciones no lo dejaban casi hablar. Carmelo se despidió lleno de paz y beatitud, y se dirigió a la capilla del Sagrado Corazón para rezar su penitencia. El cura lo vio alejarse, y aún se demoró unos instantes en llamar al siguiente de la cola, como lo hacía habitualmente.

Fue la paquidérmica Doña Renania, ya prosternada ante él, la que lo arrebató de su ensimismamiento.

—Sin pecado concebida…

Completó Doña Renania, la jaculatoria que el cura nunca comenzó. En seguida, Doña Renania tomó la iniciativa de empezar a relatar su semanal y minucioso rosario de chismes, con que lo ponía al día al cura de todos los hechos de la feligresía barrial, feligresía a la cual él a su vez sorprendía cuando parecía leer en los corazones lo que no se le quería confesar, porque él ya lo sabía de antemano de labios de la comadrona, que siempre se confesaba antes que todos. Pero esta vez, el padre Juan José no la estaba escuchando, concentrado en Carmelo que aún no había dejado la iglesia, y a quien miraba de reojo hincado frente al Sagrado Corazón, rezando su penitencia. Cuando lo vio dejar al fin la iglesia, sintió un peso enorme sobre el pecho, y empezó a faltarle el aire. Fue la última vez que el padre Juan José lo vio a Carmelo, quien más tarde desearía que hubiese podido oficiar de celebrante en su boda. Doña Renania notó su agitación, se detuvo en su parloteo murmurado, y le preguntó si se sentía bien cuando notó que el cura se había puesto blanco como un papel y que comenzaba a caerse hacia un costado, apoyando su cabeza contra la pared del confesionario.

Doña Renania corrió a avisarle al sacristán para que llamara una ambulancia, pero cuando esta por fin llegó casi una hora más tarde, el cura ya llevaba más de media muerto. En la ambulancia, durante el traslado al hospital, tendría lugar un hallazgo que quedó impreso en la memoria de enfermeros y médicos, que nunca se iban a olvidar y sobre el cual se tejerían mil conjeturas y chistes: el cuerpo desnudo del padre Juan José, vestido de moretones por el colapso vascular del infarto, ostentaba un *membrum virile* en tal estado de presteza, que impresionó a todo el equipo coronario del hospital que, en vano, entre carcajadas, trataba de resucitarlo.

Carmelo, el insospechado causante, solo habría de enterarse de la muerte de su confesor recién tres semanas más tarde porque Soledad, entusiasmada con la acogida favorable de la noticia por parte de su jefe, quiso rubricar en la cama, desde la misma noche del día fatal para el padre Juan José, la certeza de su noviazgo; lo haría durante todos esos días a razón de unas seis noches por semana, de modo que el recién absuelto recayó en su pecaminoso abismo carnal tan rápida, reiterada, y prolongadamente, que le iba a costar mucho reunir de nuevo el coraje para ir a confesarse.

En realidad, de no ser por la noticia que iba a darle Soledad, quizás no habría vuelto a la misma iglesia, pero la hora será apremiante, y Carmelo se creerá poseedor de una razón que vence cualquier resistencia, una razón capaz de abrirle las puertas de la indulgencia del padre Juan José una vez más, que él aún no sabrá que ha muerto. Lo que va a suceder es que Carmelo, cuanto antes, querrá casarse.

19

Carmelo se casó en la misma iglesia en que falleció su confesor. Creyó que ese, junto con haber renunciado a la cohabitación que le autorizaba el connubio civil de dos días antes, eran los dos mínimos homenajes que le podía dedicar a quien había sido su guía espiritual durante tantos años, desde poco después de que empezara a frecuentar el "grupo misional de jóvenes cristianos", de la iglesia donde el párroco se había desempeñado como tal hasta su muerte.

En lugar del padre Juan José, acabó por casarlo un cura recién llegado del norte, aindiado, con acento apretado de quechua que se lleva mal con el español, lo cual a Carmelo no le gustó nada porque le pareció que le daba mal tono a la boda, pero a lo que desde el principio tuvo que resignarse, aceptándolo como parte de una penitencia que creyó que le imponía, desde la ultratumba, su malhadado confesor.

Antes de comenzar la ceremonia, le pidió al celebrante permiso para decir unas palabras (que leyó de un papel) a los presentes sobre el difunto. El padrino de la boda aún no había llegado.

—El Padre Juan José fue como un padre para mí que hace muchos años que perdí al mío. Me consoló en mi soledad me sostuvo en mi angustia, y me apuntaló cuando me faltó coraje para tomar esas decisiones claves que uno no debe postergar. Me hubiera gustado que hoy estuviera con nosotros, en esta hora tan feliz para mí. Estoy seguro que él me hubiera dado su bendición de haberlo podido hacer, pero...

Un portazo presagioso interrumpió la perorata, como si se lo hubiese mandado el difunto prelado desde el más allá; era Gastón L., que acababa de llegar a la iglesia con su esposa y sus hijos. Llegaba tarde. Él era el padrino. Gastón L. lo había decidido cuando Soledad le contó que se iba a casar, durante la escena que ella está recordando, mientras lo ve avanzar por el corredor de la nave central para ocupar el lugar a su lado. También siente una especie de recóndito regocijo al pensar que de un modo u otro, Gastón L. está de pie junto a ella el día de su boda, si no novio, como alguna vez se atrevió a soñarlo, al menos como padrino.

—¿Así que te lo cogiste nomás al gordito...? ¿Funciona o no funciona...? ¿Le contaste que es mi hermanito de leche? ¡Ja ja ja!

—Es lo que quería conversar con vos Gastón...

Musitó Soledad compungida.

—¿Qué querés conversar...? ¡Lo único que me falta, enseñarle al gordito ja ja ja...!

—No Gastón... de verdad... es una cosa muy seria...

Soledad se sintió intimidada cuando no hubo réplica alguna de Gastón, aunque éste no había dejado atrás la expresión divertida de su rostro. Tenía que decírselo como fuese.

—Me hice un test y me dio positivo... estoy embarazada de él... me voy a casar... me pidió que me casara con él... ¿A vos que te parece...? ¿Qué hago Gastón...?

El abogado en ningún momento perdió la sonrisa, aunque había algo raro en su mirada que Soledad no notó. La mujer de Gastón L. le conocía bien esa cara, y lo que preludiaba; Soledad no. El abogado se puso de pie, salió de detrás del escritorio, y comenzó a quitarse el cinturón. Soledad se puso en cuclillas, presta a cumplir con su deber cuya orden ella creyó insinuada por el gesto, y se deslizó casi dando saltos de rana hasta colgarse de la cintura del patrón, que esta vez no se había desabrochado ni bajado el pantalón, porque parecía que esto se lo dejaba para ella.

El primer azote, le cayó sobre la espalda un segundo antes de que un rodillazo en el pecho la tirara de espaldas contra el piso. A Gastón no le gustaba golpear a las mujeres con las manos, decía que eran para pelear con los hombres; para las mujeres usaba el cinturón, o alguna varilla que tuviera a mano, y azotaba hasta que el brazo izquierdo —era zurdo para estos menesteres—, se le acalambraba de tanto golpear.

Soledad recibió la golpiza calladita, hasta con una nota ligera de satisfacción entre las brumas del dolor que la rodeaban, porque sentía que había algo de celos en la reacción de su amo. Cuando Gastón terminó, lo escuchó decir, en medio del aturdimiento, resollando y carcajeándose:

—Te tenés que casar con el gordito... está bien... ni se te ocurra pensar que voy a hacer algo por impedirlo... ni voy a pagar como un pelotudo el aborto como la última vez... y menos ahora que no tengo dudas de que yo no fui... eso sí el padrino voy a ser yo... yo le voy a entregar la *mujercita*.... para que sea un cornudo perfecto... Ja ja ja... ¿Me oíste...? ¿Quedó claro...? ¡Levantáte del piso y dejá de hacer teatro carajo...!

Carmelo no pudo seguir hablando, se le trabaron las palabras y lo único que pudo hacer al ver que Gastón L. se paraba
junto a su futura, y le guiñaba el ojo a él, cómplice o colega
de algo que nunca querría indagar, fue cerrar abruptamente
su discurso.

—Padre Juan José que en paz descanse... En el nombre del
Padre y del Hijo y del Espíritu Santo Amén.

Se persignó y lo imitaron todos, menos Gastón L. y la madrina, que era la primera vez que entraba a una iglesia desde
la infancia, allá en el pueblo donde se habían hecho amigas
con la novia.

Carmelo descendió pesadamente los escalones que bajaban
desde el altar, y el cura volvió a ocupar su lugar al tiempo que
él mismo lo hacía entre la novia y Daniela que, como ya se habrá inferido, oficiaba de madrina, otra imposición de Soledad
que Carmelo acató sin chistar. Por otra parte, salvo su amiga
la astróloga, Carmelo no tenía a nadie a quien proponer para
que tomara el puesto desde que su madre, enterada por Silvina de quién era la novia, y del estado en que se casaba, había
tenido la *delicadeza* de pasar parte de enferma, anoticiándolo
a su hijo de una súbita e inmovilizadora indisposición que a
última hora le impidió viajar; encadenada a ésta, estuvo a su
vez la excusa de Silvina para no viajar en razón de tener que
cuidar a su madre, excusa cuyo real fundamento era el haberse
imaginado toda la jugarreta de Soledad, aunque se abstuvo de
decirle algo al respecto a Carmelo cuando este le contó todo.
Por eso, en el día de su boda, Carmelo estaba verdaderamente
solo, rodeado únicamente de amigos y conocidos de Soledad
y Gastón L., ya que los compañeros del grupo de oración con
que se reunía en la iglesia que él hasta entonces llamara sus

amigos, lo habían desertado cuando se enteraron de que la suya era una boda irregular, al trascender el chisme que él mismo se ocupó en propalar en su enésimo acto de indiscreción. Para ser justos, hay que decir que uno de esos *amigos en la fe* de Carmelo, habría podido estar presente en la boda, no le hubiese importado el *vicio* inherente a la novia; se trataba de Ricardo Bóxer, que además era su compañero de trabajo, pero que verdaderamente estaba imposibilitado de asistir porque se hallaba intentando —fútilmente— recuperarse de un desengaño amoroso, participando de un retiro espiritual. Más adelante veremos cómo este personaje habrá de convertirse en una figura clave de esta historia; no nos anticipemos, conformémonos por ahora con su ausencia justificada.

Carmelo percibió que Daniela lo miraba con cara sobradora, muerta de risa. Todo en ella reflejaba una actitud de mofa, con su atavío propio de un lupanar enlutado; los mismos zapatos plateados con tacos funambulares; la misma ropa de trabajo de siempre, el vestido rojo minúsculo bien al cuerpo, sin breteles, que le cubría menos de un tercio apenas de los muslos; atavíos inapropiados que el chal negro que se había puesto sobre los hombros, para entrar a la iglesia, no conseguía desmentir, a pesar de que era el mismo que se había puesto para el entierro de "Chapita", la compañera que mataron durante una despedida de soltero a la que había ido a prestar servicios, a quien tanto quiso, y que era lo más solemne que pudo conseguir, o pergeñar, para la ocasión.

Daniela empujaba como podía la risa hacia adentro de su pecho, porque la farsa que estaba presenciando era demasiado para ella; el suyo era verdaderamente un acto de penetrante lucidez, porque en verdad que la situación era hilarante, ya que no podía sacarse de la cabeza, desde que vio aparecer a su antiguo cliente para completar el grotesco de todo el cuadro, los pormenores traslapados que ella conocía al dedillo por boca de su amiga. Soledad entonces la observó por un instante y se estremeció, temiendo que en algún momento de esa larga noche, durante la fiesta, Daniela, eufórica por la segura borrachera en ciernes, fuera a contarle toda la verdad a Gastón L. Cuando poco después vio que Daniela le guiñó el ojo al mayor de los hijos del abogado, sentado en primera fila junto a su hermano y su madre, sintió que se iba a desmayar, y quedó demudada como si hubiera visto una aparición. Daniela se dio cuenta del efecto que había provocado su torpeza, y en seguida le susurró al oído:

— Quedáte tranquila pavota, que tu secreto muere conmigo… pero al chiquito me lo bajo esta noche… así todo queda en familia…

Poco más de media hora más tarde, Carmelo y Soledad fueron marido y mujer. No tenían casi nada en común, salvo el hecho de que los dos se esforzaban denodadamente por creer que se habían salvado, cifrándolo todo en un acto de mera voluntad, voluntad inane como toda aquella que madura en el impotente seno de la debilidad.

TERCERA PARTE
El jardín de los monstruos

1

FUERON A VIVIR al departamento de Soledad, aunque este era minúsculo comparado con el de Carmelo, por la sencilla razón que ella era la dueña, y se podían ahorrar la plata que él había pagado hasta entonces como alquiler, dinero con el que iban a necesitar contar de cara a la paternidad inminente.

El departamento, Soledad llegó a adquirirlo con el producto de años de ahorro severo, y de la *ayuda* económica del abogado, que le había prestado el faltante —más de la mitad— fundamentalmente para tener derecho a usarlo, siempre que lo necesitara, para llevar alguna de sus ocasionales amantes. Este departamento, hito señero en la topografía del destino de la heroína de esta historia, que como ya se dijo es el mismo en el que alguna vez vivieron Silvina y Carmelo cuando eran estudiantes, el mismo donde habría de conocerlo Soledad a éste cuando ella todavía estaba enamorada de su jefe, hay que aclarar que solo fue su propiedad mientras el abogado estuvo vivo para mantener su palabra de asegurarle la posesión del mismo; cuando ya no esté para hacerlo, Soledad se enterará de la precariedad de un derecho que jamás tuvo, porque la generosidad de su amo no había llegado a tanto como para inscribirlo a su nombre.

El hecho del *bondadoso* préstamo, que le había hecho el patrón *que más que jefe es para mí todo un amigo*, como se lo cuenta Soledad a Carmelo, obligándolo a tragarse su propia hiel, es el que hace que éste nada pueda decir contra la foto de Gastón que ella mantiene sobre el armario bajo, del microscópico y multifuncional living-cocina-comedor-lavadero; foto que habrá de conservar su centralidad sobre la tabla del mueble, flanqueada por otra más pequeña, un tanto desenfocada, tomada en la puerta de la iglesia, foto ésta debida a la impericia y a la mano temblorosa de la *casándrica* astróloga, Vilma Marabuti, que fue la única que sacó alguna desde la perspectiva del novio; foto en la que Carmelo pierde casi un tercio de su cuerpo y en la que, desde atrás de Soledad, asoma la cabeza el beneficiario de la *pernada*, el mismísimo Gastón L.

No había alcanzado el dinero para contratar un fotógrafo y, como todas las otras imágenes capturadas tenían por eje a Soledad y a Gastón L., por haber sido tomadas por familiares de éste, o amigos y conocidos —también cómplices— de ambos, Carmelo apenas llegó a figurar en algunas; fue por esto que se tuvo que conformar con la foto que obtuvo de Vilma Marabuti, como único testimonio de su propia *hora feliz*.

También fue por falta de dinero, que Carmelo tuvo que conformarse, para la fiesta de casamiento, con el salón del "Club Social y Deportivo Normando Atanasiuk", dado que no les cobraron nada por el uso del mismo, en razón de que el concesionario del buffet era un viejo amigo de Soledad y Daniela, por quienes abrigaba un sincero cariño, quizás un poco más por ésta última ya que la seguía *visitando* de tiempo en tiempo, aunque no con la frecuencia de antaño en razón de su propia minusvalía. Se trataba, nada más y nada menos, que de Jorucho, el asendereado camionero, que desde que hubo perdido todos los dedos del pie derecho por la diabetes, había dejado las rutas para fungir de *bolichero* en el club de barrio mencionado. Claro que toda la buena voluntad para con sus amigas, no pudo impedir en la ocasión que el club continuara con sus actividades habituales de sábado por la noche, así que la fiesta tuvo que desarrollarse entre jugadores de billar, de truco y de ping-pong, además de una nutrida audiencia masculina para la pelea por el título mundial de la categoría mosca, que siguió las alternativas del combate con tenso fervor en el enorme televisor, que se alzaba como el ojo multicolor y nictálope de un dios de la sinrazón sobre todas las vidas del lugar. Los socios del club eran gente de un linaje masculino variopinto pero igualmente encelado, gente que acabó por sumarse al baile de la fiesta, y que les permitió a Daniela y a tres de sus amigas —y colegas— que llegaron invitadas por ella, recaudar una buena cantidad por sus servicios prodigados en muchas idas y venidas a las letrinas, que fungieron de reservado para el improvisado lupanar itinerante.

En la camita de una plaza, encajada en una esquina de la mitad del departamento que hacía de dormitorio (el único ambiente del departamento, seguía dividido por el enorme y añoso ropero que, apoyado contra una de las paredes de modo perpendicular, apenas dejaba un paso estrecho), Car-

melo consumó el himeneo bendecido como lo dicta la LEY DE
DIOS, en la madrugada del domingo, después de que terminó
la fiesta. Ahí él tuvo la certeza de que recién esa noche había
alcanzado la Gracia en el amor físico, ahora purificado por el
sacramento; durante esos breves momentos, Carmelo creyó
encontrar algo bastante parecido a la paz.

Soledad se le entregó como lo había venido haciendo,
aunque sin el frenesí voraz con que había querido desespe-
radamente reasegurarle que lo amaba, y llegar a confundir,
como si ello fuera posible, entre las sucesivas y numerosas
impregnaciones, aquella originaria e inesperada de su efímero
amante del último verano.

De ahí en más, por esa falta de sentido que tenía para Soledad, y por las convenciones maritales que Carmelo creía que
debían acatarse, los encuentros entre ellos iban a ser cada vez
más espaciados hasta tornarse inexistentes; unos tres meses
antes del parto, a fines del otoño, sería la última vez que sus
cuerpos se uniesen, en un encuentro breve y mecánico, que
no dejó lugar a dudas de que todo para ellos había terminado
entre las sábanas; no lo volverían a intentar.

2

El último mes de embarazo de Soledad, el hacinamiento en
el departamento fue verdaderamente sofocante.

Habían llegado de visita, para asistirla a Soledad en la
espera, la madre de Carmelo junto con Silvina, quienes no habiendo dado señales de vida en los meses previos salvo cuando
él hubo tomado la iniciativa de comunicarse con ellas, ambas
demostrándole siempre una gran dosis de desdén y solapada
condena, finalmente parecieron haber aceptado el hecho con-

sumado, ganando algo de entusiasmo ante la proximidad del nacimiento, el suficiente como para deponer temporalmente su postura de indiferencia y viajar.

A Soledad la presencia de las dos mujeres la tenía sin cuidado, pero no era así para Carmelo, que no podía dejar de sentir a cada momento un atroz sentimiento de culpa ante su madre. Esto lo obligaba a asumir una actitud totalmente lacayuna para con ella, tolerándole hasta la más mínima e injusta crítica de las que ésta, desde que llegara de su provincia, hizo granizar sobre él. La señora Elina, primero comenzó por aprovechar el tiempo en que se quedaba sola con su hijo, y después, conforme fue ganando confianza y afianzando su desprecio ante la pasividad, que ella juzgaba inerme, de *la chinita* que le había arrebatado a su primogénito, comenzó a hacerlo en las mismas narices de Soledad.

—Usted tiene que ser más previsor m'hijito, no hacer las cosas sin pensar. Siempre uno se arrepiente cuando hace las cosas así m'hijito, y más cuando las cosas que hace no tienen solución...

Los mofletes rubicundos de Carmelo se quedan sin color, y siente el estómago cerrársele, impidiéndole seguir tragando, cada vez que Doña Elina le lanza una de sus diatribas a la hora de la cena, cuando todos comparten la mesa. Soledad, por el contrario, parece no escucharla, o no entender a qué se refiere, y sigue engullendo con ritmo sostenido y autista de rumiante.

—Usted tiene que mantener su lugar, usted tiene una historia de familia detrás m'hijito, eso no lo tiene que olvidar...

Seguí sangrando por la herida vieja copetuda de mierda, dále seguí, este es el pensamiento con que Soledad aderza cada bocado que mastica, con su boca inexpresiva de guión, invadida por la convicción de su propia victoria, a la cual, aunque inusual en su vida, no le importará saborearla en silencio, desahogándose con una gran carcajada interior. Galvanizada por ese sentimiento, será capaz de tolerar cada una de las endechas con que la anciana arrogante plañe la pérdida de su hijo.

Silvina, por su parte, se ahorra las torpezas verbales, no porque no tenga ganas de cubrir de ellas a su antigua *amiga*, sino porque el odio la paraliza, un odio que tiene todos los rasgos del despecho. Con su hermano siempre había mantenido un vínculo estrecho, fundado en confidencias mutuas, intercambios en los cuales Carmelo siempre entregaba diez veces más de lo que recibía a su vez de ella, degradándose todo lo que podía para alimentar el morbo desbordante de eros de Silvina. Así habían sabido construir, a lo largo de años, sin proponérselo, una especie de intimidad que sustituía a aquella que les demandaba el instinto, soterrada en lo más recóndito de la infancia pero siempre latente, y más tarde traslapada entre los pliegues de la convivencia, cuando les tocó vivir juntos y lejos de la inhibidora proximidad materna.

Silvina se siente vencida, porque en medio de ese sentimiento que sigue abrigando por su hermano, Soledad se ha interpuesto quitándole la última prerrogativa que, en sustitución de la imposible entrega de sí misma, aún habría podido ejercer: elegirle —quizás imponerle— la compañera. Además desde hacía algún tiempo, cuando había descubierto la infidelidad de su marido, este derecho se le aparecía realzado por el anhelo plausible de volver a vivir junto a su hermano, si se decidía a separarse de aquel, como acabaría por hacerlo. Pero todo se había evaporado en un santiamén cuando Soledad lo tomó por asalto, y Silvina no deja de maldecirse por no haberlo previsto, a lo largo de todo el tiempo en que Carmelo le iba contando sobre la amistad que estaba desarrollando con su antigua compañera; en realidad, este anticiparse al corolario de la relación no habría sucedido jamás, porque los prejuicios que él demostraba cada vez que hablaban de Soledad, matizando las charlas telefónicas con los chismes, o las conjeturas, más degradantes sobre ella, no le habían dejado a Silvina espacio para dudar del menosprecio que su hermano sentía hacia aquella.

—¡Qué bueno que viniste Sil...! Pensar que sin vos todo esto no hubiese sido posible, si no lo hubiese conocido a Carmi a través tuyo hoy no estaríamos acá todos juntos, una familia... ¡Qué lindo que viniste, qué lindo...!

Así como para la madre de Carmelo, Soledad no iba a tener más que silencio, para Silvina siempre iba a tener presto el estoque de unas pocas palabras que, bien escogidas, habrían de ser las más dolorosas para la *despechada*, que no conseguía hacer otra cosa que sonreír, dejando que se le anegaran los ojos de lágrimas de impotencia, las cuales se esforzaba por hacer que pareciesen producto del más tierno sentimiento.

Desapacibles iban a transcurrir los días para las dos visitantes de mala voluntad, hasta que tuvieran al fin que irse —lo más rápido que pudieron— cuando se produjo el nacimiento, del cual se enteraron cuando ya había ocurrido, algo que sin duda quiso el destino; y Soledad también.

3

Soledad se arrastró hasta la puerta del departamento, dejando un reguero a su paso; parecía que se estaba orinando, aunque en verdad acababa de romper bolsa. Había alcanzado a llamar un taxi, lo más sigilosamente que pudo hacerlo, desde la cocina. Lo que acabó por ahogar casi completamente el sonido de su voz había sido el ropero, impidiendo que Silvina y la madre de Carmelo, que dormían a pierna suelta al otro lado del mismo, pudiesen escucharla.

Eran las ocho menos veinte, y hacía poco que Carmelo se había ido a trabajar; era jueves y llovía. A pesar de su estado, en el momento mismo en que traspuso la puerta del departamento, a Soledad la invadió un frenesí tal, que la hizo olvidar momentáneamente el dolor, y así es que consiguió seguir hasta el ascensor; era la excitación embriagante de la fuga, porque Soledad en verdad se estaba escapando.

El destino quiso que entrara en trabajo de parto en una hora en que era posible ocultarlo, como lo había venido deseando; había anhelado fervorosamente que Silvina y su madre no estuviesen con ella en el momento decisivo, para que no pudieran jamás arrogarse el mérito de haberle prestado una ayuda imprescindible, a ella que podía prescindir de todos.

La alegría que sintió una vez que estuvo en el taxi, la alegría desbordante del evadido, parece ser que tuvo el efecto de espaciar largamente las contracciones, lo que acabó por facilitarle el viaje de más de media hora; el taxista no se dio cuenta de nada.

Cuando llegó a la clínica, en el momento en que la estaban ingresando, le preguntaron a quién debían avisar; dudó por un instante, pero finalmente le indicó a la enfermera el teléfono de la farmacia donde trabajaba Carmelo, porque no era apropiado darle el teléfono del lenocinio en el que trabajaba Daniela, ni quería poner a su jefe en una situación incómoda; poco después se arrepintió de haberlo hecho así. Sintió que ese

momento debía ser sólo suyo, y le molestaba que las convenciones, inopinadamente, la hubieran constreñido, obligándola
a hacer lo que se acostumbra en tales circunstancias, *que llamen
a mi marido*. Volvió a jurarse una vez más, como lo había venido
haciendo desde hacía meses, que ese hijo que vendría iba a
ser sólo suyo, como que era lo único verdaderamente propio
que alguna vez pudiese tener.

De pronto todo se oscureció a su alrededor, y Soledad,
acostada en la camilla, sintió una gran calma, aunque siguió
durante unos instantes escuchando un ajetreo, un revuelo a
su alrededor que se iba apagando, hasta hacerse el silencio,
que es lo que se escucha cuando se ha llegado al umbral de
la muerte.

De repente el sentido de la vista le volvió, y se percató de
que estaba en la misma sala, sólo que ahora estaba vacía, lo
cual raramente no la alarmó; por el contrario, le pareció de lo
más normal que todos los que habían estado allí hasta algunos
segundos antes, hubiesen desaparecido. Entonces sintió que
le tomaban una mano, y cuando vio que era su propia madre
no sintió temor, aunque tampoco alegría por el reencuentro;
era como si todo esto fuera fácilmente aceptable, y estuviese
cubierto por una bruma de ataraxia.

—Tenés que volver... Dulce te va a necesitar... yo te voy
a estar esperando... para irnos de viaje... al mar... a donde
siempre quise ir... a donde nos vamos a quedar...

Le dijo con una voz suave y calmosa, que era la misma que
Soledad le recordaba de poco antes de apagarse para siempre
en su lecho de moribunda. Entonces se sumió nuevamente en
las tinieblas, por un tiempo cuya extensión no podría precisar,
situación que fue bruscamente interrumpida por la luz, que

trajo consigo un vagido agudo de recién nacido, despertándola de esa región más profunda que la del sueño de la que supo después que estuvo a punto de no poder regresar. Era Dulce, que acababa de nacer.

4

Carmelo llegó a la clínica cerca del mediodía, cuando Soledad ya hacía rato que estaba reposando en su habitación, acompañada de Daniela, y a Dulce le estaban dando su primer baño. No le pudieron avisar de inmediato que Soledad había llegado a la clínica, porque cuando llamaron a la farmacia, él ya se había ido a hacer varias entregas a domicilio, y por eso se enteró bastante después. Esto la impulsó a Soledad, después que hubo pasado por todo sin ninguno de sus más cercanos con ella, a indicarle a las enfermeras el teléfono del estudio jurídico, por lo que el primero que se enteró del nacimiento, como por una demanda sorda de su propia sangre, acabó por ser Gastón L., quien a su vez se comunicó con Daniela que finalmente fue la que llegó primero.

A poco de presentarse Carmelo, fue conducido al encuentro de su hija. Lo situaron junto a una ventana que daba a un cuarto encerrado, que a él le pareció hermético, con numerosas cunas alineadas y vacías. Columbró en la distancia, a través de los vidrios de aislamiento que lo separaban de la sala de recién nacidos, a una enfermera gordinflona que tenía en sus manos una esponja, y algo como un amasijo sanguinolento que Carmelo no podía precisar qué era, hasta que estiró uno de sus bracitos diminutos denunciando que estaba vivo. Carmelo sintió un sabor salado en la boca, preámbulo de una náusea que no tardó en llegar, y sin poder contenerse, corrió a lanzar el copioso vómito en un cesto de residuos que estaba a unos pasos. No pudo permanecer allí, y se fue a la habitación que le habían indicado para verla a Soledad; esperaba encontrar allí a su madre y a su hermana.

Cuando llegó al cuarto, Soledad dormía, y no había nadie más allí. Carmelo se sorprendió sobremanera, porque si bien había temido que estuviesen el abogado indeseable y Daniela antes que él, ausencias que ahora lo serenaban, no entendía por qué no estaban allí Silvina ni su madre. No se atrevió a despertarla para preguntarle dónde se hallaban éstas, que él seguía suponiendo habrían acompañado a Soledad desde el departamento, aunque en ese momento no estuviesen a la vista. Soledad, que en verdad apenas dormitaba, sintió su presencia junto a ella, pero no quiso abrir los ojos hasta que lo sintió salir de la habitación, al cabo de unos pocos minutos.

Carmelo decidió que lo mejor sería preguntar a quien estuviese a cargo, cómo y con quién había llegado su esposa a la clínica. Grande fue su perplejidad cuando le informaron que ella había llegado sola, haciendo por lo visto un gran esfuerzo, porque ya había roto bolsa. Debió soportar en silencio, el tono acusador con que le habló la jefa de enfermeras, sintiéndose culpable de haber dejado a Soledad a merced de su madre y su hermana; empezó a temer que estas la hubiesen dejado a Soledad librada a su suerte, por pura desidia, desidia nacida en el seno de ese rechazo que sentían por ella, y que él conocía demasiado bien. Pero trató de tranquilizarse, de desviar sus pensamientos hacia conjeturas más *cordiales*, prefiriendo creer que debía tratarse de un hecho fortuito, *porque quizás Sole ya había salido para ir a trabajar… qué necesidad tenía digo yo de trabajar hasta el último día… sí entiendo que sos la mano derecha de tu*

*jefe pero es un riesgo que corriste sin razón... tendría que decírselo
pero a ver si se enoja en el estado en que está... no mejor no... quizás
el trabajo de parto comenzó en la calle y no tuvo tiempo de volver
a casa a buscar ayuda o avisar... sí... eso debía ser,* se repetía en
interminable circunloquio.

Carmelo salió del hospital para llamar por teléfono al departamento, donde eligió creer que debían hallarse sumamente preocupadas su madre y su hermana (algo que en realidad nunca llegó a suceder porque pensaron que Soledad se había ido a trabajar como todos los días); ingenuamente, trataba de convencerse de que dándoles la buena nueva todo se iba a encauzar para bien.

Mientras Carmelo deja pasmadas a su madre y a su hermana, con la novedad de los sucesos que éstas seguirán algún tiempo sin figurarse claramente cómo han sucedido, se estaba desarrollando, por la fuerza del azar, algo cuyas consecuencias esa mañana él jamás hubiera podido imaginar, pero que acabará por obligarlo a practicar una de esas elecciones de la vida en las que en él la cobardía, invariablemente, habrá de prevalecer. Tras la partida apresurada de ambas en la noche de ese mismo día, Carmelo sólo volverá a ver a su madre y a su hermana cuando la primera yazga en un féretro, y la segunda lo esté esperando de pie junto al mismo nada más que para maldecirlo; para esto faltan algunos años, pero los vientos de ese sino ya se están agitando esa misma mañana, la del nacimiento de Dulce, como en un tromba infernal dentro de la cabeza de Soledad.

—Carmelo, ¡Qué feo lo que le hicieron a Sole, qué feo, imperdonable...! Yo no sé cómo fueron capaces... Espero que hagas lo que tenés que hacer como marido y... padre...

Carmelo venía de hablar por teléfono con su madre y Silvina cuando, al entrar en la habitación, esas palabras hicieron que el alma se le cayera a los pies. Era Daniela la que lo acababa de increpar, recostada en la cama tomándole la mano a su amiga. Soledad estaba despierta, pero miraba para otro lado.

—No entiendo Sole… ¿Qué pasó…? No sé de qué me hablás… Daniela… ¿Qué quisiste…? La pude ver a… Dulce… está bien gracias a Dios…

Carmelo no se anima a acercarse a la cama, a pasar de la baldosa en que lo ha paralizado Daniela como por encantamiento. Siente que se le aflojan los intestinos, y que de un momento a otro se va a vaciar en los pantalones.

—¡Pasó qué pasó señor cagón que su madrecita y su señora hermana se hicieron las dormidas y Soledad casi se nos va…! ¿Entendió ahora o se lo tengo que poner por escrito inútil de mierda…?

Carmelo se asusta tanto que empieza a hacer pucheros, como un chico al que reprenden con una dureza excesiva y súbita.

—Dejá Daniela, dejálo que él no tiene la culpa, a Carmelo le falta… ¡La culpa ya sabemos quién la tiene y te juro que me las van a pagar…!

Hasta el fin de sus días, a Soledad le va a costar creer que todo hubiese empezado con una broma pesada, porque no era más que eso al principio, una broma que se le había ocurrido al calor de la hora, como había sido la de escaparse de las dos mujeres cuando empezó el parto; le costará creer que los hechos, por su propio poder causal desencadenado, la hayan conducido a donde todo acabó. Fue al dejar Carmelo la habitación en que se hacía la dormida para no tener que hablarle, fue ahí que tuvo la idea, o más bien entendió hasta dónde podía llevar la farsa.

—A tu mamá y a Silvina no las quiero volver a ver, ¿M'entendiste Carmelo...? Ocupáte vos de sacarlas de casa y que no se les ocurra venir por acá. ¡Hacélo o atenéte a las consecuencias que van a ser terribles para vos...!

Soledad se lo dijo con un tono bajo y amenazante que Carmelo no le había oído nunca; Daniela tampoco, que al escucharla quedó alelada. Carmelo se puso blanco amarillento como si estuviese descompuesto; es que estaba descompuesto, de miedo, como cuando le metieron la cabeza en la letrina los que abusaban antaño de él en la escuela. Musitó, casi sin resuello:

—Pero Sole... no sé qué decirte... no sé cómo pasó... seguro que es un... malentendido... eso... yo... ¿Ahora qué hago...?

—¡Comprarte un par de bolas maricón de mierda la puta que te parió...!

—¡Pará Sole por Dios que te va a hacer mal...! ¡Carmelo andáte y hacé lo que tenés que hacer sé hombre a lo menos una vuelta la reputísima madre que te parió...!

Lo increpó a su vez Daniela, asustada por el estallido de Soledad, que acababa de gritarle a alguien por primera vez.

Carmelo sintió que las piernas se le aflojaban, y comenzó a llorar; hipando y casi tambaleándose, se dirigió hacia la salida de la habitación. Entonces Soledad le lanza, recuperando el tono bajo pero cuajado de ira contenida, un ultimátum que acaba por devastarlo.

—Si no hacés lo que te digo, no nos vas a volver a ver en la puta vida a Dulce y a mí... Gastón se va a ocupar de ayudarnos, él es abogado y sabe bien lo que hay que hacer en estos casos. Así que mejor que hagas lo que tenés que hacer, ¿me oíste cagón...?

Como tantas otras veces en su vida fue, paradojalmente, un gran temor el que le dio a Carmelo el valor que le hacía falta para acatar los designios de un destino irresistible. Tenía que elegir, y para ese supremo acto de pusilanimidad no iba a carecer de coraje. Así es cómo fue capaz de recibir estoicamente, ese día, la maldición de su madre junto con las dos bofetadas que le propinó su hermana, actos con que las dos mujeres se rehusaron a aceptar la falsa acusación de Soledad, y con los que le dejaron en claro *que no queremos saber más nada de vos y de la negrita de mierda atrevida con la que te casaste*, lo que le espetó cuando por fin se soltó la señora *María Elina Santos Viuda de Escudero*, que así se llamaba desde su auto-asumida superioridad. Quizás si Carmelo años después hubiese podido estar junto a su madre en la hora postrera, la anciana le hubiera dado un poco de la paz que jamás tendría, confesándole que ese día del parto de Soledad, en el que sin más decidieron volverse en el micro de la noche a la provincia, porque ellas *eran en verdad las ofendidas que no querían ningún trato con la que siempre fue una envidiosa una víbora que te va a destruir, hasta ahora me contuve,* como le dijo Silvina; quizás le hubiera confesado que ese día se había hecho realidad algo que, tarde o temprano, habría de suceder, pero que gracias a la Providencia, se habían adelantado los hechos otorgándoles una buena razón para ser libres de dejar de tratar a Soledad, a quien habían llegado a aborrecer.

Cuando madre e hija se subieron al taxi para ir a la terminal, tras prohibirle que las acompañase, Carmelo comenzó a sollozar como un huérfano. Habían pasado apenas dos horas desde que llegara para hablar con su madre y su hermana, y ya se estaban yendo. De repente dejó de llorar porque sintió un frío húmedo que le bajaba por las piernas; fue recién ahí que advirtió que hacía rato que se había hecho encima. Fue esa sensación física la que le recordó la amenaza de Soledad, y ya no pudo seguir llorando.

Volvió a entrar al departamento, y se dirigió tambaleándose, sintiendo que el corazón acelerado parecía querer taladrar las paredes de su pecho para romperlas, hasta el baño. Se desnudó y su vista se detuvo en la hojita de afeitar, que había quedado suelta sobre la repisa al pie del espejo redondo frente al cual rasuraba, sin falta, sus mofletes todas las mañanas. Carmelo comenzó a sentir un campanilleo que resonaba sin solución de continuidad, cuyo eco retumbaba en sus oídos cada vez con más violencia; otras dos veces había oído el mismo ruido ensordecedor que sólo él podía oír: cuando estuvo seguro de que Lisandro lo había penetrado, y cuando descubrió a su propio padre entrando en la cama de Silvina, cuando ésta tenía once años; era un ruido que siempre acababa por apagarse, disolviéndose en el rezo de interminables decenas de rosario y jaculatorias; pero esta vez estaba durando más de lo normal, quizás *porque de verdad esta vez llegué al final*, pensó. Entonces sonó el timbre, y lo que empezaba a ser resolución se disipó una vez más, para confinarlo de regreso tras los severos muros de su miserable existencia. Fue la última vez que intentaría escapar.

5

—¡Realmente qué paciencia que te tiene tu mujer, porque después de lo de hoy...! Mirá que yo la conozco bien, yo me las sé todas, ¿Eh? ¡Ojito...! Yo conocí tantas minas pero tantas que vos no te podés imaginar, pero aguantarse una cosa así, pobrecita, arreglarse sola... Yo le dije que por qué no me llamó. Cuando se hicieron las once, ahí me empecé a preocupar porque estaba tardando demasiado. Yo me imaginaba que había ido directo a tribunales y ella por lo general hace rápido, hasta que me llamó la amiga desde la clínica, esta chica, ¿Cómo se llama...? Marcela... [Finge no conocerla porque no sabe cuánto sabe de ella Carmelo] Ah no, Daniela, eso... Entonces salgo disparando para la clínica y me encuentro con que estaba sola con la nena en brazos dándole la teta, porque ya se había ido la amiga y no había nadie más... ¡Te juro que me dieron ganas de cagarte a trompadas cuando Sole me dijo que vos no habías estado...! Después me contó todo. Me imagino que habrás hecho lo que tenías que hacer, ¿No...?

Lo increpa Gastón L., y Carmelo asiente casi sin voz; sigue mirando a través del parabrisas, apretando los dientes para que no le castañeteen. En ese momento, siente que es como si la vida se hubiese ensañado con él más allá de lo tolerable, por no haber tenido el valor de dejarla irse cuando se le había ofrecido la oportunidad, hacía menos de media hora. Ahora era demasiado tarde, porque la humillación era el estado habitual para Carmelo, su llamado a la vida, y era imposible que allí se forjara la daga con que fuese capaz de ultimarse. Gastón L., en cuyo auto iban, continúa.

—Ahora lo que yo veo Carmelo es que esta vida se va a hacer muy cuesta arriba para vos, fue todo muy prematuro, lo hablamos mucho con Soledad, pero mucho [Lo dice acentuando la palabra mucho]... Mirá que yo sé cómo es ella, yo que la conozco tan pero tan bien... Vas a tener que demostrar que podés. Esto es un buen comienzo, te lo reconozco, hoy te jugaste pero mañana, porque tenés que sostener... ¿Vos hiciste la colimba...? Seguro que no, me imagino [Pausa para tragarse una carcajada], se te nota que no... Ahí te hacés macho o te pasan por encima. Si alguien te quería joder ahí mismo lo cagabas a trompadas, pero no había que dormirse nunca, no señor, siempre estar listo para responder y saltar a la más mínima provocación... Con las mujeres tenés que ser igual sino te cagan, porque te pierden el miedo y esto corre hasta para un mansito como vos, porque vos sos un tipo más bien manso, ¿No...? Eso me contó una chica que te conoce mucho, una clienta, Selva, una que salía con vos...

Gastón L., ebrio de sadismo, ahora lo mira sonriéndole. Carmelo no corre la vista de la ventana, aterrorizado ante la idea de encontrarse con su mirada, lúbrica de crueldad.

Los últimos minutos siguieron en silencio. Carmelo había soportado, sin decir palabra, la flagelación verbal durante todo el recorrido, hasta que su torturador le anunció con acento poco amistoso:

—Te dejo acá, estás a tres cuadras de la clínica. Tengo que volver ya al estudio, me esperan, ¡Cuidáte nene...!

Gastón L. le palmea el hombro cuando está por salir del auto, y Carmelo alcanza a musitar un agradecimiento, que no recibe respuesta.

—Sí... mamá y Silvina ya se fueron... te piden... perdón... están arrepentidas... por eso se fueron... que mal qué estuvieron... sí... por eso se fueron... enseguida...

Es lo primero que dice cuando llega a la habitación Carmelo, medio tartamudeando, a la vera de un sollozo, respondiendo a una pregunta que nadie le ha hecho.

Soledad no le contesta, sin dejar de mirar a Dulce a quien, no mucho más grande que un pomelo, sostiene sobre su pecho. La mueve despacio de un lado a otro acunándola, mientras tararea una especie de nana casi inaudible. La recién nacida es lo único que parece existir para ella, y Carmelo se da cuenta de que sobra, por eso las deja solas y sale a sentarse en un banco que había en el pasillo, el mismo en el que ha de pasar la noche luego de derrumbarse en un sueño profundo y aplastante. A la mañana siguiente lo va a despertar Soledad, de pie a su lado con la nena en brazos, lista para dejar la clínica.

—Vamos Carmelo... vos te bajas antes en la farmacia y nosotras seguimos hasta casa...

Fue todo lo que le dijo. Pasado el sobresalto de verla junto a él, Carmelo se puso de pie, y la siguió hasta la puerta de salida.

Tomaron un taxi de los que formaban fila junto a la vereda del hospital. Carmelo quiso besarla en una mejilla antes de bajar, pero en el instante preciso en que se acercó a ella, Soledad se alejó lo suficiente como para que no la alcanzase con sus labios. Carmelo llegó a decirle *nos vemos a la tarde*, pero Soledad no le contestó; seguía tarareando, reconcentrada como una autista, su nana sorda mientras acunaba a Dulce que dormía profundamente; era como si quisiese instilarle un mensaje subliminal, o estuviese pronunciando una fórmula de hechicería con que adueñarse del alma de la criatura, lo cual lo llenó a Carmelo de pavor. Después de cerrar la puerta, éste se quedó mirando alejarse el taxi hasta que desapareció, cuando dobló en la primera esquina.

Hasta que regresó entrada la tarde al departamento, a donde no se atreviera a llamar por una especie de temor supersticioso, Carmelo no pudo dejar de pensar que no las iba a encontrar allí, que ese día Soledad lo iba a abandonar; por eso cuando llegó no le molestó encontrar allí a Daniela que estaba de visita, sosteniendo en sus brazos a Dulce que ahora tenía los ojos abiertos (unos ojos negros abismales bastante inquietantes, fue la impresión que le produjeron). Por ese mal presentimiento que lo había atormentado todo el día, Carmelo estuvo dispuesto a lo que fuese que tuviera que soportar, sintiendo que había sido objeto de la más generosa indulgencia por parte de Soledad; pronto tendría que pagar en retribución un precio tan oneroso, que hasta para alguien en el colmo de la pusilanimidad como él sería demasiado alto.

6

Dulce cambió para siempre después de que cumplió un año.

Hubo tres hechos que tuvieron lugar después de esa fecha, tres hechos emblemáticos que sirven para dar certeza de que dejó de ser como hasta entonces había sido: se puso de pie y empezó a caminar; poco después dejó atrás el balbuceo y comenzó a articular con gran claridad las palabras; y por último, se produjo la inesperada visita de Zulema Videla, que de inmediato quedó prendada de la nenita, suceso éste cuyas consecuencias Soledad ni siquiera podía comenzar a sospechar.

Lo primero que hizo la diminuta Dulce (porque tenía una talla aterradoramente pequeña), cuando pudo desplazarse por sus propios medios, fue dar rienda suelta a su afán de destrucción de todo lo que hallara a su paso, exceptuando aquello que sabía que era de su madre, o que ésta le indicara como propio o que debía ser preservado. A Dulce la unía con su madre una lealtad incondicional, que era lo único que restringía su comportamiento destructivo en lo que a esta respecta, como esos animales domesticados que siguen siendo salvajes excepto con un único amo. Como no podía ser de otro modo, Carmelo fue su primera y más grande víctima, y si Soledad podía haber, eventualmente, impedido que lo fuese, o morigerado en algo la ordalía, jamás iba a hacer nada en este sentido; por el contrario, hasta la alentó todo lo que pudo para que la nena lo sumiera en un verdadero infierno. Así fue como los primeros objetos que consumió la voracidad aniquiladora de Dulce, fueron los libros de la casa, que eran todos los que tenía Carmelo.

Carmelo nunca había tenido muchos libros; a decir verdad en general no le interesaban, pero por los pocos que llegó a tener profesaba algo así como una devoción, que alimentaban una vocación frustrada, la geología, por una parte, y su inveterada hipocondría, por la otra. Carmelo tenía varios libros de geología y medicina que atesoraba, leía y releía, y que le daban la base de un saber casi erudito con que solía aburrir a cualquiera a quien pusiera en conocimiento de su pasión por los minerales, tanto como asustar a los ignorantes, o a los incautos, que se le ponían a tiro, con su conocimiento de las enfermedades que imprudentemente diagnosticaba, o de las que anoticiaba. Algunas tardes, cuando regresaba del trabajo, durante los primeros meses de Dulce, le gustaba sostenerla mientras recorría las imágenes y descripciones de rocas y yacimientos de su tratado de geología, mostrándoselas y explicándoselas como si quisiera iniciarla en los misterios de esa ciencia, para que algún día ella llegase a amarla tanto como él. Soledad detestaba verlo haciéndolo; será por eso que cuando Dulce empezó a romper uno a uno los libros de Carmelo, arrancando hoja tras hoja hasta convertirlas en papel picado, no sólo no la detuvo sino que hasta se lo festejó, muerta de risa.

—¡Ahora con el papel picado jugamos al carnaval Duli...!

Carmelo acaba de llegar del trabajo justo para el desfile de la carroza principal: Dulce, con el cetro en la mano y puesta la tiara de hojalata de una gran muñeca que le ha regalado Gastón L., subida a un carrito de plástico arrastrado por Soledad, que la va bañando con papel picado que saca de una bolsa de plástico rebosante de restos de hojas multicolores que alguna vez, estando enteras, habían hablado de los socavones de Sudáfrica, y las virtudes de la rodocrosita, entre otros tantos datos de interés mineralógico.

—¡Carmelo aplaudí a Dulce, la reina del carnaval...!

Carmelo sonriente empieza a aplaudir, después de dejar la bolsa con el guardapolvo de farmacéutico sobre el brazo del sofá, quizás sin comprender muy claramente el juego, aunque sí el hecho de que Dulce se está divirtiendo, lo cual debe bastarle. Poco después se percatará de que su tratado de geología y mineralogía, con sesenta y cinco láminas a todo color, se ha caído de la pequeña biblioteca que guarda sus tesoros (único mueble propio que se trajo cuando se mudó) y yace abierto sobre el suelo, ostentando sus bellas tapas y su lomo entelado verde seco con letras negras. Despacio, sin dejar de aplaudir al ritmo de la música festiva del disco que Soledad ha puesto para acompañar el número de Dulce, Carmelo se acerca para levantarlo y colocarlo de nuevo en su estante; será el horror:

no son más que las tapas y el lomo, todas las hojas han sido arrancadas y reducidas a pequeños polígonos, que ahora caen como una lluvia sobre Dulce que sacude su cintura al ritmo férvido de la música tropical, papelitos en los que Carmelo de inmediato reconocerá las piezas del bárbaro rompecabezas en que el libro se ha convertido. Carmelo desea gritar de dolor; Soledad, que ha visto cómo se le descomponían las facciones, se apresura a decir:

—¡Duli bailá más que a papá le gusta, dale, dale…!

Carmelo entiende que tiene que seguir aplaudiendo sin chistar. Se pone las tapas hueras del libro bajo el sobaco, y sigue aplaudiendo, aturdido. Esto sucede el martes a la tarde; para el jueves a la misma hora, todos los libros de Carmelo se habrán convertido en figuritas, guirnaldas de muñequitos recortados, avioncitos, animalitos y más papel picado, que a Dulce la ayudarán a crear Soledad y Daniela, cuando venga a visitarlas.

—Lo que pasa Carmi es que vos no sabés cómo se pone Duli cuando se aburre… total son libros viejos… los leíste un montón de veces... ¡Si ya te los sabés de memoria, ja ja ja...! ¿No te parece Dani...?

Fueron todas las razones que le dieron para la barbarie, y contra las que nada tuvo para decir.

Las dos amigas estaban como antes, durante las cenas cuando todavía ni siquiera eran novios Carmelo y Soledad, a punto de reventar de risa, embriagadas de un sadismo que desde hacía un tiempo no practicaban, y que parecían querer recuperar como un rasgo encantador de los tiempos idos. Dulce, desde su precocidad —la cual parece ser que nunca se manifestaría de otro modo que por medio de los malos hábitos, o del ejercicio del mal— quiso ser parte del juego; llegó a entender que hacer sufrir al pusilánime de su padre, era algo así como un deporte al que acabó por aficionarse más allá de toda medida racional; deporte cuya práctica sólo el destino, tortuoso, será capaz de interrumpir.

7

Ya hemos visto qué clase de persona es Zulema Videla. Hemos visto cómo su avaricia la fue deslizando desde la pensionista para viajantes, hasta llegar a ser la dueña del único hotel de citas y *protolupanar* de su pueblo.

En los años que pasaron desde que Soledad se fue del pueblo, la antigua patrona de la malhadada Norma prosperó mucho, en estrecha proporción con su acelerada bancarrota moral. Así fue cómo su casa acabó por convertirse en un establecimiento de entretenimientos múltiples, abigarrados y mezclados. El antiguo comedor, ampliado a expensas de gran parte del jardín trasero de la casa, era ahora un restaurante y también una *copería*, donde las mozas eran las mismas *coperas*; las antiguas habitaciones de la pensión, que fueron después las del único hotel que empezó siendo *de noche entera* primero, y que más tarde lo fue *por horas*, pasaron a ser el fornicadero tarifado para los hombres de ése y de otros pueblos vecinos que venían a pasar un rato *feliz* alguna, o algunas, de las seis noches que el conjunto funcionaba cada semana. El uso establecido dictaba que, generalmente, después de cenar, los clientes subiesen *entonados* y por turno (*individual porque una vez pasaron de a dos con una de las chicas y casi me la matan los brutos así que se terminó*, como lo prescribió doña Zulema), con alguna de las *paraguayitas* que acababan de cobrarles lo que habían comido y bebido, las que después de cada *pase* (que Zulema controla y cobra por anticipado), habrán de volver al restaurante a seguir sirviendo hasta que se cierre la cocina; más tarde las mismas camareras, ya devenidas en coperas de tiempo completo, se apiñarán en la barra a la espera de clientes de *nada más que trago y cama*, como los distinguen ellas en su jerga laboral.

Era este para Zulema Videla un negocio extremadamente redituable, hasta protegido por las autoridades, que se llevaban su porción de renta y lo dejaban crecer en paz. Sí, Zulema Videla parecía tenerlo todo, si no fuese porque había algo que sentía que le faltaba desde siempre: una familia; flaqueza que aunque parece anómala en esta mujer hecha de la madera de la Aliona Ivánovna dostoievskiana, en nada debe extrañar a todo aquel que sepa que es en la perversidad en donde florecen los más raros matices del carácter, no en la bondad que por su propia esencia hace a todos los virtuosos iguales, o muy semejantes.

Soledad cada tanto la llamaba a Zulema Videla para saber cómo se encontraba, la cual parecía alegrarse al escucharla, y hasta estar esperando su llamado, como el de un amigo distante; pero nada más que eso. En cambio para Soledad, tenían estos llamados un valor simbólico que se había construido motu proprio; esas llamadas eran como un tributo que le rendía a la memoria de su madre muerta.

—Siempre fue como una abuela para mí Carmelo... Es lo único que me queda de mi mamá, del pueblo... de mi papá...

Le explicaba, poniéndose a la defensiva como si Carmelo, que aún no sabía nada de la relación de servidumbre que había unido a la madre de Soledad con la vieja rufiana, fuese capaz

de poner en duda o de cuestionar la naturaleza de sus sentimientos, que estaban allí. Porque lo cierto es que Soledad, en
el aflorar de su sentimiento maternal hacia Dulce, comenzó a
sentir la necesidad de inventarse un parentesco que atenuara
su propia orfandad desarraigada, y por eso acabó por creer
en la sombra de un afecto que su propia mentira acabó por
proyectar; Zulema, por lo que se ha dicho de ella, habría de
completar la ficción, cuando supo de la existencia de Dulce.

—La tía Zulema viene a conocerte Duli... la tía Zulema
está llegando...

Le llegaron las palabras desde atrás del ropero, y Carmelo
siente un escalofrío sin saber por qué; acaba de entrar al departamento, y el saludo se le traba en la garganta.

—Hola Carmelo... Hoy hablé con la tía Zulema, ¿No, Duli...?
Sí, hablé con la tía Zulema que nos viene a visitar, se va a quedar unos días con nosotras porque quiere conocer a Duli. Llega
pasado mañana, el viernes, y se queda hasta el lunes...

Mirá es una señora mayor acostumbrada a otra vida, vamos
a estar un poco apretados... Yo pensé en tu compañero de la
farmacia, Ricardo... Vos te podrías quedar a dormir con él el
fin de semana... Preguntále, hacéme el favor... Si no vemos
cómo nos acomodamos pero lo mejor sería que lo hables con
él, hacéme el favor...

Carmelo entendió que era una orden inapelable. En un
primer momento sintió una sensación de desgarro, de expul-
sión, sentimiento de zozobra que le duró poco porque por un
instante su atención se había distraído de lo único que venía
cavilando en el camino de vuelta desde el trabajo: con qué
nuevo capricho pensaba atormentarlo Dulce desde el momento
en que pusiera el pie en la cámara de suplicios que se le figura

su hogar. Entonces una sonrisa, de que sólo es testigo el ojo acusador del Coraje, deidad que debió de indignarse al verlo feliz ante la posibilidad de una huida transitoria, se dibujará en su rostro y se apurará a contestar:

—Está bien… tenés razón… va a ser lo mejor… me voy ya a hablar con Ricardo porque eso sí lo tengo que consultar a ver si justo este fin de semana viaja…

Carmelo, en su entusiasmo, prácticamente lanzó el guardapolvo hecho un bollo sobre el sofá, y consigue salir antes de que surja ante sus ojos la causa de su diario sufrir, la minúscula y aterradora Dulce, a quien ya ha oído descolgarse de los brazos de la madre, la cual acaba de posarla sobre el piso, para comenzar a hacer un ruido familiar al caminar con paso corto y veloz sobre el parquet, ruido que se asemeja al que hacen las uñas de los ratas de gran tamaño sobre el piso (*una rata de esas que son bien grandes podría devorarla un día de estos a ella que es tan chiquita… ¡No… Dios nos libre…! ¡Qué desgracia sería… qué horror…! Pero hay ratas enormes yo las vi… que a una nena tan chiquita…*, piensa Carmelo en una cápsula de tiempo inasible mientras huye de su hija). Cierra la puerta del departamento detrás de sí, y se aleja por el pasillo con paso rápido, azuzado por el chillido perforador de tímpanos de Dulce llamándolo, ensordecido por la madera que se ha interpuesto entre ellos con toda su infranqueable severidad, porque el picaporte se eleva celeste, lejano sobre la cabeza de la nena. Por unas horas, Carmelo será libre, y si el dios de los cobardes le es propicio, también lo será durante al menos dos largas noches el fin de semana siguiente. Sigámoslo a la casa de Ricardo Bóxer, que está llamado a jugar un papel decisivo en esta crónica, razón por la cual tendremos que detenernos en su historia para que del huso de la inexorable Cloto, nos venga el hilo que necesitamos para continuar nuestra trama.

8

—Sí, te podés quedar, este fin de semana justo voy a estar, estamos con suerte porque el próximo me voy a la Trapa, estoy de contento... El padre Eufrasio, vos lo conocés, me consiguió para que vaya a pasar el fin de semana porque eso es lo que estoy necesitando después de los problemas que tuve con Lorena... Además empecé el tratamiento y estoy tomando una medicación muy buena, me siento bien, ahora confío más, la entiendo mejor a Lorena...

Ricardo Bóxer era un sujeto lábil, de una hipersensibilidad emotiva patológica, que estaba hecho casi de la misma madera que Carmelo, razón por la cual se entendían bastante bien, y habían visto crecer la confianza mutua y algo así como una amistad, a través de un intercambio constante e ilimitado de confesiones, a cuál más humillante; podía decirse que, salvando diferencias de talla, eran casi iguales, hasta en su común *ectomorfismo* fofo de bufón renacentista, excepto por una gran e invisible diferencia: Bóxer estaba loco; de la materia inestable de esta locura habría de surgir algo monstruoso que se asemeja a la autoestima y que, en el momento decisivo, será espada de vindicta propia y ajena, como habrá de verse.

Ricardo Bóxer tenía dos aficiones extremas y compulsivas: su novia Lorena y la leche, de la cual bebía tres o cuatro litros por día, como si nunca hubiera tenido suficiente cuando era lactante; quizás algo de eso había, ya que jamás se había prendido a pezón alguno en los días tempranos en que su único alimento debió haber sido ése: la madre de Ricardo

Bóxer murió al nacer éste, y la sacrosanta sustancia que nos da nombre como especie, cuando *protolascivos* la mamamos del pezón, para él había sido sucedáneo químico manando del cruel simulacro de la tetina. Por esto Ricardo Bóxer, con sus ciento noventa y dos kilos de mórbida y lampiña gordura, calvo sin rastros de pelo desde poco después de los veinte (lo que completaba su aspecto de monstruoso bebé agigantado), debía estar obsesionado con la leche tanto como lo estaba con los pezones de las mujeres amamantando, obsesión ésta que ni siquiera podía confesarse ni revelar a nadie, ya que en él actuaba de modo reflejo, inconsciente, casi como les sucede a los cleptómanos, aunque estos por lo menos pueden advertir el mal que padecen cuando descubren la inesperada existencia de un *botín*; esta rara fijación, junto con la que le provocaba Lorena, su *prometida*, como él gustaba de llamarla cuando se refería a ella —nunca delante de ella a quien para nada le hubiera gustado que así lo hiciese— acabarían por perderlo; ambas obsesiones estarían dramáticamente entrelazadas, siendo Soledad la fautora de esa caída y, de un modo abstruso que ella no podría ponderar, gestora de un destino que no podía imaginar que era el suyo propio. Como sucede a menudo con los hechos más trágicos, todo iba a empezar con un comentario malicioso. Pero antes caractericemos brevemente a Lorena, la *improbable* novia de Ricardo Bóxer, porque de no hacerlo nos será difícil entender el poder desencadenante del mentado comentario de Soledad.

Lorena, en el apogeo carnal de sus treinta y un años, poseía todo lo que conforma la perfecta constelación anatómica de una hembra capaz de encender el deseo más lascivo que uno pueda imaginar, ese que es capaz de conmover la naturaleza del asceta más pintado. Y como es casi invariable que así sea cuando semejante mujer es además malvada, su soberbia y su perversidad rivalizaban en magnitud con su belleza; por eso lo había elegido a Bóxer, para divertirse a su costa, y para demoler con su elección el ego de todos los que la pretendían, creyéndose con mayores derechos que el patético "recién nacido" de ciento noventa y tantos kilos. La arrogancia, que casi invariablemente es aneja a personalidades como la suya, le haría pagar el precio más alto, al impedirle comprender que el abuso exagerado sobre su *novio*, podía llegar a trastrocarlo de idiota inocuo en loco peligroso en tan sólo un instante.

Fue después de una cena, unos meses antes del fin de semana que Carmelo iba a pasar con su amigo por la visita de Zulema Videla, que Soledad le lanzó su dardo envenenado cuando se quedó sola con Lorena, luego que aquellos salieron a comprar el postre. Carmelo había invitado a cenar a su compañero de trabajo, que llegó acompañado de Lorena. La envidia de la fea, fue el primer sentimiento que afloró en Soledad al verla por primera vez, inmunizándola a sus encantos; Lorena, por su parte, no hizo más que abonar este sentir, tratándola de entrada con modos de patrona, haciéndole notar su posición subalterna en términos de clase y de femineidad. Pero aunque Soledad estuvo dispuesta a tolerar esta actitud de la visitante, fue después de que Lorena le rechazara su espantoso budín de carne, alegando vegetarianismo, que comenzó a odiarla, y cuando Soledad comienza a odiar, el control de sus emociones es mayor, y su sagacidad se exacerba.

—Lorena perdonáme la confianza, pero te quiero decir algo que espero que no te suene raro aunque seguro que estás acostumbrada a que te lo digan sobre todo los hombres... Tengo que decírtelo... Sos realmente... irresistible... Te tengo que confesar que te envidio porque las que no tenemos la suerte que vos tenés, nos tenemos que arreglar con el primer adefesio que encontramos para no quedarnos solas... para tener un hijo... Si yo fuera como vos no dejaría títere con cabeza... Discúlpame, lo que pasa es que yo no soy fina como vos, espero no haberte ofendido y si te sentís así te pido mil perdones...

Lorena se quedó alelada ante la franqueza de Soledad, evolucionando desde la primigenia incomodidad que le producían tales palabras hasta la inexorable jactancia, sin dejar de sentir una cierta lástima que le producía la *gronchita* (como la llamó para sí desde que la vio) que así, a su manera, le estaba rindiendo un claro tributo a su superioridad.

—Te agradezco Sole, me pone muy contenta lo que me decís... Pero hay algo que no me gusta, porque me parece que estás equivocada cuando hablás de vos... Todas tenemos algo lindo, algunas más otras menos, pero no hay ninguna mujer que no tenga algo que valga la pena... aunque a veces no se puede ver...

La instruyó altiva desde su pedestal, sin percibir que su demagogia zahería más de lo que conformaba.

—Sí... tenés razón... gracias por hacerme sentir bien vos a mí ahora... porque esa es la prueba de que sos además tan buena que mirá... no tengo palabras... porque realmente hay que tener un corazón de oro para ver lo que los ojos no pueden ver en los demás... en tu caso eso está fuera de duda porque cuando Carmelo me dijo que Ricardo venía con la novia a cenar yo que ya lo conocía a Ricardo y me vas a tener que disculpar de nuevo... pero yo no podía creer cuando te vi que vos fueras la novia, tenía que ser una broma... Perdonáme Lorena, yo sé que vos debés estar enamorada de él porque si no, no me explico cómo vos podés salir con alguien... como él... Ya está te lo dije... ¡Qué bruta soy...! Perdonáme, te lo pido por favor, perdonáme, ¿Eh...? No te enojes...

Lorena le sonríe, como lo hace un cazador sanguinario posando para la foto, con una presa que sabe que suscitará la lástima antes que la admiración.

—Lo que pasa es que yo tenía un cachorrito de bóxer que me lo mató un auto y la verdad es que cuando lo conocí a Ricardo lo vi tan desvalido, en el curso de farmacia al que íbamos juntos en la escuela de paramédicos, no sé si sabés ahí lo conocí, me dieron ganas de cuidarlo como a un perrito, como al perrito que se me murió... Claro que a veces hay que hacerle chaschas para que no haga líos... Enamorada... ¿Qué te puedo decir...? No sé, no creo... Algún día...

—Pero me imagino que él no lo debe poder creer. Dice Carmelo que vive para vos, que sos como una... ¿Cómo me dijo que dice Ricardo...? Una diosa viviente, eso... Bueno pero qué lindo tener a alguien que sienta eso por vos, debe ser una locura de lindo, ¿No...?

—Y sí... No es que no lo quiera, eso no, pero como vos dijiste las diferencias... saltan a la vista... Ahora él es feliz así, dándome todos los gustos, porque dice que no piensa en otra cosa más que en mí, que no puede mirar a ninguna otra mujer porque todas no son nada comparadas conmigo... Se pone un poco cargoso a veces, cuando me sigue a todos lados, o me acompaña y me espera no importa cuánto si tengo que ir a algún lugar en el que me tengo que quedar sola, como en el consultorio del ginecólogo donde tardé casi dos horas... Ricardo es un chico grandote, un pegote...

Había un tono de sorna tan explícito, en el acento felino con que se expresaba Lorena, que no dejaba dudas acerca de la naturaleza burlesca de sus palabras, señal de que se hallaba en un estado de ánimo lúdico y relajado, ideal para propinarle un golpe como el que venía preparando Soledad.

—Ahora que me decís un poco las cosas como son me gustaría contarte una confidencia que no la sabe nadie más pero que ahora que te conozco y veo que me hice una historia con nada te lo puedo decir... porque sé que no te va a causar más que risa... es una pavada... nos vamos a reír juntas... vos más que yo...

Retiró a Dulce de su teta chorreante, dejando ver un pezón largo y babeado que se había dilatado alcanzando una longitud fantástica, eréctil, por la succión voraz de la criatura que al fin había quedado satisfecha. Lorena observó con asco cómo Soledad se volvía a colocar el pecho dentro del corpiño, y se cerraba la camisa con la misma mano, haciéndolo con toda naturalidad, como si hubiera estado sola. *India de mierda todas estas negritas son iguales,* sentenció para sus adentros Lorena, sobre la condición social de su anfitriona, conmovida en el pudor y delicadeza propia de alguien *como la gente,* esa fraternidad difícil de precisar de la que ella estaba segura de formar parte.

Soledad se da una idea aproximada de lo que está pensando Lorena, por cómo la observa, y decide extremar la vulgaridad de sus próximas palabras.

—La otra vuelta, hace un tiempo, cuando Ricardo vino a comer solo sin vos, tuve que dejar la mesa para ir a buscarla a Dulce que lloraba de hambre en el corralito y me la traje para darle la teta, Ricardo que es un chico grande como vos decís, no me sacaba la vista de encima... Mejor dicho me miraba la teta siempre que podía tratando de disimular... Yo pensé qué baboso. Hasta me parecía que empezaba a salivar, estaba colorado como un tomate. Después pidió pasar al baño y yo dije este se fue a hacer alguna chanchada, va a haber que atarle las manos como se hace en el campo dije, ja, ja, ja, cuando pobre seguro que se debe haber descompuesto... Porque mirá si justo se va venir a calentar con una mamá que además no se acerca ni en broma al hembronazo que tiene con él, con lo que vos le debés dar, porque a vos no te falta nada, eso se ve... Te sobra más bien... Y si vos le das el dulce no me va a estar mirando a mí para hacerme un "homenaje", ja, ja, ja... Qué cómico, ¿No...? ¿Eh...? Bueno, me voy a acostar a Dulce, ahora vengo...

Soledad la dejó sola, no dándole espacio para la réplica, o ulteriores inquisiciones; no se quedó para observar cómo se formaban los rasgos de la cólera en la cara de Lorena, a quien se le inyectaron los ojos de sangre. Lorena *la irresistible*, se quedó suspendida en su nube de ira; no podía aceptar que alguien como Ricardo Bóxer, tuviera el coraje de hacerle el desprecio de excitarse con otra, que encima era todo lo opuesto a ella; ahí mismo fue que decidió terminar la relación, condenándolo en ausencia.

Antes de que Soledad volviera de acostar a Dulce, llegaron Carmelo y Ricardo, a quienes recibió Lorena con su abrigo ya puesto, anoticiándolos de que le dolía insoportablemente la cabeza; sin siquiera mirarlo a los ojos, le indicó a Ricardo que la llevara a su casa. Este no hizo más que guardar un silencio aquiescente, porque los deseos de Lorena eran órdenes para él; a decir verdad, ya estaba algo asustado porque notó una tensión nerviosa en el tono de su voz que auguraba tempestades. Soledad la saludó de detrás del ropero *nos vemos pronto*, con una sonrisa maliciosa que nadie vio, lo que fue como una última cachetada para Lorena, que apenas pudo devolverle el saludo porque a duras penas conservaba el control sobre el estallido que estaba conteniendo. Ricardo, un tanto incómodo, se despidió a su vez de la mujer de su amigo pidiendo, por pura cortesía en razón de la partida abrupta, que los disculpase, y prometiendo que la próxima vez la invitación correría por cuenta de él y de Lorena, *que cocina muy bien ya van a ver*.

A la mañana siguiente, Ricardo Bóxer no llegó a las ocho y media a la farmacia donde trabajaba con Carmelo, como habitualmente lo hacía de lunes a sábado. No llegó a trabajar porque estaba internado, después de que le hicieran un lavaje de estómago, corolario de una reacción adversa provocada por los fármacos que tomaba desde hacía años, para mantener un equilibrio psíquico inestable que, fundado en la química, había devenido adicción; cuando intentó ahogar las penas en alcohol, la combinación fue casi fatal.

Después de que Lorena le dijese que no lo quería volver a ver porque *no sos más que un enfermo de mierda y vos sabés bien de qué estoy hablando y te podés ir al carajo no me vuelvas a llamar si te acercás llamo a la policía o mejor le digo a mis primos que juegan al rugby que te revienten así que mejor no te acerqués...*, Ricardo tembloroso, aterrado, sin norte, fue a la casa de su padre en procura del elixir del consuelo, y en cinco vasos trasegó una botella entera de whisky que el viejo guardaba para las visitas; botella que nunca le habían prohibido tocar a Ricardo, porque hasta esa noche jamás se hubo acercado al alcohol, ni se hubiese atrevido a hacerlo en condiciones normales, en las que lo descomponía nomás el olor. Después vinieron los gritos que el ardor estomacal en un primer momento le provocaron, gritos que arrancaron al padre de la cama; también vino la paliza que éste le propinó a golpes de cinturón, después de que advirtió que su hijo estaba beodo, con el subsiguiente desmayo de Ricardo que finalmente perdió la conciencia; también vino la ambulancia que llamó el viejo ya no iracundo sino asustado, la llegada a la clínica, el lavaje urgente, y la internación, sin denuncia como tentativa de suicidio porque el comisario (retirado) Bóxer no quería problemas, y la clínica tampoco.

Carmelo fue a la salida del trabajo a verlo a la clínica. Nunca supo más que lo que Bóxer le contó entre plañidos de agonía, que Lorena se había cansado de él, y que sentía que el mundo se había terminado, que no sabía cómo iba a seguir viviendo. Fue entonces que lo puso en un aprieto, ya que para un cobarde como Carmelo la misión que le encargaba en su nombre era todo un suplicio: ir a rogarle por él a Lorena que lo perdonara, que él estaba dispuesto a hacer lo que ella quisiese, a aceptar lo que ella deseara imponerle como castigo con tal de que volviese con él. Sabiendo que no podía decirle que no, temeroso por lo que podía provocar su negativa, Carmelo aceptó.

Y si volviendo al tiempo presente en nuestra historia, cuando Carmelo ha ido a pedirle asilo hebdomadario, Ricardo Bóxer le cuenta que ha cambiado de medicación, así como también se refiere a Lorena como su *novia* (ahora no la llama más su *prometida*, como la llamaba antes de que lo dejara la primera vez), y que se está preparando para ir a un monasterio trapense para *retirar* un *espíritu* del que, en toda la excelsa magnitud de ésta palabra, él carece, todo esto significa que la intercesión de Carmelo ha sido de provecho; para quién es todo ese provecho, y en qué condiciones ha sido perdonado Bóxer por su némesis, lo veremos más adelante, cuando vuelva a intervenir en el destino de nuestra protagonista.

9

Luego de los primeros dos días que pasó con Soledad y Dulce, Zulema Videla supo que había conseguido lo que tanto tiempo había deseado, "una familia". Para ella, tener una familia significaba una especie sórdida de continuidad en la tierra, una forma vil de trascender, que era todo lo que podía esperar de una descendencia. Por esto es que el amor no tuvo nada que ver en el estrechamiento de esos lazos que unieron a las tres mujeres; todo comenzó con la certeza de una identidad de caracteres, que acabó por operar el inopinado estrechamiento de un vínculo afectivo que estaba edificado, íntegramente, sobre la frustración y la fantasía.

Zulema Videla se volvió a su *casa de tolerancia*, a la diaria explotación de la porción de desesperados de este mundo que a ella debía corresponderle porque integraba la cifra exigua de los aprovechadores, convencida de que había conseguido lo único que desde su perspectiva importaba, una heredera; una heredera que tenía que ser lo suficientemente monstruosa en el alma como para poder asegurar la continuidad de su dominio, que era lo único que iba a legar, dando testimonio de su paso por esta vida antes de pasar a una peor — si se quiere depositar, lo dejo a criterio del que lee esta crónica, la fe en alguna escatología reconfortante ante el espectáculo obsceno de los males culpables e impunes que se desarrollan en este *valle de lágrimas*—; y esta heredera no podía ser otra que Dulce.

Dicen que la mitad maldita de Tiberio reconoció de inmediato en Calígula, a pesar de la edad temprana de éste, a alguien que lo superaba en la perfección de la maldad porque era completamente malo, y que por eso sintió que tenía que entregarle todo lo que de bueno restaba en su persona; algo así le sucedió a Zulema Videla con sólo verla a Dulce, ante quien quedó inerme como un emperador viejo, perverso y amargamente solo. Dulce, por su parte, entendió de inmediato que a la vieja podía sacarle lo que quisiese a cambio de un poco de afecto, que no le costaba más que unos mimos, pedidos de *upa*, como los que le pedía a su madre casi constantemente, alzando sus brazos hacia lo alto como un sacerdote pagano, y un apelativo calculado que comenzó a repetir para llenarle los ojos de lágrimas a la reblandecida comadrona, cada vez que lo hacía: *Abuela Zule*. Y la *Abuela Zule* habría de decirle sí a todo lo que le pidiera, ya colmándola de regalos desde ese primer fin de semana que la conoció; a la recíproca, Dulce la obsequió con un respeto que hasta entonces sólo le había tributado a su madre; así fue como sus caprichos, Dulce supo desde el inicio disfrazarlos de dulces insinuaciones, que la vieja no podía más que apresurarse a satisfacer, y el mismo afán de destrucción de que hacía víctima a su padre, en lo que a Zulema respecta, iba a esperar largo tiempo, acumulativo y agazapado, el momento justo para salir de su escondite a cebarse en la vieja, con efectos letales.

Como se dijo, la consecuencia más importante de esos dos días de Zulema Videla en la capital, fue que se volvió al pueblo con *un parentesco*, del que sólo habría de enterarse la *beneficiaria* cuando la *inventora* del mismo ya no estuviera entre los vivos, a través del único modo que tienen para comunicarlo los que no dejan más que valores materiales, el testamento. Y si se habla de *beneficiaria*, es porque el singular encierra también un último acto de desprecio para quien había procurado con denuedo, cuando comenzó a negociar a su hija como bien de cambio, ganarse el título que la vieja madama al fin acabó por negarle; Soledad no iba a figurar en el testamento, y para ella habría de ser, aunque en verdad para entonces ya no le iba a importar, como si Zulema le hubiera reservado una última humillación para recordarle su linaje subalterno.

Sin embargo, en los años que siguieron a este primer encuentro, Soledad llegará a creer que con su actitud rastrera, y con cierto comercio afectivo en el que Dulce sería la moneda de cambio, había llegado a ganarse una especie de cariño maternal por parte de la anciana, que en el momento decisivo le va a parecer más que probado.

Comenzaron las visitas de Soledad y Dulce a Zulema en el pueblo. Soledad nunca antes había vuelto, ni siquiera para visitar la tumba de Norma, como tampoco lo haría cuando iba a ver a Zulema Videla, quizás por un temor supersticioso a que ese pasado cargado de malos recuerdos, pudiese abortar el presente. Así fue cómo uno o dos domingos por mes (día de la semana que la vieja había elegido para las visitas, porque las *chicas* descansaban y el hotel-restaurante asumía un aspecto en apariencia decente, *familiar*), Soledad salía de madrugada en micro para ir a pasar el día en el pueblo junto a Zulema, para que viese a la nena porque *Usted no sabe cómo la quiere… Abuela Zule de acá abuela Zule de allá… Duli contále a la abuela Zule… Duli mostrále a la abuela Zule… Duli decíle cuánto la querés a la abuela Zule...Y también porque quiero saber cómo anda, porque ya es una señora mayor Carmelo, y si uno no se ocupa quién, que para eso están los parientes, los que nos da la sangre o el corazón... ¿No es así Zulema...?*

Pero cuando Zulema la escucha y asiente son gesto dulce de viejita enternecida, Soledad no sabe que lo que está haciendo es plantarse en la cara su mejor sonrisa de rufiana, la de *sí ingeniero le juro que es nuevita no ve la pielcita de durazno que tiene no está ni ajadita recién llegadita...*; lo tiene que hacer así porque en Soledad sigue viendo a Norma, la misma cara de sirvienta, los mismos modos de sierva; *en cambio la chiquita que es blanquita como yo y que se le nota que tiene sangre de patrona porque a mí no me vengan con que el cornudo este es el padre me juego lo que no tengo que acá se metió otro debe ser el abogado porque tiene la misma nariz y la misma frente casi seguro que ese es el padre en la foto que hay en el departamento se nota el parecido, ¿Para qué tiene la foto del jefe si no digo yo...?*, esto se repite la anciana, y ya ha hecho su elección y tomado una decisión.

Un tiempo después, Zulema Videla irá a dictarle el testamento al único escribano en cincuenta kilómetros a la redonda, Don Nicanor Atahualpa Chumpi, viejo cliente suyo y notario de confianza, que no le quiso cobrar el instrumento público como un gesto de gratitud por tantos buenos momentos en su establecimiento, y que desde el día en que testó Zulema correrá como invitado de la dueña hasta la última vez que irá a refocilarse, la que lo tendrán que sacar en ambulancia porque *se va a quedar duro* sobre la *Chanchita Yvoty*, dieciséis recién cumplidos. Gracias a que esa noche aciaga hubo de encontrarse presente, porque era su propio invitado y huésped, en el cuarto contiguo, el doctor Oseas Goldenfeld, un viejo amigo y compinche quien, alertado por los gritos de la putita aterrada que quedó aplastada bajo los kilos de gelatinosa humanidad del sincopado notario, supo acudir sin demoras para sacarlo a flote con sus habilidades de reanimación, es que años después Don Chumpi en persona será capaz de leerle a Soledad, quien se presentará en representación de su hija menor de edad, única y universal heredera de Zulema Videla, el testamento en el cual esta le lega el hotel y restaurante "Las delicias de Zulema", con todo lo que accede al mismo y su personal de servicio.

No puede dejar de mencionarse que si Don Nicanor Atahualpa Chumpi sólo se quedará con el capital contante y sonante, no con todo como lo ha hecho con otros viejos del pueblo que se murieron sin herederos, a quienes les falsificó el testamento —porque si en este caso sólo lo falsificó en parte fue porque Zulema había sido para él, y como él lo concebía, *una verdadera amiga*— también es porque sentirá que un lupanar, donde además a él le quedó medio cuerpo invalidado, no está a tono con su *honorabilidad* ni con su infausta impotencia, que le habría vedado el aprovecharse primero de la *mercadería* ofrecida, como es el derecho de todo rufián. Todas estas consideraciones, que lo llevarán a creer al escribano Chumpi que estaba ejerciendo una opción convenientemente "ética", en verdad estaban ya decididas por fuerzas que superan —y conducen— su voluntad, y aún más su propia comprensión; estaba equivocado Don Nicanor, porque las cosas tenían que ser inexorablemente del modo que fueron, y él, en su carácter de personaje secundario del destino de otros, que necesitaban que así hiciera lo que hizo, no tendrá otra opción. Nunca se sabrá cuántos son los Judas *de reparto*, que nacen todos los días para vivir una vida cuyo único momento iridiscente es actuar una parte pequeña en un gran relato; quizás si tomaran conciencia de su verdadero, fatal, y minúsculo papel en este mundo, florecería el suicidio, emulando a aquel que traicionó en la más grande historia jamás contada.

Habiendo conocido sus hechos futuros, los de este pequeño personaje, retornemos a la linealidad del presente, para que la causalidad no se resienta en el engaste de los hechos sucesivamente generatrices.

10

Fue en la misma época en que el escribano Chumpi quedó parcial e irremediablemente paralizado, hecho azaroso cuyas consecuencias repercutirían sobre la vida de Soledad y Dulce de un modo decisivo e imprevisto; fue en esos días que otro suceso de características similares, un síncope también, terminaría por estar indisolublemente entrelazado con el primero, en este caso para alterar de modo definitivo el derrotero de Carmelo.

Quienes lean esta historia, podrán preguntarse por qué hablamos del modo en que la muerte de Zulema Videla habrá de afectar solamente las vidas de Soledad y Dulce, excluyendo de modo directo de las implicancias del suceso a Carmelo, que hasta ahora hemos visto encadenado a la picota de un destino autoimpuesto. Los más avisados en materia de derecho, se habrán preguntado si se trató de un error del autor, o bien del escribano Chumpi, el hecho de que Carmelo esté ausente en la lectura del testamento que consagra a su hija, a quien él debería representar legamente tanto como la madre, única heredera de la difunta; lo cierto es que no hay ningún error, ya que Carmelo, si bien es legalmente el padre de Dulce, no tendrá por qué estar allí ese día desde que fue excluido de la patria potestad, cuya tenencia exclusiva y excluyente habrá de recaer sobre la madre luego del divorcio, en el cual se resolverá: CONSIDERANDO: ...*Que el estilo de vida que lleva adelante el Señor Carmelo Serafín Escudero, es en un todo poco convencional y proclive a ejercer una influencia deletérea sobre la integridad psíquica de la menor*...; lo que se traduce, asimismo, en la pérdida de todo derecho para entrar en relación con ella hasta la mayoría de edad, gracias a los buenos oficios del abogado de Soledad, que sabrá exagerar hasta la peligrosidad la naturaleza de la relación que sostendrá Carmelo *que es la causa principal de este pedido de divorcio Vuestra Señoría, cuando no de la nulidad del matrimonio como comportamiento preexistente en los términos en que lo establece el Código Civil, hecho que apenas alcanza a desmentir la existencia de la menor de marras a quien debe preservarse ante todo...*

Nos hemos adelantado a los efectos del divorcio, no hemos podido evitarlo porque había incógnitas que así lo exigían; veamos ahora cómo se llegó al fin —formal, porque nació muerto— de ese matrimonio condenado desde siempre. No debe dejar de señalarse que Carmelo volverá a aparecer en esta historia, pero sólo cuando la misma se haya transformado en la propia de Dulce, en la cual los efectos de estos hechos habrán de extenderse como una sombra, que traerá consigo a Carmelo de regreso, porque tiene que estar presente para el comienzo de ese otro relato que apenas se llegará a delinear, en estas páginas dedicadas a la vida de Soledad.

Se habló de un síncope que produce un viraje en el camino de Carmelo. No se trata de Elina, su madre, porque ésta ya está muerta; esta vez ha sido alguien hacia quien Carmelo profesa un temor reverencial similar al que le consagraba a su madre, un pavor que lo paraliza en su presencia, y que de ocho y media de la mañana a siete de la tarde, todos los días de lunes a sábado (más los días "de turno"), desde hace más de quince años, obedece como el más servil lacayo. Su nombre es Olga Noemí Ayohuma, y es la dueña de la farmacia donde trabaja Carmelo.

La señora Ayohuma, viuda desde hacía dos décadas del triste poeta malogrado Polifemo Mistral, pudo haber sido alguna vez muy bella, pero de eso ya no quedan recuerdos; matronizada por más de veinte años de casta viudez, robustecida en los recios volúmenes de sus carnes pétreas —toda una Porcia—, y resecado su corazón en el desierto emocional del cálculo, la previsión, y la avaricia, había llevado adelante, sin un día de descanso, la farmacia que heredara de su padre, sin pensar en otra cosa que en acumular. Pero a pesar de su reciedumbre, fue una discusión con su hijo la que fue demasiado para sus arterias endurecidas por el metal contante y sonante que devoraba cada día; un relámpago apoplético, acabó por derribarla de la banca de su mezquindad, condenándola a la rigurosa silla de la inmovilidad; un relámpago que estuvo precedido esta vez del trueno, que sonó con el tono desesperado de la voz de Adán, su hijo, el cual viendo el curso que iba a tomar su vida por decisión ajena, tuvo que clamorear su verdad, ansioso de desplegar las alas de su único sueño: el amor por la poesía. Bastó que Adán se atreviera a decírselo, acusándola de haber destruido a su padre antes como lo quería ahora hacer con él, para que comenzara su propia y verdadera tragedia: ante sus ojos se desplomó su madre, aniquilando el anhelo de una vida que ni siquiera pudo comenzar, forzándolo ello más tarde a la más amarga de las huidas, la de sí mismo.

Adán había querido ser poeta desde siempre, que para él viene a ser lo mismo que desde el día en que lo inició su padre Polifemo, enseñándole sus propias y ocultas creaciones. Su padre lo hizo así porque lo amaba, y porque quería echar en el hijo una semilla de ese árbol de la libertad que él tempranamente había tenido que talar. Esto tuvo que ser luego de que con su propio cuerpo inocente celebrara la poesía que le inspiraba la bella Olga Ayohuma, entregándose a los impulsos carnales de una pasión desbordada que sólo él sentía; luego había llegado para él la paternidad, trayendo consigo todos los deberes vanos pero constrictores que sucedieron al curso natural de las cosas, arrancándole para siempre al poeta que no pudo ser, la dama de sus desvelos para poner en su lugar una Aldonza cruel y prosaica, que en once años de matrimonio lo consumió hasta la aniquilación. Esta historia, la llevaba Adán sobre sus hombros la mañana que le comunicó a su madre que se dedicaría a la poesía, sosteniéndose con las clases de matemáticas que ya dictaba en colegios, y en lo futuro también como profesor particular; de aquella historia triste provenían esas alas que, legadas por un padre icáreo, creía llegada la hora de desplegar; esas alas que no pasaron de ahí, derretidas por el fulgor abrasador de un hado inopinadamente persecutorio; la historia de su padre acababa por volverse su propia historia.

Después del síncope de su madre, Adán no tuvo escapatoria y se tuvo que hacer cargo de la farmacia, bajo el ojo vigilante y panóptico de ella que, casi enmudecida, todo lo observaba fija en su silla; silla desde la que entendió que, en definitiva, había logrado con su hijo todo lo que quiso, y fue esta convicción junto con el nuevo rol de carcelera, los que habrían de darle fuerzas para seguir viviendo. Adán, por su parte, tuvo que sepultar la poesía en lo profundo de su alma, creyendo que de ese modo podría tolerar su condena; se equivocaba porque la poesía, como aún estaba viva, iba a echar raíces en la sementera salitrosa de la frustración y la angustia, para ser más tarde árbol criado en las sombras, árbol enfermizo y retorcido, que acabará por dar fruto narcótico de fuga y degradación.

Carmelo había visto muy pocas veces a Adán, porque antes del síncope de su madre, rara vez iba a la farmacia. No había cruzado con él más que saludos a la pasada, encuentros fugaces en los que a la estampa gallarda del poeta, Carmelo la hacía objeto de una observación rápida y furtiva, semejante a la de las pupilas de un serrallo que espían por una hendija a los transeúntes, imagen efímera cuyos efectos seductores nunca habían llegado a dejar una impresión duradera en su memoria. Así fue hasta que Adán se hizo cargo de la farmacia. Ahí comenzó el amor.

Fue la primera vez que les habló a Carmelo y a Bóxer, anoticiándolos de la posición que asumía definitivamente en lugar de su madre, con sus maneras suaves, sus sutiles ademanes que revelaban amaneramiento, timidez, y una sensibilidad a flor de piel, que Carmelo pudo observar cómo toda la persona de Adán se cubría de un halo de melancolía, que se manifestaba en un brillo lacrimoso que laqueaba sus negras pupilas, envolviendo su estampa varonil con una luz especial. Mientras les hablaba, Carmelo, sin saber por qué, comenzó a recordar la imagen del largo pelo negro de Lisandro sobre la almohada, contrastando con el blancor de la tela, resaltado en la penumbra por la luz que entraba a través del tragaluz del baño en el hotel de Ushuaia, la mañana en que salía de bañarse, y que después entendió que era la del día en que aquel lo había desflorado; también sintió de repente que el olfato y el gusto se le inundaban de una rara, sutil reminiscencia de almendras amargas, y que en sus oídos comenzaba a resonar el ritmo de una percusión monocorde, sensaciones que habían sido el preámbulo de su iniciación forzada, sensaciones que subsistían como una suerte de reflejo, provocándole un hormigueo tímido y fugaz, algo así como el provocado por el roce de las plumas de las alas de un pájaro, en su genitalidad que ya empezaba a excitarse. Fue también allí mismo, mientras Adán le hablaba, que sintió el estremecimiento propio de una virgen que ha sido vejada, y que no conociendo otra forma de amor físico, es arrebatada por el temor ante la idea de que alguien vaya a entrar de nuevo en su cuerpo con violencia, desgarrándolo; así se sintió al principio, pero este temor se fue disipando porque en su lugar comenzó a extenderse, inicialmente por su estómago, una sensación dulce y dolorosa al mismo tiempo, la que se siente cuando alguien es arrebatado por un súbito e insatisfecho deseo de ayuntarse. Entonces no hubo jaculatorias, rosarios, penitencias, ni amenazas de fuego eterno, que pudieran torcer el camino de Carmelo; todo eso se disipó para él, que en esa hora se reconoció de una vez, y para siempre, maricón. Porque esa mañana, por primera vez, Carmelo realmente se enamoró.

11

Es probable que por creerlo tan parecido a sí mismo, Carmelo pensara que Ricardo Bóxer también ocultaba una *inclinación*

como la suya; quizás también creyera que el precio de maso-
quismo inhumano, que a este le hacía pagar Lorena, su novia,
era la manera que tenía de llevar una suerte de cilicio que lo
alejara de *la caída*. Tampoco pueden dejar de excluirse los irre-
dentos celos de enamorado, que nunca están ausentes cuando
no se ha conquistado aún el objeto del deseo, y se ve a todos los
que se acercan como competidores potenciales. Pero en todo se
equivocaba Carmelo, porque Ricardo Bóxer lo único que vio en
Adán, desde que se puso a sus órdenes, fue la figura protectora
del hermano mayor que nunca tuvo. Sin embargo, esto último
no pudo evitar que todas aquellas consideraciones erradas a que
se hizo referencia, impulsaran a Carmelo —porque lo quería
sacar a Bóxer del medio y no sabía cómo— a que, sin calcular
las consecuencias —aunque quizás algo consciente de que todo
acabaría mal—, le recomendase los servicios de Gastón L. para
llevar adelante el divorcio de Lorena; pudo haber en el trasfon-
do de esta recomendación negligente, una intención reprimida
que él no osaba confesarse pero que estaba allí, y que tenía por
hontanar del que manaba al deseo, que como era auténtico por
primera vez para él, traía consigo una inédita forma de audaz
malicia a la lábil personalidad del inveterado pusilánime.

Gastón L. tampoco habría de pensar distinto que Carmelo,
cuando lo conoció a Ricardo Bóxer; debió haberle parecido
una versión magnificada de Carmelo, magnificada en todos
los sentidos, desde la escala física, pasando por la pusilanimidad, hasta la desconcertante distancia que lo separaba, como
hombre, de la mujer que lo acompañaba esa mañana cuando
se presentaron en su estudio. Fue tal el frenesí erótico que lo
arrebató a Gastón L. al verla a Lorena, que se dijo que si hacía
blanco en esa hembra que le venían a ofrecer, no le importaría

pasar a retiro en su condición de *cazador*. Así fue como sucedió lo que Soledad, desde algunos minutos antes, había temido que fuese a ocurrir.

Soledad, que no los aguardaba esa mañana porque Ricardo y Lorena llegaron de improviso, cuando los hizo pasar a la sala de espera, se puso nerviosa más allá de lo explicable, teniendo en cuenta que lo del chisme envenenado con que le arruinara la vida a Ricardo, casi lo tenía olvidado; no, no sentía amenazadora la presencia de este, era otra cosa la que la inquietaba, algo así como un mal presagio. Fue como si entendiese de inmediato, con solo verla a Lorena, que tenía que frenarlo a su patrón en aquello en lo que sabía que este se iba a entregar con todas sus fuerzas, desde que la tuviese frente a sí; fue como si estuviese segura que esta vez tenía que disuadirlo de esta conquista, pero no sabía cómo y eso, inexplicablemente, la desolaba. No iba a poder hacer otra cosa más que pegar la oreja a la puerta del despacho, y escuchar en silencio cómo se desarrollaba la entrevista de los dos con su jefe; habría de percibir ese enmudecimiento prolongado primero, y luego un grado singular de tensión en la voz del abogado que ella conocía muy bien, mientras les explicaba el procedimiento a seguir, señal que Soledad era capaz de identificar como la prueba de que el abogado se estaba esforzando por no detener demasiado tiempo sobre Lorena, una mirada que pugnaba por solazarse en sus turgencias, en las que Gastón L., desde el primer momento, deliraba por enlodarse como un puerco en su fango.

Muchas veces Soledad había oído esa música lúbrica, y desde hacía muchos años que había dejado de importarle, hasta la divertía saber cómo iba a terminar todo, más aún si conocía de antes a quien el abogado habría de hacer cornudo, como en esa mañana; pero esta vez estaba *como asustada sin saber por qué... fue algo muy raro,* como le iba a contar tiempo después a Daniela, cuando por enésima vez volviera a evocar los prolegómenos de lo inexorable; ella, que nunca había creído en presagios porque no creía en nada más allá de lo presente y visible, cuando recordara ese día, sentiría que hubiera deseado al menos por una única vez, tener poder de presciencia.

Lo que acabó por quitarle de momento esa sensación de inquietud, cuyo motivo no podía discernir, fue el acordarse de Carmelo, y enfocar en él una ira que quizás se empeñaba en magnificar para distraerse del raro temor que la estaba embargando; sin embargo, no podía colegir con qué argumento lo reprendería ferozmente, cuando se encontraran por la tarde, por haberle recomendado el abogado, su jefe (a quien Carmelo temía tanto como detestaba) justamente a Bóxer, todo lo cual la sumía en un estado de perplejidad que tenía mucho de la inquietud de la que se quería despojar.

Pudo ser la casualidad, o quizás una arcana sincronía, la que hizo que Soledad estuviese pensando en su marido, ella que jamás lo hacía, en el mismo momento en que Carmelo estaba construyendo el argumento mayúsculo que habría de servirle a ella para liquidar un matrimonio muerto al nacer como el que los vinculaba. Carmelo y Adán, se estaban entregando a una carnalidad dolorosamente desaforada por primera vez esa mañana, cuando el eros creador se tornó lascivia dentro de la celda en la que estaba encerrado el poeta.

12

Todo conspiró para que Adán diera el paso hacia su perdición —que él creyó una forma de libertad que desde siempre

lo había estado esperando— cuando Carmelo le declaró finalmente sus sentimientos, luego de muchas conversaciones, y
un sinnúmero de pequeñas complicidades, en las que la razón
ensombrecida del artista desesperado, fue creyendo encontrar un alma afín en la pobre humanidad de su subalterno, a
quien acabó por asumir como compañero de condena, luego
de transmutar poéticamente todas las bajezas de que éste estaba hecho; era un amor de prisioneros, así lo sentía, y tal vez
lo justificaba Adán, cuando desde las alturas aquilinas de su
vuelo terminó por desplomarse sobre las carnes mórbidas de
su, en otras circunstancias, improbable amante.

Esa mañana, en que el abogado debió haber emulado a un
Tántalo de apetito furioso frente a los frutos que le mostraba
la ubérrima Lorena, la rigurosa Ayohuma tenía que guardar
cama porque alguna oportuna —para Carmelo y Adán— corriente de aire, le había traído la gripe, y deliraba de fiebre;
debió quedar bajo cuidado de la sirvienta, porque le había
dado a su hijo órdenes estrictas de no dejar su puesto en el
negocio, cuando este le insinuó cerrar la farmacia ese día y
permanecer a su lado. Fue por esto, porque su madre no estaba, que Adán no se hizo rogar cuando Bóxer le pidió permiso
para acompañar a su novia a ver al abogado que Carmelo le
había recomendado; fue por esto por lo que lo dejó hacer a
Carmelo cuando este empezó a acariciarlo, y su excitación
fue creciendo hasta animarse a penetrarlo en el baño, lejos de
los sentidos vigilantes de su madre, en esa hora suspendidos
en la nube caliginosa de la fiebre; esos sentidos que eran los
guardianes de los muros que rodeaban su vida mutilada, y
que él creía burlar agitándose con una carcajada histérica, que
no era más que la risa beoda de un espíritu muriente.

Carmelo también sentía que había saltado la cerca alambrada que se alzaba a su alrededor, la de su matrimonio nacido de la penitencia sobre un pecado en el que recaía por fuerza, porque estaba en la esencia de su ser; la misma cerca severa que custodiaba esa hija que no era realmente suya, y que tenía por única misión hacerlo sufrir. Con cada golpe de Adán contra su cuerpo, su boca babeante se torcía en una sonrisa temblorosa mientras pensaba que ese momento soterrado, recóndito, que Dulce y Soledad no podrían nunca imaginarse, era sólo suyo, estaba fuera del alcance de sus carceleras. Mayor aún era su solaz en ese momento, cuando recordaba que Soledad, harta de oírlo hablar en las últimas semanas sólo de Adán —a medida que lo iba desbordando el deseo se había ido volviendo cada vez más indiscreto, haciendo más y más evidente que estaba subyugado por esa pasión—, le había espetado con incauta crueldad: *Que a Adán no le gustaría, que Adán es esto, aquello... ¡Pará un poco Carmelo que parecés un raro, un... maricón, ja, ja, ja...!* Si entonces se había sonrojado de vergüenza llamándose a un aterido silencio, ahora se daba cuenta de que las palabras de Soledad, dichas en tren de burla, estaban más allá de la comprensión de su esposa; eran como las que hubiese pronunciado una sibila, de cuya boca se valía un dios para comunicarse, palabras crípticas pero plenas de sentido para el destinatario del oráculo, como lo estaba siendo Carmelo en esa hora. *Sí, soy todo un maricón y me encanta, ¿Eh Sole? ¿Eh mamá? ¿Eh Duli? Sí, papá es maricón, sí...* se dijo, casi desmayándose de goce cuando se empapó de esa verdad que a él sí lo hacía libre.

***

Este sí que no tiene cura, es un infeliz, fue lo primero que pensó
Soledad al llegar del trabajo esa tarde, cuando lo vio a Carmelo haciendo de montura de Dulce, embridado y ensillado
con los aparejos de montar del caballito de madera de su hija,
mordiendo el bocado mientras la nena tiraba de las riendas,
y lo hacía relinchar a cada cambio de dirección, como le había
ordenado que lo hiciese para darle mayor realismo al juego.
Si no lo hubiera visto tan humillado, quizás Soledad habría
notado la relajación orgásmica de sus facciones, la serenidad
sodomítica, la lasitud anal que lo inmunizaba a cualquier
tormento a que lo sometiera su hija.

Soledad no le habló a Carmelo sobre la visita de Bóxer y
su novia al estudio, se tragó el reproche que le tenía preparado, porque no tenía caso ni para distraerse de esa inquietud
que ya no la abandonó, que crecía con el correr de las horas,
adivinando lo que debía estar sucediendo. Hasta cerca de las
once estuvo a punto de atreverse, por primera vez de noche,
a llamar por teléfono a la casa de su jefe, con la falsa excusa
de que había olvidado transmitirle algún mensaje de algún
cliente o colega, nada más que para confirmar aquello de lo
que ya tenía certeza, pero tuvo que desistir.

Esa noche Soledad durmió mal, inquieta, despertándose
varias veces; cada vez que lo hacía repasaba, hasta recaer en
sueños breves, cada detalle de la nueva *aventura* de su patrón
pero, por más que se esforzaba, no conseguía hallar nada diferente de otras que había tenido con las más variadas mujeres
que llegaran a su estudio, nada que motivara esa anómala inquietud que no hallaba modo de erradicar de su conciencia.

Al día siguiente, quiso convencerse de que pudo no haber
pasado nada; esta esperanza infundada duró hasta que lo vio

entrar en el estudio. Soledad lo conocía tanto a su amo, que era capaz de discernir por como caminaba, con los hombros un tanto cargados hacia adelante, la pura lasitud posterior al coito —le conocía demasiado bien el andar de macho satisfecho que ha liberado la tensión—; hasta era capaz de advertir si la noche previa Gastón L. había estado con una nueva amante. Todavía Soledad se reservó una pequeña parcela de esperanza de que no fuese Lorena, sino otra circunstancial que ella no conocía, o quizás alguna prostibularia, porque a veces Gastón desfogaba sus ardores en algún que otro costoso lupanar. Esta esperanzada incertidumbre duró hasta el mediodía, cuando llamó Lorena, y Soledad escuchó la mitad de la conversación que necesitaba conocer para que no le quedaran dudas. A Soledad no le quedó más que decirse *otra más*, creyendo a medias que así dejaba atrás los malos presagios que no sabía de dónde le venían; nunca iba a pasar de creérselo a medias, porque en los días que siguieron (meses), en los que Gastón L. se enajenó sexualmente a su nueva conquista, Lorena, siempre se iba a encender una luz efímera como de luciérnaga en su consciencia, advirtiéndole como aquel eunuco al Gran Rey: "Acuérdate de Atenas", invadiéndola una sensación de zozobra que con nadie quiso compartir porque temía que de hacerlo así, ello fuese capaz de producir aquello que se agitaba en las sombras de lo insospechado.

Claro que si Soledad hubiese tenido la conversación que tuvo Carmelo con Bóxer algún tiempo antes, quizás su intuición no hubiera carecido del elemento necesario para devenir presciencia; al destino, burlón, le gusta practicar a veces una suerte de esgrima poblado de fintas enloquecedoras, desviadas a propósito, que hacen por ejemplo que las palabras que tendrían que llegar a ciertos oídos lo hagan a los que no son los adecuados, o queden sin ser dichas. Veamos qué hablaron los dos *compañeros*, en un momento de tranquilidad en que se quedaron solos en la farmacia, cuando todavía Adán no lo había poseído a Carmelo, y Bóxer aún no lo había conocido a Gastón L.; en esta conversación se cifra todo el futuro de Soledad.

13

Bastó que Carmelo, aburrido porque no estaba Adán, con ganas de matar el tiempo hasta que éste regresara de una diligencia, le preguntara cómo estaban las cosas con Lorena, para que Bóxer comenzara con su letanía, pronunciada a un ritmo frenético propio de un enfermo nervioso, con una catarata inacabable de fragmentos de valor psiquiátrico que estaban preñados de catástrofes.

—Lorena me hizo entender que si yo realmente la quiero como digo tengo que dejarla hacer una vida más suelta para que llegue a valorar lo que yo significo para ella tiene que poder compararme con otros para saber que soy único y no me parezco a nadie más por eso dice que me quiere educar en los celos porque esa es la enfermedad que me aleja de ella que cada vez que ella me veía antes ahora ya no a punto de explotar por un ataque de celos me desconocía y ya no le gustaba más porque le parecía otro. Por eso empezamos a hacer un ejercicio que a mí me está costando mucho pero ella dice que estoy mejorando que cada día que pasa me ve más fuerte y le gusto más vos sabés Carmelo que ella es la única mujer para mí que después de ella no hay nada nada nada que la quiero llevar al altar eso ya lo sabés por eso estoy dispuesto a hacer lo que sea por ella lo que sea lo que sea que tenga que hacer te juro. El otro día cuando fuimos al casamiento de mi prima sufrí mucho pero sé que estoy mejorando y eso me da fuerzas para seguir por eso me aguanté cuando Lorena se puso a hablar con un amigo del novio que estaba sentado solo en nuestra mesa y a mí Lorena no me daba bolilla y después salieron a bailar y yo me quedé mirando y me aguanté para no llorar, pero ella después me sonrió y yo me calmé cuando me dijo que era el mejor que me tenía más fe y que por eso esa noche no iba a bailar conmigo para probarme. Y bailó toda la noche pero yo la esperé calladito hasta el final y me dio el alegrón de irnos juntos y me dijo que había pasado la primera prueba... Después salimos los tres con este chico Darío el que bailó con Lorena en el casamiento que te dije un chico buenísimo que trabaja en una ferretería me contó un montón de cosas interesantes no sabés y fuimos al cine pero yo me senté atrás de ellos porque Lorena me lo ordenó... Te digo que empecé a sentir un dolor en el pecho y un zumbido como de avispas en los oídos porque verla sentada con otro me hacía mal te digo la verdad ella le decía cositas al oído y yo no me animaba a acercarme para escuchar pero no pasó nada... Después del cine Lorena quiso que fuéramos a tomar un café, tenía mala cara y yo me asusté y se me fue el dolor entonces pensé que había hecho algo mal pero ahí nomás Darío se despidió y dijo que se le hacía tarde así que me quedé solo con Lorena que ya no quiso ir a ningún lado y me pidió que le busque un taxi que se volvía a la casa sola. Después la llamé para ver cómo había llegado y me dijo que bien que ahora tenía otra prueba para mí que me había portado bien y yo me alegré. Al otro día la fui a buscar a la salida del trabajo y cuando estábamos caminando me preguntó si estaba dispuesto a cualquier sacrificio por ella lo que fuese yo le contesté enseguida que eso no tenía ni que preguntarlo que haría lo que sea para que ella me eligiera para siempre entonces estás listo me dijo y yo me quedé tranquilo de verdad tranquilo porque sentí que me iba acercando cada vez más a ella, que la iba haciendo mía…

Una lágrima se deslizó por su moflete, tragó saliva y siguió. Había atraído la atención de Carmelo, que esta vez no quiso decir nada, para no interrumpir el hilo de esa confidencia que había comenzado a excitar en él un apetito morboso.

—Hay que ser muy fuerte para ver a la que va a ser la madre de tus hijos en los brazos de otro hombre Carmelo… yo fui fuerte para verlo un poco pero nada más porque me caí redondo cuando Lorena empezó a besarse en el cine con Ignacio un vecino de ella que nos acompañó al cine la segunda vez que fuimos los tres y me tuvieron que trasladar a la clínica porque la señora que estaba sentada al lado mío llamó al acomodador y le avisó que yo me había descompuesto… cuando me desperté en la clínica estaban Lorena junto con Ignacio que la había acompañado y a mí me empezó a doler el pecho cuando lo reconocí entonces vi que Lorena le pedía que se fuese y ahí me empecé a sentir bien aunque Lorena me hizo llorar de nuevo al rato cuando me dijo que todavía me faltaba mucho porque si no podía tolerar esa pavada menos iba a tolerar cosas más fuertes… yo le dije que por Dios y la Virgen no me dejara solo de nuevo que iba a hablar con el médico para que me recetara algún calmante bien fuerte para estar sedado y así poder completar mi aprendizaje… *vamos a ver* me dijo y me tuvo dos días sin contestarme las llamadas que te juro que no pegué un ojo hasta que aflojó y me dijo que si era capaz de soportar lo que venía no iba a pedirme nada más pero que tenía que ser fuerte muy fuerte no me quiso decir qué era pero yo igual saqué de allá arriba [señaló una cajonera alta] una caja de esas que dicen que te dejan planchado porque no me animé la verdad a ir a ver a mi médico porque cómo le explico que necesito calmantes más fuertes para ver a mi novia con... otros hombres...

Agregó esto último casi perdiendo la voz junto con el re-suello, dibujándose en su semblante un expresión de horror que duró una nonada de tiempo, y que Carmelo no llegó a ver porque miró hacia la puerta, distraído por la entrada de alguien a la farmacia. Se tuvo que terminar abruptamente el soliloquio de Bóxer, y todas las causas de lo que iba a suceder, desde la más lejana, comenzaron a alinearse para describir la perfecta singladura de esa nave fatal que es el destino.

Si la más vieja clienta de la farmacia, amiga personal de la señora Ayohuma, no se hubiera tomado todo el tiempo y más del que el trato deferente de Carmelo le ofrecía, cada vez que sus visitas al negocio se dilataban más allá de lo tolerable; si Carmelo, que como ya se dijo tenía pasión por la medicina, no hubiera dejado atrás el interés que le había suscitado la con-versación con Bóxer, para aprovechar la oportunidad de oficiar de médico amateur evacuando la consulta farmacéutica que le hacía la anciana, ofreciéndole a esta un probable diagnós-tico, las concomitantes sugerencias posológicas, e hipotética prognosis de su achaque; de no haberse entretenido con su vocación frustrada, quizás Carmelo habría podido advertirle a Bóxer sobre el peligro de interacciones medicamentosas observados en las pastillas, que había elegido para soportar lo insoportable, de ser administradas en combinación con los neurolépticos que tomaba habitualmente para mantenerse estable; pero no pudo hacerlo, con lo cual se activa la primera causa decisiva, la más distante.

Como se verá, este hecho nimio habrá de conducir casi sin solución de continuidad al momento en que Bóxer, que ya ha sido instruido por Lorena acerca de lo que se espera de él, se tome tres pastillas para que la dosis triplique su potencia, porque tiene que estar bien sedado para cuando Lorena se desnude, y se entregue a otro que no es él delante de sus propios ojos. Hay que decir que hasta esa hora habrá pasado bastante tiempo desde la salida de los tres con Darío, el primero a quien ella le hiciera la propuesta, lapso durante el cual Lorena intentará en vano interesar a varios en el juego erótico que la atrae sin conseguirlo, ya sea por el miedo, ya sea por la inhibición natural en estos casos de la mayoría de los hombres, a quienes no les gusta que los observe un tercero cuando están en plena faena sexual. Así habrá de ser, hasta que finalmente Lorena se dé cuenta de que lo que les está faltando a esos hombres a quienes ella les ha hecho la propuesta, es saber qué clase de pobre tipo es Ricardo, porque no lo conocen; esto es así hasta el día en que después de la enésima cópula con Gastón L., que le parece insaciable, y por ello mismo más determinado y desinhibido que cualquiera de los anteriormente emplazados, cuando éste se ponga a hablar de la clase de pelele que es Bóxer, Lorena verá con claridad que el lascivo abogado es el indicado para su juego. Como no puede ser de otra manera, Gastón L., embriagado por el menosprecio que siente hacia *el pelandrún de tu novio*, accederá gustoso entre carcajadas, ya excitado incluso ante algo que descubre que aún no se le había ocurrido probar con ninguna mujer, e incluso llegará a advertirle, chanceándose, a su amante *que más le vale al lechón limitarse a mirar porque que no cuente conmigo para que me lo haga, ja, ja, ja...*

Así es como llegamos al día y hora en que Bóxer estará escondido dentro de un placar entreabierto, a través de cuya hendija observará el lecho al que llegaran los amantes de un momento a otro, esperando que le hagan efecto las dos pastillas que habrá tomado para poder asistir a la escena, pastillas cuyo efecto él aún no será capaz de sentir porque seguirá bastante nervioso, las manos no cesarán de transpirarle, y el corazón no dejará de latirle a mil; sensaciones todas estas que él no sabrá que no son más que los prolegómenos de la liberación de los principios activos de los calmantes, que habrán de volverse, en virtud de las casi infinitas permutaciones de que es capaz la química, síntomas que en épocas más oscuras se supieron identificar como señales de la presencia de "El Maligno" en un individuo.

Todo esto que se ha contado necesitará de algunos meses para cumplirse; sólo se han querido señalar los hitos para contemplar los hechos en perspectiva y mostrarlos en su interacción gestando el presente. Antes del hecho capital que cambiará la vida de Soledad para llevarla de regreso a su pueblo, se hace necesario describir cómo se evaporó la ficción de su matrimonio, para lo cual necesitaremos de Gastón L. antes de que desaparezca de esta historia.

14

Desde hacía algún tiempo, Soledad había entendido que Carmelo sobraba en su vida. Sin embargo, el hecho de que fuese tan sumiso, de que demandase tan poco como hombre, hacía que Soledad no dejara de asimilarlo a uno de esos trastos hogareños obsoletos con los que uno tropieza, pero que no se decide por inercia a deshacerse de ellos porque son invendibles; esta era la imagen que Soledad tenía de su marido, común a la que muchas de sus congéneres poseen de sus esposos hasta la viudez, que cuando llega no es nada libertadora, porque lo único que hace es poner bajo tierra lo que ya llevaba bastante tiempo muerto sobre la superficie.

Soledad creía que la pusilanimidad de Carmelo, lo tornaba en una especie de figura de naipe, que tiene una sola cara y postura, una única valencia; el mismo azar que rige el destino de las cartas, azar que se vuelve cada vez más brutal en su réplica, conforme las apuestas van escalando mayores alturas de riesgo, se iba a ocupar de mostrarle la insospechada cara oculta cuya vista le vedaba el entorpecimiento —una suerte de atrofia producida por la cotidianeidad rutinaria, mecánica y monótona— de su poder de intuición. Era esta indiferencia, este estado de distracción de Soledad lo que hacía que Carmelo se atreviera a arriesgar más a cada hora que pasaba; un riesgo que, como el de los grandes tramposos, también estaba fundado sobre mentiras, mentiras que se iban gastando de a poco hasta que acabaran por revelar el secreto de un juego que ya no es más que pura trampa, que es el momento en que todo tiene que terminar.

Carmelo se volvió voraz cuando descubrió la verdad de su goce; se volvió voraz como no podía ser de otro modo cuando se goza por primera vez más allá de lo imaginable. A los encuentros breves y furtivos que con Adán le hurtaban al celo vigilante de la madre de este (celo que no era todo lo riguroso que podría haber sido de no estar ella inmovilizada), o a la presencia molesta de Ricardo Bóxer, sobre todo las noches que se quedaban solos de turno en la farmacia, se sumaron los que empezaron a tener lugar los fines de semana que pasaban la noche juntos, en alguno de los numerosos departamentos de los que era dueña la señora Ayohuma, adquiridos con el fruto de su renta comercial y el acicate de una inveterada avaricia. Un colchón en el suelo, era todo el campo que Carmelo necesitaba para desfogar sus instintos tanto tiempo enmudecidos, y donde Adán acallaba una angustia que no tardaría mucho en elevar un clamor que, en la situación límite, le sería imposible silenciar.

La pregunta de cómo es que Carmelo conseguía evadirse de la tiranía de Dulce cuando no estaba trabajando, ya tiene su respuesta en un hecho previo que con el tiempo se había vuelto uso antes de ser excusa: la visita de la *abuela Zule*, y el consiguiente *asilo* en el departamento de Ricardo Bóxer durante el fin de semana. El uso abusivo de la mentira, nació precisamente de su propia fuerza ambiciosamente expansiva. Entonces, lo que había sido costumbre durante las visitas de la vieja *facilitadora* (que desde hacía algún tiempo había empezado a viajar al menos una vez al mes para visitar a su *nietita del corazón*), tuvo que pasar a fundarse sobre una falsa contingencia —de modo espaciado al principio—, los fines de semana en que *la abuela Zule no va a venir*; así fue como el pretexto para evadirse, acabó por proveérselo a Carmelo el estado de depresión *quizás suicida*, como él lo llamaba, de Bóxer, sobre el que se esforzaba por demostrar una inquietud samaritana siempre alerta.

Lorena lo deja solo los fines de semana y tengo miedo de que haga una locura Sole, así se repite la mentira con que Carmelo expresa su gran preocupación por el amigo desvalido, preocupación que a Soledad no le interesa en lo más mínimo como tal ni tampoco, en realidad, demanda como excusa: si por unas horas se queda sola con la única criatura a quien ama, si el inútil con el que tiene que tropezar por fuerza durante el receso de fin de semana desaparece de su vista, Soledad siente que no puede más que adoptar una actitud de fácil y rápida aquiescencia, *porque mejor que se vaya que él se ocupe de Duli durante la semana cuando yo no puedo que para eso está el infeliz... los fines de semana no lo necesito quiero a Duli toda para mí.* Así fue como, en el colmo de los rendimientos de su simulacro, Carmelo llegó a pasar con Soledad y Dulce una de cada cuatro noches de sábado; el resto fue para él tiempo de gozar. Este estado de gracia duró para Carmelo casi tres meses, hasta que Dulce *se rompió la cabeza.*

***

El *día que Dulce se rompió la cabeza,* como lo llama y lo recordará Soledad, es el mismo en que comienza la ruina de Carmelo. Ya se puede suponer con bastante certeza cuál día de la semana pudo ser aquel en el cual Dulce habrá de romperse la cabeza, luego de que su atormentador escolar de cinco años de edad, y casi cuatro veces su talla, la arroje como un muñeco de trapo, desde las alturas del tobogán en el parque de la casa donde se festeja el cumpleaños de una de sus compañeras de jardín de infantes, fiesta a la que Carmelo no podrá ir a buscarla porque no regresará del trabajo hasta el día siguiente, después del mediodía; ya se puede suponer que ese día no puede ser otro que un sábado, en que Soledad cree que Carmelo se va quedar con Ricardo Bóxer, *ese cornudo imbécil* como ella lo llama; ya se puede suponer que Soledad habrá de requerir con premura la presencia de Carmelo, cuando deba acompañar a su hija con conmoción cerebral al hospital más cercano, intentando infructuosamente comunicarse con él llamando a la casa de Ricardo Bóxer, quien por no estar debidamente instruido (porque a él se le oculta también lo que sucede entre su amigo y su jefe) por su compañero de trabajo acerca de cómo debe reaccionar para cubrirlo, alterado, titubeante, no va a tener más remedio que decirle a Soledad que no sabe dónde está Carmelo, que no se imagina dónde puede estar, y que si lo llega ubicar va a avisarle de inmediato que vaya a la clínica; ya se puede suponer que Carmelo se va a enterar del accidente recién el domingo por la tarde, cuando regrese a su cubículo conyugal vacío, todavía bajo los efectos de la resaca de esa suerte de ebriedad que lo embarga cada vez que Adán lo aplasta de nuevo bajo su peso palpitante, en donde lo aguarda una nota lacónica de Soledad indicándole que Dulce está internada; todo esto es parte de lo supuesto, de lo encerrado en la clausura mínima pero grávida de efectos de lo indefectible.

Lo que no se puede suponer, es lo que sucederá cuando Carmelo llegue a la clínica temblando de miedo y culpa, pero aún dispuesto a mentir, porque lo que realmente está más allá de lo posible no es lo que ha hecho sino que se atreva a confesárselo a Soledad; lo que no se puede suponer tampoco es que Soledad parecerá aceptar sus excusas sin mayores reproches, porque aunque no sea capaz de inferir de ningún modo qué es lo que Carmelo realmente ha estado haciendo, habrá comenzado desde algunas horas antes a odiarlo, abrigando por él un afán de destrucción que le devorará las entrañas desde que entienda que el vermicular pusilánime fue capaz de mentirle; lo que menos aún se puede suponer es que ese odio que Soledad sentirá le va a poner un paño frío en la frente a su ira, y un bozal a su boca, para que la Venganza no aleje a su compañera la Espera, que es la única que sabe disfrazarla de idiota en la hora caliente, y embozarla cuidadosamente para el día de cobro; todo esto que enerva el músculo electrizado de la cólera no puede suponerse, pero habrá de ser cuando Carmelo responda al preguntársele dónde ha estado:

—Estuve todo el tiempo en la casa de Ricardo... en la casa de Ricardo...

15

Dulce recuperó la conciencia recién el domingo a la noche. Fueron largas horas de silencio tenso, preñado de culpa para Carmelo, que sentía sobre sí todo el peso de la acusación no sólo de su hija y de su esposa, sino del mismísimo Creador. El súbito sentimiento de catástrofe, hizo que en su conciencia afloraran rápida y virulentamente todas las viejas mandas morales, y la dimensión desoladora de su pecado lo anegó de pavor; no le cupo duda alguna de que lo sucedido era una señal del mismísimo Cielo, que estaba clamando por contrición y penitencia. Como lo había hecho otras tantas veces por miedo o por culpa, también hizo una promesa a su santo patrono, ofreciendo por su intercesión para que su hija sanara, el sacrificio de poner punto final a la relación con Adán, sin importar cuánto le costase; en la confusión que lo atravesaba, mezclaba la penitencia con uno de sus habituales sobornos a los poderes celestiales, con que todos los días creía poder suavizar los sufrimientos que la iniquidad del mundo le había preparado. Cuando Dulce al fin despertó, Carmelo creyó, como uno de sus paradigmáticos personajes bíblicos, que su alianza con Dios se había restablecido, y juró cumplir con lo prometido; lástima que Dios y todos los santos no tenían nada que ver con su escarmiento, que ya lo había decidido Soledad. Además, la penitente incontinencia que adopta la forma del recurrente *por última vez*, esa católica y deliciosa debilidad, también habría de obrar su parte indispensable, como ha de verse.

Cuando Carmelo habló por teléfono el lunes a la farmacia, para contarle lo sucedido y explicarle por qué no iría a trabajar, Adán no pudo sospechar que el tono reservado y corto con que le hablaba tuviese que ver con culpa alguna; lo identificó como parte del decoro que demandaba la situación, así como de la compañía (Soledad) en la que se hallaría su amante, compañía que inexorablemente debería disuadirlo de mayores expansiones. Tampoco Soledad, cuyo rictus pétreo ocultaba una devoradora ansiedad teñida de todos los colores bermejos de la ira, ansiedad de descubrir dónde y con quién había estado Carmelo, sentada muy cerca en una de las mesas del buffet de la clínica desde donde su marido llamaba a su amante, advirtió nada anómalo en el tono monocorde con el que él se expresaba; la misma ira le embotaba los sentidos —incluido el de la intuición—, haciendo que se escapara a su percepción un delator matiz sollozante en la voz de su marido, así como una congestión de sus lacrimales que pugnaban por liberar la carga de las emociones contenidas.

Soledad no dijo nada, porque ya se preparaba para decirlo todo a quien había decidido que blandiría la espada de su venganza, Gastón L.; hacía algunas horas que lo había elegido para la tarea, cuando lo llamó temprano a la oficina para avisar que ella tampoco iría ese día a trabajar.

Soledad volvió al trabajo el viernes a la mañana, dejando a Dulce (que había sido dada de alta el día anterior), al cuidado de Daniela. El abogado le hubiera dado permiso para permanecer más días junto a su hija, pero pudo más que la lealtad laboral la ansiedad de contarle cómo había sido todo lo ocurrido, cómo Carmelo le había mentido, cómo esperaba que él la vengase.

Cuando Gastón L. hubo escuchado toda la historia, y a modo de colofón la afirmación de Soledad de que la mentira de Carmelo no podía ser de otra índole que adulterina, su única respuesta fue una grosera carcajada de desdén. A Gastón L. le pareció imposible que Carmelo fuese capaz de una *escapada*, prerrogativa reservada solo a los *machos* como él; en parte era así porque no daba crédito a la sospecha de Soledad, y en parte también porque podía sentirse herido en su amor propio, si llegara a confirmarse que el despreciado hombrecito hubiese sido capaz de algo semejante.

—¿Pero vos querés que yo me crea que ese gordito infeliz va a tener una historia con alguna mina? ¿Vos te das cuenta de lo que me estás diciendo…? Lo más probable es que le haya pasado algo tan vergonzoso que no le da la cara para contarlo…

—Pero Gastón por favor oíme… m'entendés que me mintió que nunca fue a la casa de Ricardo Bóxer...

Una contracción ligera y lasciva, propia de deleites en perspectiva, le atravesó el rostro al abogado como una nube que cruza rápida por el cielo, cuando Soledad mencionó al engañado; acababa de pensar en Lorena.

—Ya te dije le habrá pasado algo, todo se va a aclarar... ¡Apretálo y vas a ver que larga todo! ¿Qué puedo hacer yo, eh...? ¡Dejáme de joder!

Entonces Soledad, vencida, le pidió permiso para regresar a su puesto en la sala de espera, apenas un instante antes de romper en un sollozo, cuando cerraba tras de sí la puerta del despacho, lo cual dejó a Gastón L. atónito. Nunca la había visto llorar así, porque nunca la había visto llorar de furia. Unas dos horas más tarde, cuando se fue el último cliente, la llamó a su despacho.

—Para confirmar que tengo razón, que la tengo aunque no quieras aceptarlo, lo voy a hacer seguir para ver en qué anda, quedáte tranquila. Hacéme el favor, llamámelo a Marculi y decile que se venga...

Soledad, que había pasado toda la mañana sumida en el desamparo, pensando que con su pedido infructuoso de ayuda a Gastón L. había agotado todas las posibilidades de satisfacer sus ansias de revancha, se sintió presa de un alivio que se acercaba al júbilo, una alegría feroz que le devolvía la potencia de la ira. Soledad sabía quién era Marculi.

Marculi alguna vez había sido cliente del abogado, pero antes Gastón L. lo había sido de él. Hombre violento, de pocas luces y aún menos ingresos, era el típico pobretón que queda conchabado por una deuda a la que sólo puede honrar con una infinita lealtad, sometiéndose entusiastamente a la férula de su señor; y no era para menos, dada —en su convicción— la magnitud de la deuda.

Alguna vez Marculi supo que su mujer lo engañaba, y decidió hacer algo al respecto un día como cualquier otro en que salió a hacer trabajos de plomería bien temprano, porque ese era su oficio, plomero, hasta ese día que ya no fue como cualquier otro porque el hombre tenía un propósito *particular*; un propósito que la mujer de Marculi no habría podido nunca saber, porque de ser así se hubiese dado cuenta de que su marido en realidad no había salido a trabajar, como todos los días, puesto que no había dejado la casa, escondido como se quedó en el garaje; tampoco sabía nada el ahijado de Marculi, que ese día, como lo había venido haciendo desde algunos meses antes, se metió en la casa (porque tenía la llave y la confianza de su padrino), y en la cama de su madrina, la esposa de Marculi (porque tenía el permiso furtivo de esta, y el propio deseo desbocado de los diecinueve años). El resto de la historia, que se va borroneando de a poco en la memoria entorpecida de Marculi, hay que ir a buscarlo en una carpeta perdida en uno de los ficheros del estudio de Gastón L., que de haber sido cliente del plomero pasó a ser su defensor legamente garantizado. La parte esencial del escrito que se usó en la audiencia de la causa caratulada "Marculi, A. sobre Homicidio doble agravado por el vínculo", en la que el abogado puso toda la pericia que le permitía su bisoñez (no hacía mucho que se había recibido), dice así:

"...que como surge de la pericia psicológica el señor Arnaldo Marculi, se hallaba en un estado de enajenación temporario al momento de cometer el hecho, lo cual se ve corroborado por el arma con la cual lo perpetra y el modo furioso e irrazonable con que actúa mi defendido, quien se vale de un objeto cuya potencialidad de daño sólo puede surgir actuando como sustituto de armas verdaderas, y que hace claramente revelador el estado de furor en que se hallaba mi defendido, el cual toma de entre sus objetos de labor el más grande de los destornilladores, el que más se asemeja a un puñal pero sólo en circunstancias tales en que se carece de uno, con el cual ya fuera de sí descarga sobre los cuerpos desnudos de las víctimas sesenta y dos golpes perforantes de los cuales hacen blanco, en órganos vitales*

y miembros de las víctimas, dieciséis, impactando el resto en el col-
chón y almohadas, falta de precisión que corrobora lo que la pericia
psicológica sostuvo..."

Estos sólidos argumentos en favor de la exculpación por
emoción violenta, casi convencen del todo al juez, si no hubiera sido porque un testigo sembró una pequeña duda, que
la inexperiencia del abogado no pudo acallar ni revertir, al
afirmar que Marculi había sospechado todo de antemano
(como se lo revelara *in vino veritas* días antes durante la beodez
compartida en el bar que frecuentaban ambos convecinos), y
no que hubiese descubierto que su mujer tenía un amante ese
mismo día en que los mató, como él habría de sostenerlo con
vehemencia, tal como fuera instruido por su letrado, *porque*
yo que siempre llevo todo ese día me olvidé el destornillador porque
había estado arreglando un caño en el baño de mi casa señor juez
y tuve que volver y ahí es que entro y escucho un ruido raro en
la pieza y voy y ya no me acuerdo más nada hasta que me viene a
buscar mi compadre y me encuentra tirado en el piso.... Esa duda
del juez, que Gastón L. no pudo erradicar del todo, le costó a
Marculi cuatro años de cárcel, que fueron de todos modos un
buen negocio, de lo cual no tuvo que convencerlo el abogado
porque lo entendió así desde el principio, al saber que podía
haberle caído perpetua.

Finalmente, Marculi salió en tres años por *buena conducta;*
de bruto había devenido en brutal, de vivo en *avivado,* de
laburante en *vividor,* y con una lealtad hacia su abogado sin
límites ni medida. Ahora era *escruchante, barretero, cafishiaba*
ocasionalmente, y hacía *favores* por plata (campo semán-
tico, el de los *favores,* que engloba todo lo que Marculi era
capaz de hacer, y que podía hacer empalidecer de candidez

a sus otras actividades delictivas); todo lo había aprendido *adentro*, donde nunca le tocaron un pelo porque siempre un asesino es de cuidado (y de respeto, él que *reventó a la atorranta de la jermu y al borrego que lo engrupía*); hasta llegó a tener un raterito protegido que casi sin querer Marculi se terminó *guardando* para él, porque la propia abstinencia sexual lo llevó a cobrarse la protección que dispensaba, descubriendo sin proponérselo *que hay formas de arreglarse si no tenés una naifa a mano.*

***

Marculi llegó a primera hora al estudio de Gastón L., el día después del llamado de Soledad. Le atravesaba la barbilla una cicatriz morada que Soledad no le recordaba. En la sala de espera, encogido en la silla, parecía de mucho menor tamaño del que en verdad tenía, cohibido como se lo veía, asemejándose a un animalito encandilado por cazadores nocturnos.

Gastón L. llegó casi una hora y media después, tiempo que Marculi lo pasó con la mirada fija en un punto de la pared blanca que había frente a su asiento, y durante el cual no dijo una sola palabra desde que saludó al entrar, hecho que la puso a Soledad bastante tensa. Otras veces había ido al estudio, pero Soledad no le había prestado mayor atención, pareciéndole siempre, antes que nada, un pobre tipo; ahora, saber que tendría algo que ver con ella, él que como ella había sido alguna vez engañado, hacía que su presencia la inquietara.

Aunque intentó no mirarlo, Soledad no pudo evitar durante la espera que la vista se le escapase de reojo, notando que el traje gris oscuro de sarga gastada que llevaba puesto Marculi, era al menos dos números más chico, y que su basta polera gruesa de lana que alguna vez debió ser blanca ahora era gris por la mugre. A Soledad le daba la impresión de que el traje prestado que Marculi se había puesto le era impropio, que no se condecía con la polera, pero que se había forzado ese día a llevarlo —quizás también a conseguirlo—, porque era su único modo de expresarle el gran respeto que le tenía a su abogado.

—Marculi qué hacés... vení pasá que tengo que hablar con vos...

—Buen día d-d-doctor...

Murmuró tartamudeando su saludo, sin levantar la vista del suelo.

El abogado entró a su despacho sin siquiera detenerse a estrecharle la mano. Marculi lo siguió con la cabeza gacha, sin dejar de mirar al suelo, como si temiera tropezarse y hacer un papelón; hasta tal punto lo cohibía la presencia de su salvador de antaño y de siempre, como él lo veía.

—Buenos día' señorita...

Le dijo Marculi con un tono ronco, corto y trabado, que era la versión hablada de su inveterada escritura de niño que lucha a duras penas con sus primeras letras, cuando se fue un cuarto de hora más tarde. Soledad notó que llevaba en la cara una expresión satisfecha.

A poco de haberse ido Marculi, el abogado se asomó desde su despacho, como lo hacía siempre que no quedaba nadie más que Soledad en la sala de espera, y le confirmó lo que ésta esperaba:

—Marculi se va a ocupar...

Si bien a Soledad la alegró que el abogado hubiera tomado el asunto en sus manos, al mismo tiempo la asustaba un poco que hubiera delegado en Marculi la tarea. Marculi era todo lo que podía ser Marculi, algo brutal y temible, por eso cuando escuchó que Gastón L. le explicaba lo que tenía que hacer —*quiero que me lo sigas a este gil*— Soledad se imaginó lo peor aunque después, cuando semanas más tarde llegara a saber lo que aquel había descubierto, se convencería de que nada de lo que pudiera pasarle a Carmelo sería suficiente para vengarse por lo que les había hecho a ella y a Dulce.

16

Aunque le había prometido a su santo protector que si Dulce sanaba él terminaría su relación con Adán, Carmelo no pudo ir más lejos que suspender los fines de semana que pasaban juntos. Se le hacía imposible encontrar *argumentos de corte*, como acostumbraba decirse, y esa demora era un permanecer culpable en la celda del deseo que era en verdad cada vez mayor. Adán, por su parte, había entendido la culpa que debía atravesar a su amante y, con verdadera y paciente comprensión, acabó por conformarse de momento con esos disimulados y espaciados encuentros sexuales en la farmacia, cuando volvía de dejar en la casa a su madre, y Ricardo Bóxer ya se había retirado (que seguía sin imaginar lo que pasaba entre ellos, y que jamás le dijo nada a Carmelo del día en que Soledad lo llamó buscándolo, convencido de que la lealtad lo obligaba al silencio). Desesperado de abstinencia, Adán lo arrastraba en un torbellino de caricias a Carmelo al baño cuando se quedaban al fin solos, y ahí mismo lo poseía casi sin desnudarse. A veces, Adán lloraba de goce cuando alcanzaba la culminación, en esa mezcla de sensaciones en que el alivio a un dolor persistente se vuelve una de las tantas formas del placer.

Pasaron tres semanas desde que Marculi había comenzado a seguirlo a Carmelo. Marculi estaba cada vez más preocupado porque no tenía nada que ofrecerle a su amo. Todos los días lo seguía a Carmelo de lejos hasta la farmacia, y desde la farmacia a la casa. Observó que casi no salía del negocio, y que cuando iba a hacer una entrega a domicilio, nunca entraba en las casas a las que llegaba. Hubo un sábado que lo siguió a Carmelo hasta la casa de Ricardo Bóxer (había venido a ver a la accidentada *la abuela Zule* por el fin de semana), y se pasó la noche haciendo la guardia desde su auto destartalado para ver si salía en algún momento, o si llegaba, alguna mujer *de la calle o de las otras*, como Marculi las discriminaba sin poner mucho rigor en el distingo. No sacó nada en limpio, aunque los estuvo mirando con un largavistas a través de la ventana que daba a la calle; lo único que vio fue que los dos gordos no hacían otra cosa que comer y mirar televisión, hasta que se iban a dormir.

—Se te debe estar escapando algo… vos seguí y hacé lo que tengas que hacer… ¿Me oíste…?

Lo increpa Gastón L., cuando Marculi lo llama por teléfono para decirle que no encontró nada raro en la rutina habitual de Carmelo. Entiende de inmediato todo lo que encierra la nueva orden de su patrón, porque ya lo tuvo que hacer otras veces *cuando la cosa se pone difícil*, como él llama a la necesidad de saltar la valla de la legalidad con alguna forma de violencia.

Entonces Marculi, incitado por la carta blanca que entendió le había dado el abogado, empezó a mirar adonde antes no había mirado, que no es más que observar con mayor detalle lo que Carmelo hace todos los días, y ahí fue que terminó por encontrar algo que lo puso en el camino del hallazgo.

Marculi observa que de los seis días que Carmelo trabaja en la farmacia, en dos al menos se va de tres cuartos a una hora más tarde que Bóxer. Así es cómo Marculi llega a estar casi seguro de que debe haber una mujer "invisible", que según él tiene que ser otra empleada, la hija, o la mujer del dueño (cuestión álgida esta última en lo personal, porque *si es así te juro que lo atropello con el auto al gordito me importa un carajo*, se dice Marculi a sí mismo en el espejo retrovisor). Decide entonces entrar a comprar *genioles, uvasales o forros*, en tres ocasiones en distintos horarios, y sin embargo jamás encuentra a la amante secreta. Pero va a haber algo que comienza como un roce ligero en su conciencia, un estímulo intraducible que le viene del enriquecimiento con que la memoria es capaz de exornar lo sensorial, remitiéndolo a recuerdos traslapados entre los pliegues del presente, recuerdos capaces de prender la mecha de la deducción.

Hubo un gesto, un intercambio de miradas extremadamente rápido entre Carmelo y Adán, cuando el primero le dictaba al segundo para que hiciera la suma de la compra de un anciano que precedía a Marculi, que a los ojos de este los delató; eran miradas que pertenecían a la misma especie que alguien le había dedicado, cuando entre rejas había llegado a tener lo que a la gran mayoría de los hombres en ese estado se les quita: una mujercita. Marculi se acordó de su ladroncito aterrado de antes, y empezó a sentir que se le endurecía el miembro viril; desde la cárcel no había vuelto a tener sexo salvo con prostitutas, con las que cerraba los ojos para imaginarse que estaba con *Fabiancito*, su antiguo protegido *de adentro*, al que de veras lloró cuando se enteró de que lo habían matado en un motín *por buchón*.

Marculi eligió para *colarse* en la farmacia un miércoles a la tarde, el momento preciso en que Carmelo, que se había quedado solo, desapareció de la vista porque había ido al baño, y Adán se había tenido que ir a llevar a la madre a su casa. Marculi había estado esperando más de una semana el momento justo. Una vez adentro, se escondió detrás de unas cajas de medicamentos, en un cuarto pequeño que hacía de depósito junto a la escalera que llevaba al piso superior, y se puso a escuchar.

Adán llegó unos minutos después. Marculi oyó que no hubo intercambio de palabras entre Carmelo y Adán; oyó en seguida pasos que se alejaban. Cuando se empezó a oír un rumor sordo de respiración fatigada y palabras susurradas, a Marculi le pareció que se le inundaba la nariz de un olor punzante a mierda; entonces salió de atrás de su parapeto para confirmar lo que ya había adivinado en la memoria de su propio cuerpo; sólo quería *saber quién hacía de hombre.*

Al ver que era Adán el que perforaba la rosácea carne porcina de Carmelo, su propio deseo hacia éste se erizó como el lomo de un gato enardecido. Retrocedió sigilosamente hasta la puerta y salió de la farmacia, sin que los dos amantes se hubieran imaginado ni por un instante que los habían estado observando casi hasta que terminaron su faena amatoria; mucho menos podían imaginar, en esa hora gozosa, que la más violenta de las tormentas estaba por abatirse sobre ellos.

El jueves, al día siguiente, Marculi venía dispuesto y preparado para recoger la prueba de lo que había visto, tal y como lo había hecho otras veces que el abogado se lo había encargado cuando necesitaba indicios para algún divorcio *peliagudo.*

Pero esta vez Marculi, además de la cámara fotográfica, y de la ganzúa de rigor, traía consigo un revólver, porque la cosa había tomado otro cariz para él.

Como buen ladrón que se había hecho, a Marculi no se le hizo nada difícil repetir la rutina para *colarse* en la farmacia. Volvió a esperar el momento justo, y se deslizó despacio, tan sigiloso que era casi como si flotara sobre el suelo, hacia el baño donde los amantes desfogaban sus instintos a ojos cerrados.

Carmelo y Adán estaban de rodillas sobre el suelo, el primero con la cabeza casi hundida en la taza del inodoro en el que apoyaba ambas manos, como si fuese a vomitar, mientras el segundo lo golpeaba con embates profundos y lentos. Marculi se detuvo unos instantes a observarlos; tenía una erección descomunal. Entonces disparó una primera y en seguida una segunda vez, que fue cuando Adán abrió los ojos porque el baño en penumbra se había inundado de luz. Carmelo no se había dado cuenta de nada.

Marculi tenía las dos fotos que necesitaba. Guardó la cámara en el bolsillo de la campera, y le puso la pistola que sostenía en la otra mano en el cuello a Adán, quien enmudecido por el terror se dejó arrastrar de los pelos cuando Marculi lo separó del cuerpo al que estaba unido. El cachazo Marculi se lo propinó en la frente, desplomándolo a Adán en la inconciencia casi al mismo tiempo que él lo penetraba a Carmelo, quien embriagado de placer aún no se había percatado de nada de lo que pasaba a sus espaldas.

Marculi terminó en menos de dos minutos. Carmelo sintió una ola hirviente que le quemaba las entrañas; después cayó en la inconciencia antes de toda posibilidad de llegar a descubrir lo que le había sucedido, porque Marculi para terminar le descargó a él también un cachazo de revólver en la nuca que lo dejó desmayado, con la cara parcialmente hundida en las aguas del inodoro. Marculi se puso de pie y, antes de subirse el cierre, le descargó a Carmelo una orinada copiosa en la cabeza porque no quiso tomarse el trabajo de apartarlo del inodoro.

Adán fue el primero que recuperó la conciencia, apenas unos minutos después de que Marculi se fue. Se puso de pie un tanto mareado y encendió la luz. Al verlo colgando a Carmelo parcialmente del inodoro, pensó que estaba muerto. Lo abrazó, y tras acercar la cara al rostro maloliente del desmayado, comprobó que aún respiraba. Entonces Adán lo depositó lentamente en el piso, y se volvió a parar. Llenó un vaso de agua en el lavabo y se lo echó a Carmelo en la cara, quien en seguida respondió con una sacudida convulsiva, y de a poco fue abriendo los ojos.

—¡Carmelo qué suerte que estás bien... que no te pasó nada...! ¡Entraron a robar...!

Esta última afirmación de Adán acabó por volverlo a Carmelo del todo en sí, recobrando la conciencia de tiempo y lugar. Se quedaron en silencio unos instantes hasta que Adán dijo:

—Esto tiene que quedar entre nosotros... no podemos hacer la denuncia... ¿M'entendés?

Carmelo estaba esperando que Adán lo dijera, pero pensó de inmediato que había que reponer todo lo que el ladrón se hubiese llevado para que la dueña no se enterase, o al menos empezar por identificar lo que faltara. Se lo dijo a Adán y este le dio la razón.

Después de un buen rato de búsqueda, y de reconocimiento de las mercaderías junto con los objetos de valor, de los cuales no faltaba ninguno, así como de un rápido arqueo de la caja, que había permanecido cerrada y con los mismos contenidos que Adán la dejara luego de la última venta del día, se quedaron perplejos. Carmelo había quedado como paralizado en su anonadamiento. Entonces Adán decidió volver al baño, como si intuyera que allí estaba la respuesta al enigma que planteaban los verdaderos motivos del intruso. Caminó despacio hacia allí, como lo hace un condenado cuando marcha al cadalso.

Ver en las losas negras del suelo de damero del baño, las manchas amarillentas de una sustancia germinal, densa y viscosa, se fundió de modo instantáneo con el recuerdo del flash de la cámara que le hizo abrir los ojos, el cual había permanecido olvidado en razón de la desorientación de la hora; Adán entonces recordó todo, y un escalofrío le recorrió el cuerpo. Luego limpió velozmente el suelo con papel higiénico, antes de que llegase Carmelo al baño, y lo hizo desaparecer haciendo correr el agua, junto con el otro testimonio de que Marculi había pasado por el lugar, lo restos de la turbia meada que aún sobrenadaban en el inodoro. Después volvió con Carmelo.

—Carmelo, debe haber sido un loco el que se metió. No te asustes, por suerte no nos pasó nada malo… va a haber que cerrar bien, poner una alarma, algo que nos proteja… menos mal que mamá no estaba… ¡Quién sabe qué hubiera pasado!

Adán trataba de convencerse de lo que decía, y por eso tampoco le dijo nada de las fotos, que ya sembraban en él la duda de que el ataque no había sido el de un simple enajenado o pervertido; eso que no lograba colegir, no tardaría en saberlo precipitando su propio fin.

Esa vez, la que interrumpió violentamente Marculi, fue la última que Carmelo y Adán hicieron el amor. Los dos días que siguieron, fueron de silencio, disimulo, y forzado intento de sobreponerse a la confusión de lo que les había sucedido. El sábado a la tarde, Carmelo se despidió de Adán hasta el lunes, y se retiró con Bóxer como desde hacía tiempo que no lo hacía. Carmelo tuvo ganas de volver y abrazar a Adán, pero no se atrevió. Fue la última vez que lo vio. Quizás Adán, que había vuelto solo a cerrar la farmacia después de dejar a su madre, pudo haberlo estado esperando; quizás creyó que era Carmelo que regresaba, cuando escuchó desde el depósito que la puerta de entrada había sonado destrabándose, y corrió a recibirlo para encontrarse con Marculi, que esta vez no era un visitante furtivo y ante el cual Adán no se asustó al principio, porque era imposible que recordara su rostro.

—¿Qué anda buscando señor? Ya estamos cerrando...

Le dijo con acento un tanto nervioso, aún sin sospechar quién era.

Marculi le sonrió, y la cicatriz le partió la mejilla deformándosela de un modo horroroso. Tenía puesto el saco del traje gastado con el que había ido al estudio del abogado. Hurgó en uno de los bolsillos internos, y sacó un sobre de papel amarillento que le alcanzó a Adán. Como éste, tumefacto, no estiró la mano, Marculi extrajo el contenido del sobre y lo puso sobre el mostrador. Eran dos fotos. Le guiñó un ojo, y le dijo suavemente:

—Vine a cobrar pibe... vine a cobrar...

Menos de media hora más tarde, Marculi entraba en un bar, llevando en sus bolsillos todas las ganancias del día de la farmacia de la señora Ayohuma. Y otra media hora después, Adán ya estaba muerto, pero no porque Marculi lo hubiese herido de muerte, ya que esto no estaba en sus planes porque quería seguir *cobrando* puntual, todas las semanas, como lo había hecho esa noche. Al verlo tan *mansito* no se imaginó que iba a animarse a tanto, como después le contó a su amo el abogado: *una lástima ahora que había agarrado un yeite fijo.* Pero esas últimas cadenas que le impuso el destino a Adán habían sido demasiado para él, porque no fue el miedo a la vergüenza que le daba nombre a la extorsión la que lo decidió a la salida abrupta de la existencia, sino la desesperante certeza de que sólo de ese modo podría ser definitivamente libre. Cuarenta y dos pastillas de Valium, engullidas de a montones en el baño, fueron el preámbulo del último sueño para el que eligió de lecho el mismo suelo donde había desfogado un instinto en el que intentara, desde hacía meses, diluir todo su ideal. En el último momento, deseó dejarle a Carmelo una carta explicando su decisión, pero tuvo que desistir porque fue mayor el temor de que llegara a manos inadecuadas, las de su madre. Lo que sí dejó fue una línea que tardó en descubrirse, escrita en el cuaderno en el que se anotaban las ventas de cada día, verso quizás de un poema inconcluso como el de su propia vida: *Por un tiempo soñé que vivía.*

El cuerpo de Adán lo encontró Bóxer el lunes a la mañana, cuando llegó primero y pudo entrar a la farmacia como siempre, porque la puerta había quedado destrabada desde el sábado a la noche, desde que se fue Marculi. Bóxer, apenas sobreponiéndose al ataque de nervios que consiguió aplacar con un calmante, llamó a la policía.

Carmelo llegó en el momento en que estaban retirando el cuerpo. Cuando por fin pudo entenderle a Bóxer lo que este le estaba explicando, tuvo un ataque de llanto histérico que sólo consiguió aplacar, dejándolo en un estado de extrema lasitud y desorientación, una dosis doble del calmante que su compañero de trabajo ya había tomado para poder lidiar con la situación. Esto sucedía casi a la misma hora en que Gastón L., que hacía un esfuerzo sobrehumano para conservar una empática gravedad ante lo que en verdad le parecía hilarante, le estaba revelando a Soledad el secreto inconcebible de Carmelo.

17

—¡Puto y mil veces puto...! ¡A mí nunca me engañaste, supe de entrada que eras un gordito maricón de mierda! ¡Pero esto no va a quedar así, vos te vas a rajar, se te terminó, te vas a ir sin chistar porque si no te hago mierda! ¿Me oís...?

Le gritó Gastón L., de pie, desde atrás del escritorio a Carmelo, que acababa de reconocerse en las dos fotos que tenía todavía en sus manos. Se le relajó el esfínter, y una mancha amarronada le ensució la entrepierna del pantalón color tiza. Ese día, Soledad tenía permiso para no ir a trabajar, porque su patrón lo había dispuesto así para que no se cruzara con el marido a quien dos días antes había abandonado, llevándose a Dulce con ella.

Cuando le llegó este golpe demoledor, Carmelo aún no acababa de asumir lo que le había pasado a Adán; todavía se sentía por momentos culpable por haberlo dejado solo el último sábado a la noche. En su casi total aturdimiento, anegado por una sensación de desmayo que lo hizo derrumbarse en la silla frente al escritorio del abogado, fue sin embargo capaz de entenderlo todo: el que sacó las fotos era el mismo que volvió el sábado, el que se llevó toda la plata de la caja (hecho que desorientaba a la autoridad, que por ello no se decidió por unos días a caratular la muerte como suicidio).

Soledad no había vuelto a hablar con Carmelo desde la noche del lunes, que fue la última vez que lo vería fuera de tribunales. La fría indiferencia que Soledad demostró ante la noticia de la muerte de Adán, Carmelo creyó ese día que era debida a su propio estado de ánimo que, embargado por una angustia cuya causa era inconfesable, le hacía sentir que toda empatía que pudiesen bridarle sería poca para acallar su desconsuelo. *Soledad nunca lo conoció a Adán... mucho menos se puede imaginar lo que significa para mí*, pensó Carmelo tragándose en silencio su tristeza amordazada. Pero lo cierto es que Soledad ya lo sabía todo.

Lo primero que sintió Soledad, cuando el abogado le mostró las fotos la mañana del lunes, fue una sensación de asco nauseoso que se transformó rápidamente en ira. No era ésta la cólera del despecho, la de la mujer derrotada por el engañador que la ha embaucado; para este sentimiento, Soledad habría tenido que amarlo a Carmelo, algo que jamás ni siquiera intentase. En realidad, la que la arrebataba era la rabia del inferior, la que nace del resentimiento acumulado de los que nunca fueron nada, o de los que siempre fueron los últimos, y que luego de haber sido de algún modo amos, superiores de alguien, hecho en el cual cifran toda la reparación que la vida al fin se ha decidido a concederles, se ven despojados de la misma de modo súbito e irreversible.

Soledad levantó la vista de las fotos al cabo de unos minutos de silencio; las lágrimas que el abogado esperaba ver no aparecieron nunca; su sonrisa desapareció ante la expresión pavorosa que Soledad le dejó ver; era verdaderamente un rostro que nunca le había visto; Soledad llevaba la máscara del odio.

—Gastón no quiero volver a verlo. Mañana me llevo a la nena y me voy con Daniela hasta que se vaya. Hacélo que se vaya... Por favor te ruego que te ocupes del divorcio, desde hoy sos mi abogado, te voy a pagar... como sea...

Por primera vez, a Gastón L. su antigua manceba lo había dejado sin palabras; por primera vez sintió que lo estaba emplazando. Quizás fue tan fuerte la impresión de verla desprenderse momentáneamente de la figura de sumisión a la que lo tenía acostumbrado, que no pudo más que asentir silente con una ligera inclinación de cabeza que Soledad, imperativa, pareció estar esperando.

Después Soledad se encaminó hacia la sala de espera, pero se detuvo antes de trasponer la puerta, y se volvió para decirle, con el mismo tono seguro de sí con que antes le había hablado, y la expresión apática de alguien que no volverá a sonreír:

—Gastón hacélo mierda...

Y salió del despacho cerrando despacio la puerta detrás de ella. Sentía ganas de matar como nunca antes.

Al día siguiente, cuando Carmelo volvió del trabajo mucho antes de lo habitual, porque la farmacia debió cerrarse por tiempo indeterminado, aunque había regresado al departamento vacío de todo rastro de la que todavía era su esposa, y de la que nunca sería su hija, al principio no se dio cuenta de nada. Estaba tan desorientado, su razón tan amortiguada por lo que estaba sucediendo, todo teñido para él de irrealidad por el efecto de los calmantes que Bóxer le había dado, que no advirtió que faltaba el reguero de juguetes y porquerías plásticas con que Dulce abarrotaba el departamento; tampoco se percató de que el ropero, que tenía la puerta del lado de Soledad entreabierta, estaba vacío, y de que faltaba la valija que ésta siempre había guardado debajo de la cama. Se dejó caer en el sofá.

Prendió el televisor, y comenzó a sonreír bobamente ante las explicaciones de un experto en tornillos, que hablaba de todas las especies que existen. Así, oyendo sin realmente escuchar pasó cerca de una hora, hasta que sonó el teléfono que lo arrancó sobresaltado de su estado casi vegetal.

La voz de Gastón L. le perforó el oído y la conciencia, como uno de los tornillos que estaba viendo en la pantalla del televisor. Fue como el fin de una borrachera. Entendió que el abogado lo esperaba en el estudio a la mañana siguiente para hablar. Sintió que el bajo vientre se le colapsaba en un endurecimiento pre-diarreico.

—Escudero le informo que como abogado de su esposa ella me ha pedido que le avise que no va a regresar al hogar hasta que usted haya retirado sus cosas junto con su persona. Mañana vamos a ponernos de acuerdo sobre los trámites del divorcio que ella ha decidido iniciar. Es todo lo que por ahora le puedo informar así que lo espero sin falta mañana a las diez de la mañana en mi estudio. Buenas tardes...

Carmelo se quedó con el teléfono en la mano, y estuvo mirando la pantalla del televisor mucho tiempo, hasta que quizás por disipación de los efectos del calmante se abrió paso un sollozo que le venía de lo profundo, y que lo fulminó hasta consumirle la última fuerza, que se empeñó en utilizar para orar histéricamente en procura de un favor divino que supo, en esa hora, irremediablemente perdido.

La sexta hora del miércoles, lo encontró a Carmelo en el suelo chapoteado en su propia orina, confundido en el mareado despertar de un sueño cataléptico. Un rayo de sol le trajo el recuerdo de la llamada, y una araña de llanto le rasguñó la garganta. Intuía la tragedia cerniéndose sobre él, a partir de las palabras del abogado, pero su razón estaba tan embotada que era incapaz de relacionar los datos de modo de hallar una explicación; por eso, aún en ese momento, le costaba creer del todo a su propio recuerdo del día anterior.

Se puso de pie con gran esfuerzo. Sacó del bolsillo del saco la tableta de calmantes y se tomó tres pastillas, gracias a las cuales obtuvo un mínimo de control para lo que esa mañana debía enfrentar. Se duchó, y se vistió con un temblor en las manos que le hizo un martirio el prenderse los botones de la camisa y atarse los cordones de los zapatos; la corbata no se la pudo anudar. Tomó un té, pero a poco de haberlo acabado lo vomitó íntegro en el lavabo del baño, mientras intentaba en vano afeitarse, de lo cual debió finalmente desistir.

Después de perder tres micros, y de bajarse cuatro paradas más lejos, Carmelo llegó al estudio del abogado poco después de las nueve y media, cuando todavía estaba cerrado porque Soledad, como ya se dijo, no iría ese día a trabajar. Se apoyó en un macetero de la vereda, porque sentía que en cualquier momento se le iban a aflojar las piernas y se iba a caer de bruces. Le costaba respirar. Empezó a llover ligeramente pero él no se movió de su lugar hasta que estuvo totalmente empapado, lo que coincidió con el momento en que llegó Gastón L.

—¡Escudero vení, pasá...! ¡Apuráte que no tengo todo el día!

Gastón L. lo llamó bruscamente desde la puerta, luego de que acabó de abrirla, y se metió rápido después de cerrar el paragua. Cuando lo vio venir, Carmelo se había aproximado un par de pasos, sin atreverse a avanzar más allá porque hasta que abrió la puerta del estudio el abogado, que ya lo había visto y se sonriera burlón, se había hecho el distraído.

Poco después sucedió la escena con que comienza este capítulo, y que sigue con las condiciones que Gastón L. le impone a Carmelo para que desaparezca de la vida de Soledad y Dulce cuanto antes; condiciones que después de explicadas con tono agresivo, propio de alguien con muy poca paciencia, acabarán por materializarse en el contenido auto-incriminatorio para Carmelo, que constituye el eje y fundamento del escrito de divorcio por presentación conjunta, por el cual renuncia *a todo derecho de visita por resultar una mala influencia para la menor de edad que constituye el fruto de la unión matrimonial que se busca disolver*, tal como lo ha formulado el abogado, y que entre lágrimas Carmelo firmará con un pulso casi parkinsoniano, motivando los insultos murmurados de Gastón L. que ya no tolera su mera presencia.

—Ahora déjame un teléfono para avisarte de la audiencia...

Carmelo alcanzó a escribir en un papel que le acercó el abogado, sin saber cómo, el teléfono de Ricardo Bóxer.

—Acordáte que tenés hasta mañana para sacar todo lo que sea tuyo del departamento y ni se te ocurra acercarte porque antes de que te cague a trompadas yo te va a reventar tu mujer... ¿Estamos maricón de mierda...? Ahora mandáte mudar que tengo trabajo...

Le ladró Gastón L., que después de guardar en una carpeta el escrito firmado, se apoltronó en su sillón y abrió el diario, levantando una pared entre él y la triste humanidad que tenía enfrente.

Carmelo no supo cuánto había caminado bajo la lluvia en una suerte de estado sonámbulo, cuando tambaleante llegó al departamento de Ricardo Bóxer. Al abrirle la puerta su amigo, fue como si la realidad al fin lo noquease y se desplomó frente a él, que desesperado lo alzó del piso y lo depositó en su propia cama.

Carmelo despertó gritando, agitado por una horrible pesadilla, cerca de dos horas más tarde. Bóxer corrió a socorrerlo, y lo abrazó para calmarlo. Carmelo, al verlo aparecer súbitamente, se asustó más aún porque todavía no tenía plena conciencia de dónde se encontraba. Recién cuando lo reconoció, luego de que Bóxer lo sacudiera vigorosamente tomándolo por los hombros, y gritándole a grito pelado con quién y dónde estaba, Carmelo dejó de aullar de pavor. Así fue cómo Bóxer pudo lograr que se tomara el poderoso cóctel de pastillas que le había preparado, que era el mismo que él tomaba cuando la cosa se ponía fea con Lorena; así fue cómo pudo enterarse de todo lo que le había pasado a Carmelo, *todo* que incluye la confesión definitiva, y peligrosamente indiscreta, de lo que tuvo con Adán hasta el día en que se mató; confesión que lo dejará a Bóxer pasmado, sin ser capaz de hacer otra cosa que preguntarle titubeando, asustado en su candor ya insultante:

—Pero si te quedás… acá… conmigo… ¿No me vas a… hacer nada… a mí…? Porque el padre Lorenzo dice… que los que son... son todos vio... ladores...

—Yo estaba enamorado, Ricardo, enamorado. ¿M'entendés?

Fue la respuesta histérica que le dio Carmelo, que ya había comenzado de nuevo a llorar. Aunque Bóxer no comprendió qué le quiso decir, incapaz de entender la promesa implícita de indemnidad hacia su persona que encerraba la doliente afirmación, no deseó seguir preguntándole porque vio que Carmelo *se pone muy mal cuando le hablan del tema porque como dice el padre Lorenzo todos los que son así viven en un infierno y nunca pueden ser felices porque son merecidamente torturados por la culpa.*

Este silencio tolerante que Bóxer se ha impuesto sobre el tema, a pesar de no dejar de abrigar un gran temor de ser "sordomizado", como él recuerda mal la palabra pronunciada por el padre Lorenzo, su consejero espiritual, no impedirá que más adelante él mismo, que se ocupará de ayudarlo a Carmelo a instalarse en su propio departamento, trayendo su ropa y las muy pocas cosas que hubieron sobrevivido al apetito insaciable de destrucción de Dulce, le tenga que pedir que se vaya vivir a otro lugar. Pero no será Bóxer motu propio quien tome la decisión, ya que él no hará más que obedecer una manda ineludible; la decisión de echarlo a Carmelo, será exclusivamente de Lorena.

***

Si Carmelo hubiera ido también al entierro de Adán (que finalmente fue calificado como un simple suicida, sin mayores implicancias por carecerse de medios para probar las tibias sospechas policiales en otra dirección), quizás Bóxer no hubiera tenido oportunidad de contarle a Lorena toda la historia de los amores desdichados de su amigo, cuando volvían del cementerio. Bastó que la ninfa profiriera al aire esta frase meramente retórica, para que el indiscreto, por cobarde, se sintiera intimado:

—¿Qué secreto se esconderá detrás de esta muerte…? Me encantaría saberlo…

Bóxer dejó de caminar; se le habían ido del rostro los colores de la vida. Lorena, que había dado dos o tres pasos, se paró y se volvió. Lo miró a la cara. Lo conocía tan bien, que le bastó con decirle con una especie de cantito que a él que le resultaba aterrador:

—Vos sabés y a mamita le vas a contar todo, si no mamita te va a hacer llorar... Vamos, contále todo a mamita...

Dos días más tarde, Ricardo Bóxer la estaba llamando por teléfono a Lorena con la seguridad de que ésta no le iba a cortar; dos días le había tomado cumplir con la condición que le había impuesto su novia si quería que le volviese a hablar; dos días le había tomado deshacerse de Carmelo, que se instaló en la casa de la única persona que le quedaba por recurrir, su antigua vecina y vidente, Vilma Marabuti. A ésta también Carmelo le contó todo pero, a diferencia de Bóxer, no tuvo problemas en aceptarlo, y en ofrecerle albergue por todo el tiempo que necesitara. Cuando Carmelo acabó de contarle todos los hechos de su desgracia, Vilma con rostro compungido sólo atinó a decirle:

—Siempre supe que todo esto iba a suceder. Estaba en las cartas. Hasta que te ibas a enamorar pero de un modo *distinto...*

Mentía descaradamente, o se creía sus propios embustes, lo que viene a ser lo mismo para ella. Había pronunciado la última palabra con una nota de temblorosa hesitación en la voz, queriendo evidenciar tolerancia y comprensión ante la condición sexual de Carmelo, virtudes que le nacían *de su visión del futuro*, como llamaba a sus supuestos poderes de clarividencia, *porque todo es el destino y como se sabe el destino está escrito y no se puede evitar Carmelo... por eso a mí me dá lo mismo lo que vos hagas si te gustan los...*

Entonces Carmelo empalidece y comienza a lagrimear. Por esto es que la sibila, plena de compunción, le asegura:

—Pero veo en el futuro que vas a volver a estar con tu hija cuando todo haya pasado… cuando a nadie le importe…

Lo había dicho por pura lástima; sin embargo, por una vez, había acertado.

Cuarta parte
La pendiente

1

A Carmelo, Soledad lo volvió a ver solamente en la audiencia judicial, a donde aquel fue acompañado de Bóxer, y en la cual Gastón L. desplegó toda la saña, y las argucias de que era capaz, para que el marido de su representada desapareciera para siempre de la vida de ésta. De más está decir que el resultado de la audiencia fue extremadamente desfavorable para Carmelo, quien vino a sumar a su condición de "adúltero pervertido", la insolvencia en su condición de desempleado desde que la señora Ayohuma cerró definitivamente la farmacia; al no poder siquiera honrar sus obligaciones alimentarias para con su hija, perdió casi todo derecho al contacto con la misma, aún el contacto vigilado dada su condición de "desviado". Antes, durante ni después de la audiencia, Soledad le dirigió la palabra; Carmelo sólo volvería a escuchar su voz hablándole, sólo cuando ella atendiera el teléfono del departamento cada vez que llamara para oír por unos minutos a Dulce.

Al principio, por el término de poco más de un mes después de la sentencia de divorcio, Carmelo siguió llamando a la que había sido su casa, día por medio, para hablar con Dulce; poco a poco, esto se fue convirtiendo en el único recordatorio que le había quedado a Soledad de que Carmelo había existido en su vida. Las cosas fueron así hasta que Soledad dejó de atender el teléfono en las horas en que Carmelo llamaba habitualmente, y si este lo hizo alguna vez fuera de ese horario, Soledad lo dejó hablar, permaneciendo en silencio luego de descolgar, hasta que supo que era él para cortar sin decirle palabra; después, Carmelo no llamó más. Soledad había tomado esta decisión de evitar hasta el más mínimo contacto de Dulce con él, cuando notó que después de preguntar unas pocas veces por su padre, y de haber aceptado sin remilgos las flébiles explicaciones (*papá se tuvo que ir a vivir lejos... alguna vez va a volver*) que le dio para justificar la ausencia de este, Dulce pareció olvidarlo aún más fácilmente que ella; si la nena preguntaba por alguien, esa era la *abuela Zule,* como si presintiera cuan decisiva sería en su propio destino. Soledad supo a su hija definitiva y exclusivamente *suya,* como nunca lo había sido ella de su madre; lo descubrió al decirle casi las mismas las mismas palabras que alguna vez Norma había utilizado para justificar a un padre ausente, cuando ella se moría por tener uno; era como si las hubiera exorcizado de su antiguo y doloroso sentido, dándoles uno nuevo y reparador.

Unos cuantos días después de la que sería la última vez que Soledad escuchase la voz de Carmelo, llegó una carta de otra provincia en la que este le informaba que su madre había muerto, que había vuelto a vivir en la casa de sus padres, y que había comenzado a trabajar de vendedor ambulante de libros; que por favor lo tuviera al tanto de cómo estaba Dulce, y que le hiciese saber dónde vivía y cómo podía ubicarlo si alguna vez lo necesitaba; todo esto, además de un largo pedido de perdón (en el que se cuidaba de mencionar cuál era su falta), estaba en la carta que Soledad nunca leyó, porque se la guardó sin abrirla para que un día lo hiciese Dulce, puesto que ésta estaba inexorablemente llamada a regir el destino de Carmelo.

En el tiempo en que llegó la carta, puede decirse que Soledad se había reencontrado con su vida de antes, que si bien no era precisamente envidiable, llevaba en sí una insinuación de esperanza, y hasta el regreso tímido de algún que otro viejo anhelo, como el de recuperar su antiguo puesto de favorita del abogado.

En los estrechos confines de su entendimiento, y de su dignidad, Soledad creía que podía reconquistar ese puesto, multiplicando las muestras de agradecimiento—a cual más osada en términos sexuales— hacia su vengador, con las que quería volver a encender un ardor extinto en Gastón L., que por un tiempo no dejó de mantenerse entretenido y aquiescente; y aunque esto iba a ser interpretado por ella como una señal tenue de un renacimiento de la intimidad que antaño habían compartido, no podía estar más errada, porque lo que nunca había sido sentimiento, agotado en su propia entropía carnal, no tenía ninguna posibilidad de renacer.

Esto estaba montado sobre una ilusión infundada, construida sobre una negación que, de ser removida como cimiento, precipitaría a tierra todo el edificio de la mentira: sin importar

hasta dónde estuviera dispuesta a llegar para satisfacerlo, Soledad nunca hubiera podido ser más que un pasatiempo para
Gastón L., en razón de las propias limitaciones físicas de su
mezquina femineidad, la cual ineluctablemente acababa por
caer derrotada frente al poder erótico de la mujer que, en el
imaginario del abogado, encarnaba las columnas de Hércules
de su deseo, su *non plus ultra* sexual; esta mujer era Lorena, la
novia de Ricardo Bóxer. Soledad lo sabía, y así fue como en
cierto punto comenzó una batalla contra lo invisible, batalla
que si bien tenía de antemano perdida, ella en su autoengaño
llegará a creer, durante muchos años, que pudo haber concluido victoriosamente. Quizás fue este combate, con el renacer
de los viejos anhelos realzados por las nuevas circunstancias
de su vida, lo que le hizo olvidar, o silenciar, ese temor que *de
profundis* clamaba en su conciencia, desde el primer momento
en que supo que Lorena y Gastón L. compartían la cama.

2

Las horas que precedieron a aquella en que lo mataron a
Gastón L., estuvieron cargadas de malos presagios para Soledad; como sucede casi siempre en estos casos, los presagios son
identificados cuando los hechos que anunciaban ya han ocurrido; estos retazos crípticamente significantes del presente, que
preanuncian lo que ha de suceder, sólo pueden ser advertidos
por medio de un raro poder de clarividencia, o bien, por la fina
agudeza interpretativa de una mente tan imaginativa como
analítica, atributos todos casi ausentes en la instintiva, básica
Soledad. De haber poseído estas facultades, podría haber comprendido que Ricardo Bóxer estaba mentalmente enfermo, y
sospechar lo que podía llegar a suceder; así habría sido capaz

de ir más allá de la mofa, de lo risible, que es en nuestra época
el anestésico más poderoso del discernimiento. Si se hubiera
alarmado, en vez de divertirse, con el cuadro *cómico* que le
había presentado Bóxer la mañana de ese día fatídico, cuadro
que ella se ocupó de transmitirle a su jefe haciendo gala de
una complicidad que creía haber recuperado, quizás habría
entendido la clase de peligro que corría Gastón L.

—¿No la viste a Lorena…? Si la ves decíle que me llame…
que estoy esperando la llamada… que ya estoy listo… listo…
listo… pero… ¿Seguro que no la viste a Lorena…? ¿Seguro…?
Yo ya estoy listo decíle si la ves… decíle… decíle…

Fue la respuesta que recibió Soledad a su saludo, cuando se
lo encontró a Bóxer atravesando en una bicicleta la plaza que ella
caminaba para llegar a la oficina todos los días, después que el
micro la dejaba sobre una de las cuatro calles que flanqueaban
la misma. Como venía en su dirección, no pudo eludirlo como
lo habría deseado, y debió detenerse a saludarlo; poco después
no se arrepentiría de haberlo tenido unos instantes detenido
frente a sí, porque iba a apreciar en detalle su aspecto, el que
se le hizo absolutamente jocoso, lo que en su propio y simple
imaginario era equivalente a inocuo.

Montado en su bicicletita de impúber, con cucharitas plásticas multicolores decorando los rayos como lo hacen los que
todavía no piensan en impresionar a ninguna chica, y con su
bocinita de juguete en el manubrio forrado con cinta adhesiva roja; con sus ciento noventa y dos kilos embutidos en un
pantalón y una campera deportivos color guano dos números
más chicos, peso que parecía a punto de hacer estallar los neumáticos; con su gorrita gris ostentando el símbolo de Mercedes
Benz, y sus zapatillas de basquetbolista abotinadas blancas;

con todo esto ante sí, Soledad casi no pudo contener la carcajada ante la pregunta destemplada con que Bóxer respondió a su saludo; con todo esto, no pudo reparar en la expresión pavorosa de alucinado que el mastodonte llevaba.

—Si la ves a Lorena decíle que me llame por favor... que me llame... que ya estoy listo... que me llame... pero ¿Seguro que no la viste a Lorena...? Ya estoy listo como ella quiere... listo... listo...

Siguió diciendo Bóxer mientras se alejaba, con la mirada perdida en el vacío, partiendo raudo en su búsqueda absurda. Soledad se quedó mirándolo muerta de risa, y cuando le contó de este encuentro a su jefe poco después, las carcajadas fueron mutuas, lo que ella vio como una señal más de esa recuperada complicidad que tanto la satisfacía, y que iba quedar trunca en cuestión de horas.

Cerca de las cinco llamó Lorena, y Gastón L. estuvo hablando cerca de una hora con ella. Soledad se moría de ansiedad por saber de qué hablaban. Esta vez se le hicieron tan indescifrables los fragmentos de la conversación que capturó, que ni siquiera pudo empezar a conectarlos en busca de un sentido aproximado. Hablaban de alguien, eso es todo lo que entendió; pensó en Bóxer, pero la socarronería habitual con que Gastón L. solía referirse al engañado había del todo desaparecido, lo cual no hizo más que desorientar a Soledad. Después de este llamado, cuando llegó la hora de irse, Soledad hubiera querido, medio en broma, hacerle alguna alusión sobre Lorena veladamente procaz a su jefe, para que le diera algún indicio de lo que se traía entre manos, pero tuvo miedo de perder la porción de confianza que creía haber recuperado, y se tragó el chiste; más tarde iba a estar segura, como sucede siempre por la desesperación ante lo irremediable, que de haber sabido qué era lo que iba a hacer su patrón, se hubiera dado cuenta de que todo iba a salir mal.

Hubo aún otra conversación más tarde en la noche, después de la cena, cuyo recuerdo en los años venideros iba a atormentar a Soledad por haber sido la señal más clara que le había dado el destino que, en su vengativo afán por no haber creído jamás en él, la volvió totalmente ciega a un último presagio, que en este caso tendría por vehículo a Daniela.

—Si pude venir hoy a cenar es porque el *capo* me dijo que me tome cuatro días para recuperarme... Estoy hecha mierda, pero de verdad hecha mierda... No cansada, reventada por la cagada que me dieron... Menos mal que no me marcaron la jeta...

Soledad dejó de sorber el mate, a medias sorprendida y a medias preocupada porque Dulce, que hacía una media hora que se había acostado, ya estuviese dormida al otro lado del ropero; aunque su rostro se contrajo en una mueca de disgusto, no pensó detener a Daniela en su relato, subyugada por la intriga. Daniela le leyó el gesto, y se dio cuenta de que tenía que hablar bajo; se sonrió, y siguió casi susurrando.

—Resulta que anteayer voy a hacer un domicilio en barrio norte. Al tipo lo conocía, lo había atendido dos o tres veces en el local, nada raro, el típico viejo bienudo que se aburre en la casa y viene a buscar un poco de fiesta... De esos que se ponen colorados y te dicen *qué hacés nena ojo que yo soy de la guardia vieja* cuando le vas a soplar la vela, ja, ja... De esos que se arreglan con poco y te dejan casi siempre propina, bueno un tipo así... Cuando me pide para un domicilio yo dije éste es viudo o la mujer está de viaje... Llego, flor de departamento, me anuncia y me hace pasar el portero. Yo chocha dije hoy al viejo le enseño todo lo que no sabe y me deja un fangote de propina... En realidad el viejo me enseñó a mí a no hacer boludeces, mirá cómo me quedó la espalda...

Se puso de pie, se dio vuelta y se levantó la musculosa rosa, para mostrarle a Soledad unos moretones color vino que se extendían por casi toda su espalda, lo que la dejó a ésta enmudecida de pasmo. Antes de que Soledad pudiese decir algo, Daniela se volvió a cubrir, se sentó y siguió:

—Resulta que cuando entro el viejo me recibe muy caballero, me dice que deje la campera y la cartera en un perchero. Después de pagarme por adelantado me pregunta si quiero tomar algo y que pase al living y ahí es que me llevo la sorpresa... Una vieja sentada en una silla de ruedas, y ahí no entiendo nada... Entonces el viejo me dice esta es Ada mi señora, no te asustes ella va a mirar nada más... Te juro que era la primera vez que pasaba por una cosa así, por eso al principio no te digo que estuve por irme pero medio como que me quedé sin saber qué hacer... Talita, la misionera, me había contado de un viejo que le había pedido lo mismo porque la mujer no podía coger y quería controlar que al marido lo atendiesen bien, pero no estaba en una silla de ruedas y se metió en la cama con ellos, flor de viciosa... Esto era otra cosa distinta... Entonces le digo si me sacaba la ropa ahí o íbamos a otro lado. Me dijo muy tranquilo que primero tomáramos algo y yo me tomé cinco whiskies porque te juro que la vieja era igual a doña Erminda, la panadera del pueblo, ¿Te acordás...? Y ponerme en bolas delante de ella no iba a ser para nada fácil... Entonces un poco en pedo me aflojé. Después de un rato que estuvimos fumando y charlando el viejo y yo porque la vieja se sonreía nomás pero no soltaba prenda, me dijo que la iba a acomodar a la vieja en la pieza para que pudiera mirar, así me lo dijo, con una calma que me dejó sorprendida el muy turro. Se la llevó a la pieza empujando la silla de ruedas y no volvió... Cuando yo ya estaba por llamarlo escucho que me llama él y me dice que vaya que me están esperando. Medio dudando me paré, estaba bastante mamada, y me fui por dónde vi que se fueron ellos... Llego a la pieza y me lo encuentro al viejo tirado en bolas en la cama grande, ya listo porque algo tiene que haber tomado, y la vieja con la silla de ruedas pegada a la cama... "Vení chiquita", me dice el viejo, y la vieja veo que la cara no le cambió, que tiene la misma sonrisa porque como después me entero estaba bien dopada aunque no del todo por lo que terminó haciendo... Me saco la ropa y me lo monto al viejo. Sabía que tenía que hacer todo yo porque así había sido otras veces cuando venía al boliche... Viste que a mí siempre me gustó *hacer ruido* cuando estoy trabajando y cuando estoy *jugando*... Empiezo y le digo chanchadas al viejo que sé que le gustan y que se calienta cada vez más, cuando siento el primer golpazo en los riñones que me hace saltar las lágrimas. Después tres o cuatro bien rápidos pero igual de fuertes, que no me dan tiempo de reaccionar... Es la vieja que me está reventando a bastonazos y me agarra de las mechas y me tira de arriba del viejo y me caigo sin parar hasta el suelo donde estoy hecha un bollo y la vieja me sigue fajando hasta que el viejo la corre con la silla para que no me mate... Es increíble la fuerza que tenía esa vieja...

Soledad atónita, casi por reflejo, repuso:

—No entiendo… si ella iba a mirar nada más…

—Sí eso me había dicho el viejo pero parece que los calmantes no le hicieron lo que tenían que hacerle o se olvidó de tomarlos... aunque el viejo que me terminó pagando cuatro servicios más para que no le hiciera problema con mi patrón se desvivió pidiéndome perdón que él no sabía que pasó que le había dado a la vieja un sedante porque le había dicho que así iba a estar tranquila para verlo *hacer*... además la vieja tenía una cara de vaca mansa como doña Erminda que no te imaginás nunca que va a reaccionar así... no sé... la cosa es que estoy liquidada... me duele todo...

—Dani tenés que cuidarte nena... a ver si no contás el cuento...

Fue todo lo que pudo agregar Soledad, que no se le iba la impresión, al cabo de unos segundos de silencio. Luego permanecieron calladas unos instantes hasta que Daniela retomó la conversación.

—¿Sabés de qué me acuerdo? De Gastón... de una vez...

La mención de su jefe, hizo que Soledad saliese del ensimismamiento en que había quedado sumida. Deseaba que Daniela le dijese algo coincidente con lo que ella anhelaba, y creyó encontrarlo, al menos en el terreno de la fantasía.

—¿Qué pasa con Gastón?

—No, de una vez que me dijo una cosa de tu ex-maridito... Me dijo cuando se enteró de que te ibas a casar, que realmente el gordito lo había *calentado*. Yo me le reí y le dije que no sabía que era medio *raro*, y ahí se empezó a reír él también y me dijo que lo dejase terminar... Lo que me quería decir era que algún día le hubiera gustado metértela delante del gordito y hasta obligarlo a aplaudir, ja, ja, ja... Lo decía por joder pero menos mal que nunca llegó a proponértelo porque después de lo que me pasó con la vieja que parecía todavía más pelotuda que el Carmi capaz que el gordito hace un desastre quién te dice, ja ja ja...

Soledad apenas se rió, sin participar de la hilaridad que Daniela pretendía desencadenar. Para sus adentros se lamentaba de no haber podido hasta entonces ofrecerle ese refinamiento erótico a su amo; en su propia conciencia minada de servilismo, la anécdota de Daniela sólo había logrado que se perfilara este anhelo rastrero. Entonces comenzó a pensar que quizás si se esmeraba, algún día Gastón L. le rendiría a sus pies a su propia mujer, a la que a Soledad le encantaría ver humillada en su presencia. Comenzó a fantasear con la escena en que Gastón la poseía delante de su esposa, la que tendría que limitarse a mirar y aplaudir cuando terminasen; todo ocurriría en la oficina, donde Soledad se dijo siempre que la inútil de la cornuda no sabría qué hacer, *si no sirve para nada la copetuda.* Estas divagaciones capturaron su pensamiento, distrayéndola de todo lo que Daniela siguió diciendo hasta que se fue, cerca de la medianoche.

Luego de que se fue Daniela, Soledad se metió a la ducha, y la fantasía, que se había vuelto deseo desaforado, se volvió goce solitario. Fue en el mismo momento en que se mordió los labios, para no soltar el grito culminante que podía despertar a Dulce durmiendo a menos de dos metros, fue en ese mismo instante que caía sobre la nuca de Gastón L. el primer y mortal golpe del cenicero de cristal de roca, que se llevaba su vida para siempre.

La luz de los ojos del abogado se fue apagando, mientras miraba la boca gozosa, fabulosamente deseable de Lorena, torcerse en una mueca orgásmica que señalaba también su propio fin.

Bóxer, martillando cual Vulcano, golpeó y golpeó hasta que los rostros de los amantes fueron sólo un recuerdo que los tres debieron llevarse al reino de las sombras, porque el despechado no dejó otra cosa que los cuerpos exánimes desfigurados en el mundo de los vivos, como testimonio de ese tránsito final; ni siquiera en sus propias palabras podría evocar ese momento, enmudecido para siempre por la dureza del asfalto sobre el que se estrelló, luego de que saltó de la ventana del tercer piso del hotel por horas.

3

La cuarta vez que Soledad lloró de veras en toda su vida, fue la única para la cual jamás hallaría consuelo.

La primera vez, fue cuando el cáncer se llevó a Norma, su madre, después de la larga agonía que puso fin a su desdichada vida y a todas sus frustraciones, que para Soledad se volverían una promesa que jamás podría llegar a honrar; promesa que sin embargo habría de ayudarla, con su ilusorio poder esperanzador, a sobrellevar la desgracia en esa hora aciaga.

La segunda vez, lo hizo junto al hombre moribundo que ella eligió para padre, y de quien se despidió como si tal hubiera sido; lloró pero con una satisfacción subyacente en ese llanto, la de poder ella también hacerlo como cualquier hijo —*hijo* en toda la legítima magnitud del término— al cabo de una largo desencuentro, en el momento final de un padre evasivo al fin recuperado.

Luego volvió a llorar *el día que Dulce se rompió la cabeza*, pero el llanto desesperado, acompañado de una sensación de derrumbe de todo aquello por lo cual valía la pena vivir, se trocó súbitamente en ira ante la imposibilidad de hallar a

Carmelo, al dar pábulo a una sospecha de adulterio, lo cual resultó en una desdramatización de la espera que culminó felizmente con Dulce fuera de peligro, y un juramento silencioso de venganza.

La cuarta vez que lloró de verdad, la de la muerte de Gastón L., el desconsuelo no tuvo límites, tanto por la naturaleza inesperada del hecho trágico, como porque acabó en un santiamén con todo lo que desde hacía tanto tiempo había sido para ella el eje de su vida; la muerte de Gastón L., pareció aniquilar todo lo que hasta ese entonces había sido, por encima de la maternidad, la esencia de su humana condición, la servidumbre.

Así como una parte importante de ese desconsuelo, estaba hecho de la materia del reproche con que se zahería a modo de atrición, por no haber sido capaz de advertir el peligro que se cerniera sobre él, en lo más profundo de ella, se agitaba la culpa de haberlo odiado tanto, en esa forma extravagante que es capaz de asumir el amor imposible, como el que ella siempre sentiría por Gastón L. Ese amor insatisfecho que latía en lo profundo del odio, que durante tantos días la había hecho fantasear con que alguno de los corneados por su jefe llegase a matarlo, ahora la dotaba de un discernimiento único; ella sola pudo colegir de las circunstancias cómo habían sido realmente las cosas, porque conocía demasiado bien a quien fuera su único hombre, y porque en las palabras de Daniela había estado toda la verdad de lo que iba a suceder, verdad que ella supo identificar aunque demasiado tarde. Ella sola supo desde el principio cómo había sido todo, aunque nunca se lo dijo a nadie, ni siquiera a la autoridad cuando la interrogaron, por lo que jamás se hubo de saber que Bóxer llegó al hotel con los amantes, lo que corroboraría el personal del

lugar que juró hasta el cansancio que nunca lo había visto
entrar; nadie sospechó, salvo algún policía que no tuvo peso
en la conclusión final de la jefatura de la investigación, que el
homicida pudo haber llegado escondido en el vehículo de los
amantes, y que pudo haber contado con la aquiescencia de
éstos para estar presente cuando tenía lugar el acto sexual; la
versión oficial fue, por machista, más simple y esquemática, y
se redujo, prejuiciosamente, al típico desengaño del cornudo
que culmina con la muerte, por ira y despecho, de los tres
actores de la farsa.

***

En el entierro de Gastón L., Dulce se encontró por única
vez con su verdadero padre, el hijo mayor del abogado, que
acababa de cumplir los veinte años, y estaba en tercer año
de la carrera de derecho, carrera que pronto iba a abandonar
porque la odiaba, desde que se la hubo impuesto su propio
padre, ahora oprobiosa pero *felizmente* fallecido. Soledad,
creyendo que Leandro iba a honrar la memoria del muerto, y
que continuaría con sus estudios hasta convertirse en abogado,
se ilusionó momentáneamente al verlo ya tan crecido, tan parecido a Gastón L., con el hecho de que quizás pronto podría
trabajar para él si se ponía al frente del estudio jurídico. Pero
ese hijo, que no dejó caer una sola lágrima por un padre que
detestaba por todo lo malo que le había hecho durante tantos
años a su madre, en quien él había acabado por volcar todo
su amor filial, jamás se hubiera atrevido a asumir la posición
del odiado Gastón L. al frente del estudio jurídico, algo que
supo totalmente en contra de los deseos de aquella. La viuda, a
pesar de la vergüenza indecible que le provocaba el hecho que

había puesto fin a la vida de su marido, no pensaba renunciar bajo ningún concepto a los fueros que le correspondían en su condición de "legítima"; esto se lo había ganado con años de humillación, y la más dolorida y silenciosa obediencia. Por eso, la primera medida que tomó en ejercicio de sus prerrogativas, fue el cierre del estudio jurídico, junto con el largamente anhelado despido de Soledad.

Fue una semana después del entierro de Gastón L., mientras Soledad esperaba novedades en relación al destino del estudio, de su empleo, cuando conforme iban transcurriendo las horas de silencio por parte de la familia del difunto se esforzaba por ilusionarse con conservar su puesto, ilusión que iba desliéndose, perdiendo viabilidad y que intentaba, de un modo cada vez más agónico, conservar, fue entonces que recibió el llamado de alguien de quien había oído hablar, pero que nunca había conocido; se trataba del hermano de la viuda, el ingeniero Lauro M.

Escueto y con voz exenta de todo sentimiento, al ingeniero M. le indicó el día y la hora en que la esperaba en su oficina, para hablar con ella en nombre de la familia de su hermana, puesto que como le indicó *a él se le había encargado que se ocupara de arreglar las cosas de su cuñado tristemente desaparecido.*

Soledad entendió de inmediato que todo estaba perdido; eso le significó la palabra "arreglar", pronunciada con tono adusto, y con algo de vengativo, en lo que reconoció el espíritu de la viuda en la voz del hermano.

Cuando colgó, Soledad se desplomó en la cama para llorar. Hecha un ovillo, de cara a la pared, sollozaba en silencio y Dulce, que estaba jugando muy cerca, se asustó al verla de ese modo; dejó su juego y se acercó a la cama; comenzó a acariciarle el pelo a su madre. Entonces Soledad se dio vuelta, la alzó del suelo, la subió a la cama y la abrazó fuerte contra sí, sin dejar de hipar de llanto. Dulce se quedó sin decir nada, exánime como una muñeca de trapo en los brazos de su madre. Si su hija le hubiera preguntado, quizás le habría dicho que se estaba aferrando a ella como a la roca al borde del precipicio; era la primera vez que Soledad pensaba en matarse y Dulce, sin saberlo, con su mera existencia, la estaba salvando de la caída. Al cabo de una hora, luego de desaferrarse de sus brazos, cuando los sintió lasos porque Soledad se había quedado dormida en el desfallecimiento de un sueño profundo, Dulce dejó a su madre acostada, bajó al suelo y retomó su juego como si nada.

Cuando Soledad se despertó unas horas más tarde, Dulce ya se había acostado a dormir sin cenar. Eran pasadas las once de la noche. Soledad la cubrió bien con la manta, y se fue al baño. Allí se detuvo frente al espejo, y se miró los surcos morados que había dejado el llanto en su rostro ajado. Sentía a la muerte liberadora rondándola con su tentación. El fin del dolor estaba ante sus ojos en las tijeras que asomaban desde el cajón entreabierto del botiquín, las tijeras con las que se recortaba a veces el pelo. Sacó las tijeras del cajón, se miró las muñecas desnudas, en las que las venas azules se ofrecían fáciles. Luego se encontró con sus ojos en el espejo, y un asomo de sonrisa le cruzó la cara doliente, resquebrajando por un instante inasible el rictus de la tristeza que ya nunca la iba a abandonar. Posó de punta una de las hojas de la tijera sobre la vena más ancha y azul que veía en su muñeca izquierda, y sintió que estaba a un paso del alivio definitivo. Recordó a Norma, su madre, y pensó en cuántas veces pudo haber hecho lo que ella estaba a punto de hacer para ser de una vez por todas libre; pensó que Norma había sido débil, y la maldijo por su falta de coraje. Luego sus pensamientos se fijaron en Gastón L., y en la primera vez que la poseyó, la única vez que se supo verdaderamente enamorada, sintiendo que el vértigo del suicidio le ofrecía por segunda vez un momento, esta vez final, que le probaba que alguna vez había estado viva. *Todo se termina acá*, se dijo. Fue entonces que escuchó toser a Dulce, y eso aniquiló la resolución de la hora, le quitó todo sentido al acto que estaba a punto de consumar; se encontró con las tijeras en su mano sin saber qué hacer y las dejó caer en el lavabo. Apagó la luz del baño y volvió junto a su hija, con quien se acostó, acurrucándose junto a ella sin atreverse a tocarla para que no se despertase.

Soledad pasó la noche sin dormir. Pensaba. Mientras tanto la muerte, con su promesa de alivio, se iba alejando desilusionada. La vida, cualquier forma de vida, ganaba terreno en su conciencia, y Soledad supo que de algún modo había de sobrevivir. Tenía una enorme ventaja que desde luego era incapaz de comprender, porque comprender hubiera significado cambiar, o al menos criticarse: carecía totalmente de dignidad, y si la muerte soberana, la auto provocada, estuvo a punto de ganarla para su grey, había sido por una momentánea ofuscación de su razón rastrera, producto de la desesperación de saberse por primera vez, en su existencia adulta, sin amo.

Soledad se supo capaz de cualquier vileza, la que fuese, y se sintió raramente *viva*. Una fuerza de voluntad nacida en el fango de la degradación la excitó, y su cabecita evolucionó poblándose de planes sórdidos que se sucedían a un ritmo veloz, planes que se superponían y se descartaban mutuamente en su contradicción, avanzando hacia la posibilidad real y final. Así es cómo se volvía manceba del hijo o del cuñado del abogado asesinado para pasar, luego de descartar estas posibilidades, *a hacerse puta con Daniela que podía presentarla en la agencia... por qué no si vi que tiene compañeras que son tan o más feas que yo... o puta en la calle... o en el departamento recibiendo hombres... o en el pueblo... volver al pueblo... Zulema Videla... un trabajo con Zulema Videla... la "abuela Zule" que tanto la quiere a Dulce... de doméstica... como mamá con el cáncer que se la llevó... quizás yo también... pero Dulce va a tener la vida que merece... mejor volver... para qué vine... vine por mamá... pero nunca me recibí... no podía estudiar... no entendía... hasta que Gastón me ayudó... y yo lo quería... lo quería... íbamos a volver juntos a la larga... nos íbamos a hacer viejos juntos... yo atendiéndolo siempre como se merecía... porque si no quién lo iba a cuidar de viejo... pero ahora no estás más... no estás más... pero está Zulema... voy a volver a trabajar como mamá... si yo nací para eso y nada más como le dijo el Doctor Ordoñez esa vez a Gastón... yo lo escuché... el hijo de sirvienta tiene que servir... no querer ser más... tenía razón... por eso voy a volver... al pueblo... si Zulema me toma... para lo que sea...*

***

Unas horas más tarde, Soledad va a estar firmando un documento de compromiso, con firma certificada por un escribano amigo del ingeniero M., por el que renuncia a todo reclamo por los años que había trabajado para el difunto. Se va a reconocer "socia sin firma" del estudio jurídico, en su condición de estudiante de la carrera de derecho, y va acceder en todos los términos que se le plantean a la disolución de la sociedad producida como consecuencia del deceso de su socio fundador. También la van a anoticiar de que jamás fue propietaria del departamento en que vive, que pertenece a los herederos legítimos del abogado, *nudo propietario*, y que tiene hasta fin de mes para desocuparlo, lo cual en vez de generar el esperado desengaño de creerlo generoso con ella, la llena de una inopinada ternura hacia el fallecido, al convencerse de que *vos siempre me quisiste y si no lo pusiste a mi nombre fue porque pensaste que nunca nos íbamos a separar mi amor...*

Así es como llegamos a la hora en que Soledad firma sin leer, y acepta todo lo que le diga el escribano, mientras el ingeniero la mira con expresión torva porque desde que supo por su hermana quién es Soledad, la detesta casi tanto como aquella.

—Tomá y picátelas negrita y que no te vuelva a ver...

Le dice con gesto desdeñoso el ingeniero, cuando Soledad acaba de firmar, y le ofrece un billete cercano al de más bajo valor, insultante hasta como propina, que pone sobre el escritorio. Soledad lo recoge sin levantar la mirada y se lo guarda en el bolsillo. Se va en silencio, vaciada de toda voluntad, como lo estuvo todo el tiempo que pasó en la oficina del ingeniero desde que había saludado al llegar, no recibiendo más respuesta que una ligera inclinación de cabeza, y la indicación del escribano de que tomara asiento.

De regreso en la calle, Soledad vuelve a llorar. Fue la última vez que lo haría en el resto de sus días. Supo que la vida en la ciudad, así sin más, para ella acababa de terminar. El billete que llevaba en el bolsillo, pago por toda una vida ofrendada al único hombre que amó, lo conservaría devotamente como prenda de amor hasta su propia hora final.

4

Sí, puede decirse que Zulema Videla las *salvó* a Dulce y a Soledad de la catástrofe que se avecinaba para ellas, luego de la muerte de Gastón L. Hay que mencionar en ese orden a madre e hija, Dulce y Soledad, porque sólo así puede comprenderse cierto matiz decisivo en la idea del salvamento.

Como se sabe, la vieja rufiana hacía tiempo que la había designado a Dulce como su heredera —hecho conocido hasta la lectura del testamento sólo por el escribano Chumpi—, así que cuando Soledad le comunicó el desamparo en que se encontraban, Zulema no hesitó en valerse de todos los medios a su alcance para auxiliar a la que llama *su nietita*. La decrepitud que la subyugaba un poco más cada día, había ido preparando el terreno para su *acto de amor*, por eso cuando recibió el llamado de Soledad sintió que la Fortuna, generosa, la favorecía quizás con una última oportunidad que no podía desdeñar: sin más *la* invitó a vivir con ella, y a sufragar todos sus gastos de crianza y educación. *La* invitó a Dulce, entiéndase, no a madre e hija, lo cual no significaba que Soledad no estuviera incluida, pero sólo como un accesorio, que aunque resultara molesto no se puede descartar. Por esta última consideración, la invitación a volver al pueblo a vivir con ella no la hizo explícita en lo que a Soledad respecta; Zulema Videla no quería que Soledad se confundiera, que se atribuyera un lugar que no le correspondía por su origen, ni por su talento.

Fue así como el día en que Soledad la llamó para ponerla al corriente de lo sucedido, el obsequio de una nueva vida para su heredera, Dulce, apareció para ella velado por el ofrecimiento de un trabajo, el mismo que alguna vez había tenido Soledad, con las correspondientes cuotas de humillación y regateo que siempre son necesarias para marcar límites y doblar cervices, tal como lo concebía la abusiva matrona.

—Alguna vez te dije que no te fueras que tu futuro estaba acá en el pueblo pero vos y la otra tu amiga "la artista" se creían que eran mucho para este rancherío… claro y así les fue… ahora resulta que venís a llorarle la carta a Zulema que más que por vieja sabe por viva que te ibas a embromar… ahora no sé qué van a hacer vos y la nenita… pobrecita…

En el breve silencio que siguió a las palabras de Zulema, Soledad contempló la faz del abismo.

—Tiene razón usted siempre tuvo razón Doña Zulema por eso la llamé… porque estoy desesperada… no sé qué hacer aunque le digo que haría lo que sea con tal de salir de esta situación terrible… lo que sea… no por mí por Dulce que tanto la quiere…

Cierto reblandecimiento senil, estuvo a punto de jugarle una mala pasada cuando Soledad, menos artera que desesperada, le nombró a *su nietita del corazón* y Zulema Videla casi soltó una lágrima; pero la maldad fue más fuerte y vigorizante, al punto de que todavía conservaba poder galvánico suficiente para que su alma provecta no se derrumbara ante *una negrita llorona*.

—Dulce va a estar bien, ella no se tiene que preocupar por nada, ya tengo todo arreglado... Ahora yo lo único que te puedo ofrecer es menos de lo que tenías cuando te fuiste, porque eso que pudiste haber tenido te lo vas a tener que ganar... La confianza una vez que se pierde... Te voy a volver a tomar como alguna vez la tomé a tu mamá... Al final yo no sé qué hubiera sido de *todas ustedes* [las descastadas, las descartadas, todas

las desechables de este mundo, connotaba el menosprecio
de esas dos palabras] si no fuera por mí... Pero en fin, como
dice el refrán *A quien Dios no le da hijos el Diablo le da...* otras
cosas... Bueno, vénganse la semana que viene que tengo que
preparar todo. Además voy a tener que echarla a Clarita que
es la chica que limpia hace tantos años... ¿M'entendés lo que
estoy haciendo por vos Sole...?

Atragantada por una alegría casi sollozante, con una gratitud sumisa y una capacidad de entrega mayores que las de Lot
hacia los ángeles que lo sacaron de Sodoma, Soledad musitó,
trémula de emoción:

—Gracias Doña Zulema... no se va arrepentir... se lo prometo por usted hago lo que sea... usted es mi... mamá Doña
Zulema... mi mamá...

Dios me libre, pensó con malicia la vieja ante esta última
afirmación que cifraba el vasallaje final y absoluto de Soledad,
que nuevamente volvía a tener dueño.

***

Así fue cómo los dominios de Zulema Videla llegaron a
tener una reina, una princesa, muchos siervos, y una sirvienta,
que se llamó Soledad, y que de nada le sirvió el hecho de ser en
verdad la madre de la princesa. No, Soledad no iba a tener la
suerte de esas madres de cuentos de hadas que mantienen su
identidad en secreto hasta que un día son descubiertas por la
reina, a la sazón su hija, que las rescata de su postración para
devolverles el lugar que les corresponde; Soledad fue la madre
de la princesa y futura reina, pero seguiría siendo sirvienta
hasta que dejara este mundo, en principio por la decisión de
Zulema, y luego por la indiferencia, el olvidadizo desdén de

que la hizo objeto Dulce. Claro que esto último demanda una explicación, porque ya se ha visto que hasta entonces Dulce había querido a su madre más que a nadie; en realidad, nunca querría a nadie más. Por ello hay que mostrar en qué se convirtió, cuando la anciana le asignó el lugar que desde siempre había deseado darle en su propia vida; hay que echar luz sobre el crisol en el que su natural maldad, amalgamada a una incapacidad de amar que llevaba en sus genes como una herencia maldita, en contacto con la vileza de los metales de la opulencia, acabaría por tornarse en auténtica monstruosidad.

Zulema Videla tenía que demostrar que tenía de verdad una descendiente, todo el pueblo tenía que saberlo, y los signos externos en esto lo son todo, empezando por la casa en que habría de vivir con ella. Por eso, mientras que Soledad recibió el cuartito del sótano, que iluminaba apenas un poco de luz a través de un ventanuco no mucho mayor que su cabeza, elevado unos pocos centímetros sobre el nivel de la vereda, hasta hacía poco dormitorio de Clarita, la última sirvienta, a Dulce su benefactora le asignó una habitación junto a la suya, la mejor de la casa, que había quedado libre del uso que tuviese hasta un tiempo antes de que llegaran madre e hija: había sido esta la habitación que tomaban para ir a desfogar sus amores clandestinos, así como sus vicios bien conocidos, los hombres más pudientes de la zona. Ahora ésta era la habitación de la princesa, que la tomó encantada y que, al verse rodeada de todo lo que le demostraba que era mejor que los demás, se olvidó rápido de que su propia madre dormía cinco metros más abajo; en este cuarto casi el doble de grande que el departamento en el que se había criado, Dulce se olvidó de Soledad, algo que comenzó desde el mismo instante en que

Zulema pronunció las palabras que actuaron como un verdadero conjuro, trastrocando para siempre su carácter: *todo esto es tuyo*. Desde ese día, para Dulce, fue suyo todo lo que Zulema Videla tenía, y todo lo que no dejaría de otorgarle; la anciana contempló con un placer mezquino e inconfesable, cómo su protegida se iba alejando de la madre, conforme la iba obsequiando con un nuevo presente, un nuevo privilegio, un nuevo poder cada día.

Soledad, engrillada a la roca de su servidumbre, no sólo no podía hacer nada por evitarlo sino que ni siquiera tenía la capacidad de imaginar que algo pudiese cambiar el curso de las cosas. Se fue avejentando y olvidándose hasta de ella misma con el paso de los días extenuantes e iguales, volviéndose un ser sin voluntad que se alienaba respecto de su único afecto en la tierra, su hija, y los propósitos que la habían guiado hasta dónde estaba; Soledad dejó hasta de pensar. Así se fueron los últimos años de su juventud, que desembocó, sin sobresaltos, en una vejez anticipada, exhausta y entorpecida por la desolada monotonía de la desesperanza. Por esto es que cuando por fin ocurrió el *portento*, cuando todo pudo haber cambiado para ella, Soledad no hizo nada por la simple razón de que ya nada esperaba.

5

Hasta el infarto cerebral, Zulema Videla podía decir que había tenido una vida plena. Le sobraba la plata —que en definitiva era lo único que siempre le había importado—, tenía un negocio cada vez más próspero, y hasta había logrado lo que tanto anhelara como es llegar a tener, como había elegido creerlo, una familia. Y esa familia contenía un solo nombre, Dulce.

Desde hacía doce años, cuando la trajo a vivir con ella, Zulema Videla le había dado a Dulce todo lo que quiso para conquistar definitivamente su amor, y creía haberlo logrado. Cada gesto cariñoso, cada sonrisa manipuladores con que le expresaba su agradecimiento Dulce, eran para la vieja, cada vez más reblandecida, una bendición que la enamoraba cada vez más de *su nietita* sin pensar, por el propio debilitamiento de sus energías mentales, qué podía llegar a suceder si dejara de actuar como proveedora hasta el punto en que lo había venido haciendo. Debió haber estado convencida de que el sentimiento era recíproco, de que había sembrado en terreno fértil sus costosas semillas de afecto, cuando después de haber quedado imposibilitada esperó, en la forma de afectuosos cuidados, que Dulce le demostrase cuánto la quería.

Zulema Videla, quien por lo visto olvidara que alguna vez la había elegido a Dulce como su sucesora porque la supo el doble de mala que ella, no sólo esperó en vano sino que hasta pagó con su vida el precio del error.

Cuando el contador y administrador, Ezequías Dorna, se hizo cargo de las cuentas de Zulema Videla, cumpliendo la función de apoderado, no había dejado de proveerse todo lo necesario para que Dulce tuviese sus necesidades *básicas* cubiertas, necesidades que se mantuvieron en los parámetros elevados de gasto que había establecido la anciana antes de su enfermedad, y que eran los propios de su clase. Sin embargo, lo que Dulce había perdido, que era lo único que a ella en definitiva le importaba, era el control sobre la vieja, y el poder de hacerle hacer o comprar todo lo que deseara, desde el caballo hasta el piano que nunca aprendería a tocar, o el auto con el que desde los quince (fue regalo de cumpleaños, entregado poco antes de la fiesta más rica y comentada durante una temporada en el pueblo) salía a atropellar perros, o a satisfacer al noviecito de turno bajo alguna arboleda al costado de la ruta; todo esto se había, al menos por un tiempo, terminado para Dulce desde el ataque que tuvo Zulema, lo que acabó por precipitar a la vieja rufiana en la antesala del infierno.

Soledad podría haberse solazado ante este giro quizás justiciero de los acontecimientos, pero estaba demasiado ocupada sobreviviendo; tal vez si Dulce se hubiera acordado de ella, todo pudo haber sido diferente, pero su hija ya la había olvidado. Aun así, Soledad no dejó de tener una ventaja sobre su antigua salvadora: mientras a ella nada le importaba, a Zulema Videla en cambio, la indiferencia primero, y luego la crueldad abierta de Dulce, acabarían por destruirla, consumiéndola en la impotencia.

Los primeros tiempos después de que la vieja quedó paralizada, con una mueca espantosa que le torcía la boca desdentada (hubo que sacarle la dentadura porque se le caía por la postura que había asumido la mandíbula), encadenada a su cama, definitivamente muda y con sólo el movimiento de sus párpados para expresar aquiescencia o rechazo, Dulce solía pasar algunos pocos minutos por día a su lado, fingiendo que le interesaba su estado. La llamaba *abuela Zule* y la anciana asumía un rictus de felicidad, que le costaba horrores, con que quería demostrarle a Dulce cuán feliz la hacía su presencia. Poco a poco las visitas fueron espaciándose, y Soledad, que se ocupaba de cuidarla y atenderla a Zulema alternando esto con sus tareas de doméstica, observó que con el correr de los días, la anciana cerraba los ojos y dormía, o hacía que dormía, largos lapsos porque debía estar sufriendo en la espera de que volviera *su nietita*. Soledad entendió que Dulce debía ser para ella una verdadera obsesión, como le fue dado comprobar cuando la veía reanimarse, sacudiéndose con movimientos espásticos de alegría al verla llegar. Así fueron las cosas hasta que Dulce no volvió más a visitarla, y la vieja empezó a comer cada vez menos y a dormir más.

Los meses se dilataron como alimañas sanguinolentas que fueron devorando las paquidérmicas carnes de la vieja rufiana, hasta que sus huesos enormes empezaron a abultar la piel que los cubría como una manta de la que sobraba tela por todas partes. La sopa magra que apenas toleraba desde hacía muchos días, que Soledad pacientemente le daba en la boca, no le pasaba más allá de la quinta cucharada, resolviéndose todo en una repugnante regurgitación que le chorreaba de la boca torcida al camisón y a la cama.

Cuando estuvo segura de que el final estaba cerca, Zulema Videla rezó por única vez en muchos años para implorar que Dulce viniese a verla vez antes de partir. Era la hora en que dormía la siesta, en que se quedaba sola. Tenía los ojos cerrados, cuando escuchó el ruido amortiguado de los pasos sigilosos de alguien que entraba en la habitación. Aguzado aún el único sentido que el ataque y la vejez no habían conseguido menguar, reconoció a Dulce, antes de verla, en el matiz pungente del perfume que ésta usaba desde hacía algún tiempo.

Zulema dio gracias al Creador antes de abrir los ojos por habérsela enviado; Dulce, después de todo, la seguía queriendo, se dijo conmovida, inerme. Entonces escuchó la frase susurrada que le perforó los oídos, porque la habría entendido entre miles merced al poder de su avaricia que sólo se extin- guiría con ella: *Fijáte en los cajones de la cómoda que yo reviso la mesa de luz así estoy más cerca de la vieja por si se despierta.* Era Dulce, junto con su último noviecito, en acto de rapiña para procurarse el dinero que ya no le podía sonsacar con su farsa. Se había venido aguantando, pero ese día decidió tomar el toro por las astas, y robarle dinero o lo que fuese que pudiera procurárselo vendiéndolo.

Si la habitación no hubiese estado en penumbra, Dulce se habría dado cuenta de que Zulema apretaba los párpados, y de que gruesas lágrimas corrían por sus mejillas.

No hay un mango vieja de mierda remaldita seas... vámonos Ser- gio... si vos decís que alguien nos puede dar algo por las porquerías que encontraste llevémosnoslas... ¡Ojala revientes hija de puta...!

Después de estas palabras, que fueron las que Dulce dijo poco antes de salir del cuarto, dejando atrás el susurro, alzando lo suficiente la voz como para que las escuchara la enferma, Zulema comenzó a agitarse produciendo su pecho un estertor que quiso ser grito, y en seguida se hundió en el coma profundo. Dos horas más tarde, cuando Soledad la fue a ver, y se dio cuenta de que no estaba simplemente dormida porque su boca ya no estaba torcida, lo cual la decidió a llamar de inmediato al médico, Zulema ya estaba muerta.

No hubo velatorio, porque así lo había dispuesto ella misma hacía tiempo, y al mediodía del día siguiente la cremaron. Sole- dad se volvió al hotel sola con la urna que contenía todo lo que quedaba de Zulema Videla, porque Dulce no fue al cementerio con ella; esa mañana, como casi todas desde que terminó el secundario y se acostaba muy de madrugada, dormía. Dulce nunca supo, porque no preguntó, y también porque Soledad nunca se lo contó, que la urna la había depositado junto al tacho de basura, debajo de la mesada de la cocina. Después, con la inundación, el agua se llevó todo lo que estaba de tres metros de alto para abajo en el pueblo de Soledad, incluidas las cenizas de Zulema Videla. Pero no nos adelantemos, que aún Dulce debe recibir la herencia de su *abuela del corazón*, en perfecto estado y produciendo.

6

Soledad no lloró la muerte de Zulema Videla. Tampoco se alegró.

Soledad estaba cerca de los sesenta años, y una especie de certeza de que su vida no iba a mejorar ni a empeorar, la dotaba de una indiferencia que era la prueba más acabada de que el suyo era un espíritu menguado, con sus aristas de ilusión, emoción y deseo, limadas por un decurso vital irremediablemente amputado de toda esperanza de dicha. Era tan grande su apatía, que el hecho rotundo de la muerte de su patrona apenas si había conseguido, al principio, alzar sobre ella la sombra tenue de la preocupación sobre qué sería de ella y su hija, preocupación que nunca llegó a volverse desesperación.

Es cierto que no dejó de recordar lo que había sucedido cuando lo mataron a Gastón L., los días de zozobra que había vivido hasta que Zulema las salvó de quedar en la calle y les dio una nueva vida. Pero todo parecía tan lejano y ajeno; era con mucho como si hubiese sido algo que le sucediera a alguien cercano a quien se había acompañado en esos días cruciales; alguien como un amigo o un hermano, pero no ella misma. Ahora todo era diferente porque a nadie le importaba Soledad, para amarla u odiarla (como antaño lo hiciera la esposa del abogado), y ella lo sabía.

Una sirvienta no es más que una sirvienta mientras rinda sea de confianza y no robe no hay por qué echarla... debieron pensar casi al mismo tiempo Soledad y Ezequías Dorna, poco antes de que éste le viniera a confirmar que seguiría trabajando como doméstica de la casa y mucama del hotel, y que él se lo confirmaba como administrador de los bienes de la difunta *hasta que se aclare la situación de la herencia*. Esto último significaba para Ezequías Dorna, la presentación de un testamento ológrafo, de su propia factura, en el que Zulema Videla, que había muerto sin herederos forzosos, lo premiaba con todos sus bienes. Y aunque la llamada que recibió del notario Nicanor Atahualpa Chumpi, comunicando la existencia de un testamento otorgado por la difunta en su presencia, vino a malograrle el trabajo de falsificación que había desarrollado en los meses finales de su comitente, se verá que a la larga Ezequías Dorna llegará a convertirse en dueño de lo que codiciaba por otro camino que ya se le había abierto antes.

Casi se infarta Ezequías Dorna cuando se encontró a Soledad en la escribanía de Chumpi, el día en que se iba a dar lectura al testamento. Pensó en una broma final y cruel de Zulema Videla, legándole todo a la infeliz de la sirvienta.

—Usted por acá...

La saluda con un indisimulable temblor en la voz, que no se puede ocultar detrás del tono de superioridad con que habitualmente se dirige a ella.

—Me mandaron llamar... el escribano no me dijo para qué era...

Esta negrita de mierda se hace la pelotuda la mataría, piensa Dorna. Pero lo cierto es que Soledad tiene, en ese preciso momento, casi tanto miedo como él. Soledad cree que va a perder el trabajo y esa convicción, en las últimas horas, desde que la había mandado llamar el notario, fue capaz de conmover los fundamentos de su monolítica apatía.

Fue todo tan inesperado, tan desorientador, lo que habría de sucederle esa mañana en la escribanía, que la sensación de incertidumbre iba a tardar en disiparse aún tiempo después de la lectura del testamento, en el cual se le informaba que Dulce había sido designada heredera universal de Zulema Videla (universalidad que comprende todo lo que hubo escapado a la rapiña del escribano Chumpi, es decir, sólo el hotel y restaurante "Las delicias de Zulema"). Por esto es que en su confusión, la que le ha impedido comprender que Dulce es ahora dueña de todo lo que contiene la casa, con todo su personal y todos sus objetos, incluyéndola a ella misma, luego de que el escribano acaba de leer el instrumento, sólo atinará a preguntar:

—Pero yo voy a seguir trabajando en la casa ¿No...? Porque si no, no tenemos adónde ir... por favor escribano ayúdenos...

Los rasgos achinados, que la gordura de los cachetes de la cara del escribano Chumpi subraya como pliegues en los que casi desaparecen los ojos, dibujan una máscara jocosa.

—Parece que usted no me entendió *Señora...*

Repone con acento divertido y sobrador.

—Soledad su hija es la heredera de todo, ahora usted trabaja para ella, como yo... ¡Esperemos que no nos quiera echar, ja, ja, ja...!

Ahora está terciando el contador Dorna, que habiendo perdido todo temor desde que escuchara el contenido del testamento, parece tener ganas de bromear. El escribano le va a festejar la broma con una carcajada que termina en un acceso de tos flemoso. Entonces Soledad se va a obligar a sonreír, aunque todavía siga sin entender del todo lo que le acaban de decir; por lo visto, ha sucedido algo que está más allá de su imaginación.

Los dos hombres van a seguir riéndose todavía unos momentos, puesto que ambos tienen razones para estar contentos. Del notario Chumpi, ya conocemos la historia y podemos entender por qué se alegra; de Ezequías Dorna sabemos muy poco, y no puede dejar de sorprendernos su cambio súbito de humor, luego de saber que no era Soledad sino Dulce la heredera designada por su antigua mandante. Veamos las causas que construyen los efectos del presente, y el futuro cercano en el que, como ya se anticipó, Ezequías Dorna llegará a convertirse en dueño de todo lo que codicia.

7

Ezequías Dorna alguna vez se había ido a estudiar a la capital. Nacido y criado en el mismo pueblo que Soledad, este hijo del dueño de un almacén de ramos generales bastante depauperado (*que apenas si da para el morfi*, en el decir del *Gallego Dorna*, como lo conocen en el pueblo al padre de Ezequías), toda su vida había deseado una sola cosa, ser el hombre más rico del pueblo. Seis años le tomó a Ezequías recibirse de contador y, en vez de quedarse en la capital como hacía la mayoría de sus compañeros del interior, volvió, contra los consejos de varios conocidos, al pueblo. Ha de entenderse que esta opción era ejercida generalmente por aquellos estudiantes que, una vez graduados, tenían asegurado el trabajo en sus lugares de origen, por heredar la posición en las que lo precedía un padre, un tío o algún otro pariente cercano; Ezequías no tenía ningún pariente en esta posición, pero carecía totalmente de escrúpulos, tenía un objetivo irrenunciable en la mira, y un puesto del que adueñarse porque estaba en manos, a sus ojos, del más vulnerable de los individuos, el hasta entonces único contador del pueblo, Boris Luisino Pajek. Así fue como con sus veintiséis años, Ezequías Dorna comenzó a trabajar en el estudio contable del septuagenario Pajek, quien no dudó en tomarlo cuando Ezequías le fue a pedir trabajo, por consideraciones que nada tenían que ver con sus antecedentes universitarios, con su predisposición y energía ilimitada, o bien, con la amistad hacia la familia del bisoño contador; ni bien lo vio, al viejo contador su pupilo le había parecido, en sus propias palabras, *un auténtico Valmont, un Errol Flynn, buenmocísimo*; palabras que este se guardó para sí, y que escribió en su diario tan íntimo como la naturaleza de sus inclinaciones, el mismo día que lo conoció.

Ahora reproduzcamos las palabras de Ezequías Dorna, relatándoles en el bar de billares a sus amigotes del pueblo (que lo admiran y le festejan todo lo que dice porque él siempre fue un macho alfa en la jauría, y ahora además está *titulado en la capital*, lo que lo sitúa en el imaginario de éstos entre los objetos de culto), cómo fue que consiguió tan rápido el trabajo, cuáles son sus expectativas, y un brevísimo resumen de su filosofía de vida, lo cual nos brindará un bosquejo de su personalidad a tono con lo que habrá de hacer después de la lectura del testamento de Zulema Videla, unos seis años más tarde.

—El viejo me mira de arriba abajo y se le hace agua la boca *tomá lo puto*… [*toma lo*… es la muletilla con que él y sus compinches resaltan cualquier superlatividad] entonces yo le digo que me gustaría que me enseñe que si hace falta trabajo gratis hasta que él vea que sirvo y ahí lo veo que se pone colorado y esa jeta enorme que tiene se le llena de saliva *tomá lo puto*… la peluca vieron la peluca que tiene medio coloradona parecía que se le iba a caer para adelante porque la frente le sudaba a mares… y me dice que no que él no quiere explotarme que él me va a pagar no mucho al principio pero después vamos viendo… me pregunta si hago deporte y ahí me doy cuenta de que está en llamas *tomá lo puto* y yo le digo que jugaba en la liga escolar de básquet entonces se sonríe y me dice que claro que de ahí me conocía que alguna vez me había visto jugar porque él tenía un sobrino que jugaba y a veces lo iba a ver… un sobrino que te garchaba viejo puto pienso yo y casi me le meo de la risa… entonces mañana arranco… ¿Qué si me lo voy a *hacer* al viejito…? A ustedes qué les parece *no sea bolu*… [*no sea bolu* es la muletilla con que él y sus compinches destacan cualquier oportunidad imperdible] allá en la capital tuve un par de viejos que *me los hacía* y nunca me faltó guita… ojo que yo no soy puto ¿Eh…? Porque puto es el que recibe no yo… además a mí las minas nunca me faltaron a Dios gracias debe ser porque la tengo grande y nunca me faltó mi pintita que ya nomás con el metro noventa de altura que tengo ya tengo la mitad del camino hecho… además cogerse un viejo para conseguir algo no es ser puto es ser vivo *no sea bolu*… ¡También con las peruanas de mierda que me cogía para *pasar el invierno* en la capital que les ponía una campera sobre la cabeza para taparles la jeta no le voy a andar haciendo asco al viejo choto este que mucho tiempo no le debe quedar *no sea bolu*, ja, ja, ja...! La garcha te puede abrir muchas puertas en la vida, creo que lo más importante es hasta a quién podés llegar a garcharte, el que más aguante tiene, el que menos asco le hace a la cosa es el que llega más lejos... Eso y saber cagar a los demás cuando te pueden quitar lo tuyo... ¡Coger y cagar, cuándo, dónde y con quién y a quién, eso es todo lo que hay que saber en esta *perra vida*, como le dice mi viejo...!

Dorna había sido el primer hombre de Dulce, el que la inició una noche que ésta le pidió que la llevara en su auto (porque el propio estaba en el taller después del último choque), hasta "la laguna" (lugar de encuentro nocturno habitual de las parejas furtivas de adolescentes de la zona) para encontrarse con un amigo. Dorna era el amigo que Dulce había elegido para *encontrarse*, antes de que este lo imaginara siquiera, encuentro sexual que iba a ser el primero para ella. Dulce lo había deseado desde que lo vio, y a Dorna hasta entonces Dulce le había pasado desapercibida, viéndola más que nada como una nena. Este encuentro había ocurrido unos tres años antes de la lectura del testamento de Zulema Videla, y Dorna, que hacía muy poco que se había hecho cargo de la clientela del fallecido Pajek, lo tomó en su momento como no más que uno de los agradables gajes del oficio, de los que ya había paladeado varios con algunas mujeres del pueblo desde que estaba casi solo al frente del estudio contable, tratando directamente a la clientela. Esporádicamente, Dorna y Dulce volvían a repetir estos encuentros breves y furtivos, en los que siempre se sorprendía de la madurez y osadía sexual de la mujercita, que a él se le figuraba detenida para siempre en algún momento en las puertas de la pubertad, pues no parecía tener más de trece años, apariencia que su pequeñísima talla no hacía más que reforzar.

En relación al vínculo que Zulema Videla mantenía con Dulce, Dorna nunca había creído que fuera más que un perverso pasatiempo de la vieja rufiana, proporcionándole a la nena una vida que nunca habría soñado nada más que para que su madre la sirvienta, Soledad, de quien conocía la historia como la mayoría de la gente en el pueblo, se cociera a fuego lento en las llamas del resentimiento. A partir de estas consideraciones, el testamento en que Dulce acababa como dueña de todo, había estado más allá de su imaginación, hecho que Dorna se reprochó duramente; sentía que debía haber sospechado algo así, y que debía haber tomado medidas en su momento, como hacerle el novio formalmente, acabar con un embarazo y un casamiento reparador. Ahora tenía que retomar el camino y salir adelante, pero se tenía confianza y esto acabó por ser lo decisivo. Dorna arremetió con denuedo, y se convirtió en novio oficial de Dulce, gracias a lo cual fue capaz de mantener su puesto de administrador. Después de un año y medio de noviazgo en el que Dulce volvió a hacer lo que quiso con el que ahora era su dinero, incluidos los amantes circunstanciales a pesar y con conocimiento de Dorna, cuya falta de escrúpulos lo había galvanizado contra la dignidad, terminaron casándose.

Así fue como la habitación que había sido de Zulema Videla, pasó a ser la habitación de los señores; la habitación que había sido de Dulce, retomó la función que había tenido hasta que Zulema se la había asignado a su nietita del corazón, es decir que volvió a ser la más lujosa del hotel, la que los clientes más acomodados podían pagar; y Soledad siguió teniendo su cuartito en el sótano, porque para ella no había cambiado casi nada.

A instancias de Ezequías Dorna, que manejaba el hotel y restaurante solo (administración de la que la *empresa* no hizo más que beneficiarse, puesto que fue como si Dorna hubiera descubierto su verdadera vocación, el proxenetismo), y porque le habían empezado a disgustar la lentitud y ciertas desprolijidades que Soledad demostraba en su puesto —por otra parte inalienable, siendo ésta quizás la única "prerrogativa" que Dorna le reconoció como suegra—, se tomaron dos sirvientas más a tiempo parcial que aligeraron sensiblemente la carga diaria de trabajo para Soledad, que desde entonces tuvo la certeza —con algo de angustia— de tener demasiado tiempo libre. Y como no había nada que pudiera hacer al respecto, Soledad empezó a ocupar su tiempo *libre* en el jardín detrás de la casa, en donde plantó gajos que arrancaba sin que nadie la viera de las plantas que asomaban de detrás de los muros o los cercos de las casas del pueblo, en sus paseos sin rumbo y sin pensamiento, en los que en algunas oportunidades se llegaba hasta el cementerio para visitar las tumbas de Norma y Adela sin dejar jamás una flor. A veces, cuando regresaba a su cuarto y extendía sobre la cama los frutos de su "pillaje", se avergonzaba como una cleptómana, sorprendida de la extensión de su absurdo botín; aunque temió que Dulce se enterase y la reprendiese, esto nunca sucedió porque jamás se enteró, desde que pasaba demasiado tiempo fuera del pueblo.

Desde hacía un tiempo, Dulce había empezado a irse días y a veces semanas. Eran excursiones en busca de emociones fuertes y dispendio febril, que la llevaban por los pueblos de la zona y a veces llegaba hasta la capital. Dorna, corneador y cornudo, pagaba sin chistar, haciendo lo que fuese con tal de no tenerla cerca, y de que no lo hiciese pasar vergüenza, porque después de todo él era un hombre *respetable*, un próspero empresario miembro del Club de Leones y vicepresidente del club náutico local.

Desde ya que estas vidas, con sus vicios, afanes, *honores* y desenfrenos propios de las clases ociosas, planeaban a una altura demasiado elevada sobre Soledad, que seguía caminando por la tierra con la cabeza gacha, rompiendo terrones para plantar esos gajos que nunca vería crecer, porque quedó confinada en su cuarto desde el día que se rompió la cadera, tras resbalar y rodar por la escalera que conducía al subsuelo.

***

Al cabo de seis semanas de reposo en las que apenas vio a su hija, atendida por las dos sirvientas que quedaban más una tercera que Dorna tomó para que ocupara su puesto, Soledad sintió que pronto podría volver a andar.

Había pasado los días de reposo forzado, pensando en todo lo que podía recordar de su vida hasta que lo mataron a Gastón L.; regresaba interminablemente a esos días, y cada vez que lo hacía, crecía en ella la certeza de que eso fue lo más parecido a estar viva que había conocido, algo como una existencia en la que los actos son capaces de producir efectos, tener un sentido, que era lo que irremediablemente se había extinguido para ella. Pero esto no producía un despertar o un asomo de esperanza en ella, a partir de una reflexión en la que al fin se comprendía en su tragedia, no, simplemente resonaba como un eco de un *haber estado mejor que ahora*; un ahora que, acallado por la apatía, no era capaz de elevar su aullido de dolor. En verdad, Soledad no sufría porque en verdad ya no era.

Entonces llegó la inundación.

8

La inundación llegó el tercer domingo de mayo.

Dulce estaba de viaje desde hacía más de dos semanas, y Soledad acababa de recibir la visita del médico quien le aseguró que podía, sin someterse a grandes esfuerzos, volver a trabajar, noticia que la alegró mucho mientras que a Dorna no hizo más que disgustarlo porque no quería volver a emplearla. Sin embargo, tras dar algunos rodeos manifestando una falsa preocupación por su bienestar, a los que Soledad enfrentó una resolución tan obstinada como inamovible, Dorna no pudo más que resignarse, diciéndole que podía empezar cuando ella quisiera, pero que estaba seguro de que cuando Dulce se enterase no le iba a gustar.

Dulce. Su nombre quedó resonando en sus oídos como un sonido casi olvidado. Soledad cayó en la cuenta de cuán poco había pensado en Dulce durante las semanas de la convalecencia, qué pocas eran las veces en que había vuelto a verla, sintiendo que esa existencia, la de su hija, que otrora había sido para ella una obsesión, le resultaba enajenada en su extrañeza, en su lejanía. Y en verdad no le importaba, convicción que no surgía como un acto consciente, sino como el resultado de la solicitación mecánica de los hechos de la hora, la vuelta al trabajo, levantarse a las seis de la mañana del lunes para comenzar a trabajar a las siete y media, como todos los días.

Soledad recordó los gajos que había plantado, y quiso ver si habían arraigado. Entonces subió la escalera del sótano muy despacio, haciendo un gran esfuerzo porque sentía que su cuerpo le pesaba como si hubiera triplicado el peso, pero sin pensar en ningún momento que esas secuelas de su accidente pudiesen ser un obstáculo para retomar las tareas domésticas.

Cuando al fin consiguió emerger a la superficie, caminó por el pasillo que conducía a la puerta que daba al jardín, sin prestar atención al silencio casi absoluto que reinaba en la casa, porque las chicas tenían franco, y Dorna hacía poco más de media hora que se había ido a almorzar al Club de Leones.

Soledad salió al jardín y se sonrió. La mayoría de los gajos había arraigado, aunque tenían unas cuantas hojas secas por el anómalo calor de infierno en pleno otoño que había estado haciendo, con más de un mes sin llover. Soledad pensó, reprochándose, que si el que planta o siembra no se ocupa, nadie lo va hacer en su lugar, como hubo de suceder con sus gajos porque ella les había encargado el riego a las mucamas que la cuidaban, las cuales apenas se habían acordado de hacerlo todas las veces que ella se los indicara.

Fue con paso lento, un tanto tembloroso pero decidido, a llenar la regadera. Entonces notó la calma en el aire, una saturación húmeda que parecía detener la fluencia del tiempo, haciendo que todo pareciese inerte, estático; Soledad levantó la vista al cielo, como hacía bastante que no lo hacía, y vio las señales de lo que venía: un manto de nubes moradas tan oscuro que parecía sólido, se alzaba sobre el horizonte como una cadena de montañas y había anticipado el ocaso, dejando que el sol en su ahogo tiñera con una luz del color de las hojas podridas en los charcos de otoño, el resto del cielo.

La memoria de Soledad se retrotrajo a la primera tormenta que podía recordar siendo aún muy chica, acurrucada en los brazos de Norma el día que las ráfagas se abatían como nunca sobre la casa en la que ahora estaba viviendo de nuevo; volvió a sus oídos el recuerdo del estruendo feroz del granizo, que cual metralla rompió varios vidrios, y en sus labios sintió el hormigueo de la pregunta que ella aterrada le hizo a su madre por primera vez, de si iba a venir papá para cuidarlas.

Venía la lluvia. Soledad se dio cuenta de que era inútil que regara las plantas, y dejó la regadera al pie de la canilla que no llegó a abrir. Se volvió a la casa.

Soledad bajó con cuidado las escaleras, apoyándose en las paredes por miedo a resbalar, y se acostó vestida. Esperó en vano a que el cielo desencadenara toda su violencia, pues esta se hizo esperar demasiado, y por eso la rindió el cansancio que le había sobrevenido luego del paseíto hasta el jardín, quedándose abismalmente dormida. Fue entonces cuando el viento comenzó a soplar con fuerza, pero nada podía perturbar a Soledad en su sueño porque en la profundidad del sótano no se podía oír, ni siquiera cuando algunos postigos, que habían quedado abiertos, empezaron a batir estruendosamente las ventanas que parecieron a punto de estallar con cada golpe.

La obertura de los vientos fue sólo el prólogo, un introito violento, estentóreo al principio que fue bajando de a poco el volumen hasta hacerse casi inaudible, porque había llegado el momento de la lluvia que, por el contrario, sin ningún crescendo paulatino, se asemejó a la caída sobre la tierra, de toda el agua que estaba contenida en un recipiente inconmensurable al tiempo que fantásticamente ingrávido como para estar suspendido en las alturas del aire. Así fue como en sólo dieciséis minutos, todo lo que no se había alzado por arriba de los tres metros en el pueblo de Soledad, desapareció bajo un manto de aguas que se extendía perdiéndose en el horizonte en cualquier dirección que se mirase, creando un efecto marino que desmentían sólo las copas de los árboles que alcanzaban a emerger como una rara flora acuática.

***

La pieza de los señores dueños, junto con las habitaciones más costosas del hotel y restaurante "Las delicias de Zulema", que se elevaban bastante por encima de los tres metros que alcanzaron las aguas, no sufrieron menoscabo alguno. El restaurante, y todas las habitaciones y dependencias de la planta baja, fueron severamente dañadas, perdiéndose la mayoría de los muebles, objetos y máquinas de uso habitual, pérdidas que más tarde fueron íntegramente cubiertas por el seguro contra todo riesgo que el previsor Dorna supo contratar a poco de hacerse cargo del negocio.

Las aguas comenzaron lentamente a bajar tres días después del diluvio, pero el sótano permaneció inundado casi una semana, que fue recién cuando Dorna se animó a denunciar la desaparición de su suegra, porque en la habitación en la que no quedaba casi nada de las cosas que habían sido de Soledad (salvo una cajita de bombones de metal que las aguas no pudieron arrastrar, una cajita que contenía algunas pocas bisuterías de mala calidad, varios papeles entre los que se contaban algunas fotos, un documento de identidad, certificados de nacimiento, papeles sobrevivientes totalmente empapados que Dulce se ocuparía de secar, ordenar y descartar llegado el caso, entre los cuales se encontraba la carta de Carmelo que su madre nunca leyó, y cuyas señas le servirían para poder ubicarlo), no se encontró el más mínimo rastro de la dueña de la misma.

Soledad se ahogó en los primeros minutos de la tormenta, en medio de un sueño sin imágenes ni sobresaltos. Quizás pudo haber tomado una bocanada de aire, sin entender que súbitamente su cuartito de fámula se había convertido en una especie de estanque, saturándose de inmediato sus pulmones de agua; quizás pudo creer que soñaba, y que pronto se iba a despertar. Si alguien hubiera podido ver su rostro ya muerta, habría advertido que Soledad, en el momento final, no se había desesperado.

El cuerpo de Soledad que nadie jamás encontró (razón que motivó que su nombre integrara la nómina de los novecientos veintiún desaparecidos que dejó la inundación más grande que conoció la región en toda su historia), siguió su camino de vertientes y afluentes hasta alcanzar el mar, para fundirse con algo que es miles de veces mayor que él, que su propia historia, mayor que todos los hombres y todas sus historias.

Epílogo

Después de que desapareció Soledad, fue paradójicamente su ausencia la razón de que se reunieran, por última vez, todos los que habiendo significado algo en su vida, aún caminaban la tierra.

Cuando al fin pudo regresar al pueblo, luego de que se habilitaron los caminos tras el lento drenaje del agua, Dulce vivió unos días de estupor en que prometió que como fuese habría de encontrar el cuerpo de su madre, a quien desde el principio asumió como muerta en la catástrofe. Nunca la lloró, y decía que si no podía era porque se había reservado las lágrimas para cuando estuviera frente al cuerpo, porque necesitaba verlo para asumir definitivamente lo sucedido. Esto último no era más que una fórmula vacía, que repetía a todo aquel que le manifestara su empatía en el duro trance, una fórmula con que quería disimular su desinterés, o quizás estimular el nacimiento de un interés del que carecía. Después se le fue pasando el frenesí y, con el transcurso de los días, el único interés real de Dulce fue recibir la indemnización del seguro, y hacer los arreglos necesarios para divorciarse, que era la novedad que traía de la capital cuando quedó varada sin poder llegar al pueblo por la inundación. Su último amante, un abogado bastante parecido a Gastón L. en más de un sentido, la había convencido de liquidarlo todo, incluido su matrimonio. Le comunicó su decisión a Dorna, poco después de que este le entregara la cajita de bombones que había sido de Soledad, y que se había salvado del arrastre del agua porque estaba señalada por el destino, en su condición de portadora de un mensaje que debía ser indeclinablemente transmitido.

Dulce pudo al fin leer la carta que Soledad nunca había querido leer; la última carta de Carmelo. Entonces Dulce le escribió contándole lo ocurrido, y le envió la carta a la dirección indicada hacía tantos años, quizás no más que por pura curiosidad o aburrimiento; después se olvidó de este último legado de su madre, y volvió a sus especulaciones y objetivos.

Carmelo recibió la carta de su hija nueve semanas más tarde; la recibió como una promesa de salvación. Gordo, viejo, pobre y maricón, dilapidado por los jovencitos que pagaba al precio de oro, lo que lo había llevado a vivir como un Goriot pervertido, corroído por su vicio, vegetaba en el ruinoso caserón de su otrora orgullosa familia. Este alojamiento era un *favor* que le había hecho su hermana, al permitirle seguir habitándola, mientras la casa le asegurara la mitad del monto del alquiler de las tres piezas que la habían vuelto una pensión; la otra mitad del dinero que producía la casona, era la única *jubilación* —de la que bien poco le quedaba por lo que gastaba en *regalitos* para los efebos permanentes o de ocasión— de Carmelo que, de vendedor de libros había acabado vendiendo cuadernos en los micros, hasta que una hernia le impidió seguir trabajando. Cuando le comunicó a Silvina que se iba por tiempo indeterminado porque su hija lo necesitaba, esta sintió que le sacaban un peso de encima, y la vela que hasta entonces le había prendido a su santo para que Carmelo se muriera —o *lo mataran por degenerado*—, iba a seguir prendiéndola para que no volviera nunca más; no mucho tiempo después, cuando Carmelo la llamó para decirle que ya no volvería, Silvina creyó que sus plegarias habían sido atendidas.

De lo que contenía la cajita de bombones de metal que no se llevó la inundación, además de la carta de Carmelo gracias a la cual Dulce pudo contactarlo, de esos últimos y magros testimonios de la existencia de Soledad, su hija se quedó provisoriamente con una foto –la única— de su madre cuando era chica, en la que salía sentada en la puerta de la pensión de Zulema Videla, pasando un brazo por sobre el hombro de Daniela cuando una era la hija de la sirvienta, y la otra la de la puta del pueblo. Todo lo demás, los documentos arruinados por el agua, las pulseritas y los anillos de latón que alguna vez había sido de su abuela Norma, Dulce lo tiró a la basura. Pero la única foto de su madre sirvió para recordarle a Dulce que Daniela seguía existiendo, y también la localizó, a través de Jorucho, que alguna vez había pasado por el pueblo dejando sus propias señas personales, junto con la novedad de que Daniela se había ido definitivamente de la ciudad.

Hacía algunos años que Daniela y Soledad habían perdido todo contacto. Zulema Videla, cuando Soledad regresó al pueblo para trabajar para ella, en una de las primeras conversaciones que tuvo con Soledad, plenas de crueles represiones y de sádicos reproches, le había manifestado una feroz aversión hacia Daniela; el temor de perder el puesto, espada de Damocles que se cernía sobre el futuro de ambas, madre e hija, haría el resto. Soledad no la llamó jamás. Daniela lo siguió haciendo durante algún tiempo, notando siempre que Soledad era cada vez más parca y reservada, hasta que un día se cansó de tomar siempre la iniciativa de llamarla y no lo hizo más. Sin embargo, a pesar de sentir que Soledad había traicionado la amistad que las unía, que quería sin duda olvidarla a ella para que no le recordara la vida que tuvo, o que no pudo tener, algo que Daniela creyó que estaba implícitamente contenido en las últimas palabras que aquella le dijo al oído cuando se despidieron para siempre en la terminal, *ojalá nunca hubiéramos venido acá*, nunca dejó de quererla.

Todos los años que transcurrieron desde esa despedida, desde todos los lugares en los que vivió ejerciendo su oficio, llevada por una existencia trashumante que incluyó hasta un país vecino, Daniela los iba a pasar prometiéndose vanamente llegar de improviso al pueblo a visitarla; cuando finalmente emprendió el último viaje que en su vida haría al lugar donde había nacido, con Soledad ya desaparecida, entendió que jamás hallaría consuelo por no haberlo hecho antes.

El *hola Carmi* con que Daniela lo saludó, lo asustó y le aflojó los esfínteres a Carmelo, que no había notado su presencia, concentrado como estaba en el libro de registro de la conserjería; retumbó en su cabeza algo como el eco de viejas humillaciones que creía olvidadas; la miró y se quedó sin saber qué contestar. Daniela no le dijo todo lo que ya había deducido con sólo verlo detrás de la barra de la recepción: que ahora vivía en el pueblo, que Dulce le habría dado trabajo porque no tenía donde caerse muerto; por el contrario, ella que siempre había sido tan indiscreta con él, y con lo que le gustaba zaherirlo, se limitó a preguntarle por Dulce. Cuando Daniela se fue, Carmelo, sudoroso, aterrado, sacó del cajón del mostrador de la recepción una estampita de su santo protector favorito, y empezó a sobarla rezando en silencio, para que esta entidad benefactora le conservara el puesto que le había concedido Dorna junto con casa –la pieza en el sótano que había sido de Soledad– y comida; lo aterraba la idea de que Daniela le contara a Dulce de su vicio secreto, que estaba seguro que esta última debía desconocer –Soledad jamás se lo habría contado por vergüenza, estaba convencido Carmelo– porque de lo contrario su hija no lo hubiese llamado jamás. Pero sus temores eran infundados, y lo que tanto temió ese día nunca llegó a suceder.

Daniela estuvo unos pocos minutos con Dulce, que la recorrió varias veces con la mirada, de los pies a la cabeza, con un desprecio de clase que no le dejó lugar a dudas a la primera de que ya no era la que había conocido y llegado a querer, disuadiéndola de ulteriores expresiones de afecto luego del primer abrazo. Dulce le entregó la foto que había rescatado. Cuando en la imagen borroneada por el agua Daniela distinguió y recordó la escena, se le llenaron los ojos de lágrimas, y se la guardó en la cartera agradeciéndosela con voz entrecortada por la emoción. Después Dulce se despidió porque tenía cosas que hacer, pero la invitó a quedarse si quería, esperando que le dijese *no gracias me estoy yendo*, como en efecto lo hizo Daniela, y en razón de lo cual acabaría por volverse a la capital ese mismo día.

Todavía tuvo Daniela algunas horas en el pueblo, horas en las cuales repitió las antiguas caminatas entre lágrimas, porque en todo estaba Soledad y la infancia.

Cuando comenzó a oscurecer, Daniela volvió al hotel a saludar a Dulce por última vez, pero no la encontró porque, como le informó Carmelo, había ido a una cena y volvería bien tarde. Daniela le dejó saludos, junto con su teléfono en un papel que Carmelo se ocupó de hacer desaparecer ni bien aquella salió, después de romperlo en mil pedazos y santiguarse.

Ni bien acabó de salir, tras caminar algunos metros en dirección a la terminal, Daniela encontró entre la tierra y los detritos que había dejado la inundación, y que se acumulaban a un costado de la vereda del hotel como en casi todas las veredas del pueblo, un gajito de gomero verde que parecía recién arrancado. Sacó un pañuelo de la cartera, y lo envolvió cuidadosamente para llevárselo con ella. Nunca supo que era uno de los gajos de Soledad, pero siempre se la recordaría al evocar la imagen de desamparo en que lo halló. Fue la única planta que Daniela tuviese alguna vez, la única criatura a la que diese cobijo en todos los años que le quedaron por vivir.

Después de estos encuentros, todos se dispersaron al aire de los vientos de sus propios destinos, en los que Soledad ya nunca tuvo más nada que ver.

Fue como si nunca hubiese existido.

Índice